人 生 철 학

마음을 다스리는

人生 철학

루화난 지음 | 허유영 옮김

달과소

서문

누구나 인생은 단 사흘뿐이다. 오늘, 어제, 그리고 내일.

그렇다. 인생은 결코 긴 것이 아니다. 하루하루를 충실하고 의미 있게 살아가느냐는 오로지 우리의 마음에 달려있다.

복잡다단한 생활 속에서 순리에 따르며 사는 사람이든, 아니면 이치를 거스르며 사는 사람이든 누구나 항상 자신의 의욕을 북돋워주고 행복하게 만들 수 있는 원동력을 찾아내야 한다. 당신의 생활과 영혼을 지탱해줄 수 있는 그 무언가를 찾게 된다면 그 속에서 삶에 대한 용기와 원동력을 찾을 수 있다. 또 평범하거나 심지어는 고통스러운 생활 속에서도 아름다움과 인생의 의미를 발견하게 된다.

인생에는 수많은 길이 있지만 유일하게 존재하지 않는 길이 있다. 그것은 바로 되돌아가는 길이다. 어제의 실패를 내일의 경험으로 삼아야만 행복한 인생을 살 수 있다.

곤경에 처해 넘어질 수도 있고, 때로는 따스한 봄바람이 불어 예상치 못했던 성공을 가져다줄 수도 있다. 하지만 이런 것들은 그리 대단한 일이 아니다. 굽이굽이 험난한 인생의 여정에서 자신에게 다가오는 모든 것을 있는 그대로 받아들이고 인정한다면 탄탄대로를 달리든 비바람이 몰아치는 역경에 처하든 모든 것이 아름답게 느껴질 것이다.

다른 사람의 장점과 나의 단점을 비교하지 말라. 나에게는 남들이 결코 따라할 수 없는 장점이 있을 수 있다.

세월이 흘러 인생의 시계가 당신을 어디로 데려가더라도 삶을 지탱해줄 무언가를 찾아낸다면, 당신의 삶은 아름다움으로 충만해질 것이다.

삶이 힘겹게 느껴질 때, 차 한 잔을 앞에 놓고 인생의 레몬차를 읽어본다면, 당신의 문제를 해결할 수 있는 방법을 발견할 수도 있다.

루화난

contents 人生 철학

기다림

자세

자만

무관심

시련

태도

도전

우유부단

배움

방향

목표

기회

열정

노동

실패

게으름

좌절

방황

이상

관심

포기

포기2

1부

도전

낙관적인 사람은 절망 속에서도 여전히 희망이 가득하고,
비관적인 사람은 희망 속에서도 여전히 절망한다.

레몬차

한 쌍의 연인이 커피숍에서 말다툼을 벌였는데 서로 자기의 주장을 양보하지 않았다. 결국 남자는 화가 나서 가 버렸고, 여자는 홀로 남아서 눈물을 흘렸다.

마음이 심란해진 여자는 앞에 놓인 레몬차를 휘저으면서 울분을 터뜨리듯이 레몬 조각을 스푼으로 찧었다. 레몬이 뭉개지면서 레몬 껍질의 쓴맛이 차에 섞여버렸다.

여자는 종업원을 불러서 껍질을 벗긴 레몬을 넣은 차로 바꿔 달라고 요구했다.

종업원은 여자를 한번 쳐다보고는 아무 말도 없이 그녀가 혼탁하게 휘저어 놓은 레몬차를 가져가고 시원한 레몬차 한 잔을 다시 내왔다. 하지만 레몬차 속의 레몬은 여전히 껍질이 있는 것이었다. 여자는 화가 나서 다시 종업원을 불렀다.

"제가 레몬차 속의 레몬 껍질을 벗겨달라고 했는데 못 들으신 거예요!"

그녀는 종업원을 꾸짖었다.

종업원은 그녀를 보고 말했다. "아가씨, 조급해하지 마세요. 레몬 껍질을 물속에 충분히 담가두면 그 쓴 맛이 레몬차 속에 용해되어 시원하고 감미로운 맛을 내게 된다는 것을 알고 계세요? 바로 지금 당신이 필요로 하는 맛이지요. 그러니 조급하게 레몬의 향기를 짜내려고도 하지 마세요. 그러면 혼탁해질 뿐 차의 맛을 망치게 됩니다."

여자는 잠시 어리둥절했지만 종업원의 말이 가슴에 와 닿았다. 그녀는 종업원의 눈을 바라보며 물었다. "그럼, 얼마나 시간이 지나야 레몬 향이 가장 좋게 우러나나요?"

종업원은 웃으며 대답했다. "12시간입니다. 12시간이 지나면 레몬이 자신의 향을 전부 방출하므로 가장 좋은 맛의 레몬차를 마실 수 있습니다. 그걸 마시려면 당신은 12시간의 기다림을 투자해야만 합니다."

종업원은 잠시 멈추었다가 이어서 계속 말했다. "차를 우려내는 일뿐만 아니라, 무슨 일이든 12시간의 인내와 기다림을 가지고 생각해 본다면 생각했던 만큼 그렇게 나쁘지 않다는 것을 발견하게 될 겁니다."

여자는 종업원을 바라보았다. "그게 무슨 말이죠?"

종업원은 미소를 지었다. "저는 단지 레몬차를 우려내는 방법을 알려드리고 있는 겁니다. 차를 우려내는 방법에 대해 얘기하다 보면 맛있는 인생도 만들어 낼 수 있지 않을까요." 종업원은 허리를 굽혀 인사하고는 자리를 떠났다.

여자는 레몬차 한잔을 보며 조용히 깊은 생각에 잠겼다. 여자는 집에 돌아와 레몬차를 만들어 보았다. 그녀는 레몬을 둥글고 얇게 잘라서 찻잔에 넣었다.

그녀는 조용히 잔속의 레몬 조각을 바라보았다. 레몬 조각들이 호흡하고 있는 것이 보였다. 세포들이 열려 투명하게 반짝이는 물방울이 응결되고 있었다. 레몬의 생명과 혼이 승화되어 천천히 방출되어 나오는 것처럼 보였다. 12시간 후, 그녀는 이제껏 마셔보지 못 했던 가장 맛있는 레몬차를 맛보았다. 레몬이 차에 완전히 용해되어야만 이와 같은 완벽한 맛을 낼 수 있다는 것을 그녀는 알게 되었다.

　　그때 초인종이 울렸다. 여자가 문을 열자 장미꽃 한 다발을 들고 서 있는 남자 친구가 눈에 들어왔다. "날 용서해 줄래?" 그는 떠듬떠듬 말했다.

　　그녀는 웃으며 그를 데리고 들어와 레몬차 한잔을 가져다주었다. "우리 약속 하나 하자. 앞으로 우리가 얼마나 큰 문제를 만나게 되던 간에 서로 화내지 말고 이 레몬차를 생각하는 거야." 그녀가 말했다.

　　"왜 레몬차를 생각해야해?" 남자는 어리둥절해 하며 말했다.

　　"왜냐하면 인내심을 가지고 12시간을 기다려야 하기 때문이야."

　　레몬차의 비결은 그녀의 생활을 바꾸어 놓았다. 그녀의 삶은 즐겁고 아름다워졌다. 그녀는 레몬차의 아름다운 맛과 함께 삶의 아름다움도 함께 맛보았다.

　　그녀는 항상 종업원의 이 말을 기억했다.

　　"만약 당신이 3분 안에 레몬의 맛을 전부 짜내고자 한다면 차를 더 쓰고 혼탁하게 만들뿐입니다."

　　삶은 레몬차처럼 기다리며 섬세하게 맛봐야 하는 것이다.

당신은 당근입니까, 계란입니까,
아니면 커피입니까?

자세

　　　　　모든 일이 마음먹은 대로 되지 않는다며 딸이 아버지에게 푸념을 늘어놓았다. 딸은 자포자기하기 일보직전이었다. 그녀는 이제 완전히 지쳐서 더 이상 삶과의 힘겨운 싸움을 계속하고 싶지 않았다. 한 고비를 넘기고 나면 새로운 난관이 기다리고 있는 현실에 진저리가 났다.

　요리사인 아버지는 말없이 딸을 주방으로 데리고 가더니 세 개의 솥에 물을 담아 불 위에 올려놓았다. 솥 안의 물이 끓기 시작하자 아버지는 세 개의 솥에 각각 당근과 계란, 그리고 곱게 갈아놓은 커피를 넣었다. 그리고 물이 다시 끓어오를 때까지 아버지는 단 한 마디도 하지 않았다.

　옆에서 입을 쭉 내밀고 지켜보고 있던 딸은 더 이상 참을 수 없다는 듯 아버지에게 물었다.

　"도대체 무얼 하시려는 거예요?"

　하지만 아버지는 묵묵히 솥만 바라볼 뿐이었다. 한 20분쯤 흘렀을까.

아버지는 불을 끄더니 당근과 계란을 각각 그릇에 담고, 커피는 잔에 부었다. 그리고 고개를 돌려 딸에게 물었다.

"얘야, 이게 무엇이냐?"

"당근하고 계란, 커피잖아요."

아버지는 딸에게 가까이 다가와 당근을 만져보라고 했다. 처음에 솥에 넣을 때와는 달리 잘 익어 말랑말랑해져 있었다. 아버지는 또 계란을 깨보라고 했다. 계란껍질을 벗겨보니 역시 속이 단단히 잘 익어 있었다. 마지막으로 아버지는 딸에게 커피를 마셔보라고 했다. 딸은 은은한 향이 모락모락 피어오르는 커피를 한 모금 마신 후 만족스러운 미소를 지었다. 딸이 커피 잔을 내려놓으며 물었다.

"제게 왜 이런 걸 시키시는 거죠?"

아버지가 말했다.

"이 당근과 계란, 커피는 모두 똑같이 뜨거운 물에 들어가는 역경을 겪었다. 하지만 그 결과는 모두 다르게 나타났지. 당근은 솥에 들어가기 전에는 젓가락으로 찔러도 들어가지 않을 정도로 아주 강하고 단단했지만 끓는 물 속에서 물러지고 부드러워졌지. 반대로 깨지기 쉬웠던 계란은 아주 단단해졌고, 가루였던 커피는 물이 되지 않았니? 넌 어느 쪽인지 생각해봐라. 넌 역경이 찾아왔을 때 어떻게 반응하지? 넌 당근이냐, 계란이냐, 아니면 커피이냐?"

아버지는 묵묵히 생각에 잠긴 딸을 따뜻한 눈빛으로 바라보며 말을 이었다.

"본래 강했지만 어려움과 고통이 닥치자 스스로 몸을 움츠리고 아주 약해져버리는 당근이냐? 아니면 본래는 연약하고 불안했지만, 소중한 사람의 죽음, 이별, 이혼, 혹은 실직과 같은 시련을 겪고 난 후 더욱 강인해지는 계란이냐? 그도 아니면 자신에게 고통을 주었던 뜨거운 물을 변화시키고 가장 뜨거워졌을 때 가장 좋은 향기를 내는 커피이냐? 네가 커피가 될 수 있다면, 가장 힘든 상황에서도 현명해지고 희망을 가지게 될 것이며, 네 주변의 상황을 변화시킬 수 있을 게다."

역경이 닥쳤을 때 어떻게 반응하는지 스스로에게 물어보라. 당신은 당근입니까, 계란입니까, 아니면 커피입니까?

옴짝달싹도 할 수 없을 것 같은 힘든 상황에 놓여있다면, 당신은 어쩌면 성공과 단 한 발짝의 거리만을 남겨놓고 있는지도 모른다. 중요한 것은 시련에 어떤 마음가짐으로 대하느냐 하는 것이다.

벌목공

자만

　　　한 직원의 사무실 책상에는 풀이며 색연필, 스테이플러 등 모든 사무용품이 두 개 이상 준비되어 있었다. 이상하게 생각한 친구가 그 이유를 묻자 남자는 스테이플러 침에 얽힌 이야기를 해주었다.

　그는 명문대학을 졸업하고 우수한 성적으로 회사에 취업한 재원이었다. 취직 당시, 그는 마음만 먹으면 세상 모든 일을 이룰 수 있다는 자신감으로 가득 차 있었다. 그런데 설레는 마음으로 시작한 직장에서 그의 앞에 놓여진 일들은 대부분 잡다하고 사소한 일이었다. 별다른 지식이 있어야 할 수 있는 일도 아니고, 또 아무리 해봤자 성과를 낼 수 있는 일도 아니었다. 그런 일들을 하다보니 그의 열정은 모르는 사이에 점점 식어갔다.

　그러던 어느 날, 중요한 회의를 앞두고 온 직원이 철야근무를 하며 회의를 준비했다. 그에게 맡겨진 일은 서류들을 묶고 봉인하는 일이었다. 그의 상사인 과장은 철저하고 완벽하게 준비하라고 신신당부했다.

그는 괜히 불쾌해졌다. 어린 아이도 아닌데 이까짓 일도 못할까봐 누차 당부를 한단 말인가. 다른 동료들은 분주하게 일하고 있는데 그는 옆에서 신문을 뒤적였다.

마침내 모든 서류가 완성되어 그에게 전해졌다. 이제 서류들을 나누어 묶으면 그만이었다. 그런데 갑자기 스테이플러에서 '틱' 하는 소리가 났다. 침이 다 떨어진 것이다. 그는 느릿한 동작으로 스테이플러 침이 든 상자를 열었다. 그런데 이게 웬일인가. 상자가 텅 비어있는 것이다.

모두 비상이 걸렸다. 사무실에 있는 모든 서랍을 뒤졌지만 어찌된 영문인지 평소에는 발에 채일 정도로 흔하던 것이 그날따라 단 하나도 찾을 수 없었다.

시간은 이미 밤 11시 30분. 서류는 이튿날 아침 8시 회의가 시작되기 전에 제출해야만 했다. 과장이 거의 포효하듯 외쳤다.

"철저히 준비하라고 그렇게 당부하지 않았나! 이런 작은 일조차 제대로 못하는데 일류 대학 졸업장이 무슨 소용이 있어!"

그는 그저 벌겋게 달아오른 얼굴을 푹 숙인 채 꿀 먹은 벙어리처럼 서있었다.

몇 시간 동안 스테이플러 침을 사기 위해 이리저리 헤매다가 새벽 4시가 되어서야 24시간 영업을 하는 상점에서 스테이플러 침을 살 수 있었다. 일이 무사히 마무리된 후 과장이 그를 불렀다. 평소에도 과장을 엄격하고 인정머리 없는 사람이라고 생각하고 있던 그는 한바탕 훈계를 들을 각오를 하고 과장에게로 갔다. 그런데 과장은 뜻밖에도 이 한마디밖에 하지 않았다.

"기억하게. 일 앞에서는 누구나 평등하다네."

그는 그 말을 가슴 깊이 새기고 평생 동안 잊지 않으리라 다짐했다. 그리고 그 때부터 무슨 일을 하든 철저하게 준비하는 것을 낭비라고 생각하지 않았다.

천리마를 넘어뜨리는 것이 때로는 고산준령이 아니라 서로 묶인 어린 풀이다. 성공으로 가는 길 위에 있는 진정한 장애물은 작은 소홀함과 경솔함이다. 작은 스테이플러 침처럼 말이다.

* * *

한 늙은 벌목공이 초보 벌목공 릭에게 벌목하는 방법을 가르쳐주었다.

"나무를 벨 때 그 나무가 어느 쪽으로 쓰러질지 알 수 없다면 베지 말아야 하네. 나무는 언제나 지탱하는 힘이 약한 쪽으로 쓰러진다네. 그러므로 쓰러뜨리려는 방향의 지지력을 약화시켜야 해."

하지만 릭은 반신반의했다. 이번에 벨 나무의 옆에는 호화로운 저택이, 다른 한 쪽에는 창고가 있었다. 나무가 쓰러지면서 저택이나 창고를 덮친다면 큰일이었다.

릭은 잔뜩 긴장된 얼굴로 늙은 벌목공을 쳐다보았다. 늙은 벌목공은 저택과 창고 사이에 줄을 하나 그었다. 그리로 나무를 쓰러뜨리겠다는 것이었다. 하지만 도끼 외에 다른 것은 아무것도 없었다. 오로지 힘과 기술만으로 나무를 베어야 했다. 늙은 벌목공이 도끼를 쳐들더니 나무를 향해 힘껏 내리쳤다. 나무 밑동의 1미터쯤 되는 곳이 정확히 움푹 파였다. 예순을 넘긴 나이였지만 힘은 젊은 사람 못지않았다.

약 30분쯤 지났을까. 나무는 과연 땅 위에 그어놓은 선 위로 털썩 쓰러졌다. 릭이 감탄하며 어떻게 그렇게 정확하게 쓰러뜨릴 수 있었는지 물었지만 늙은 벌목공은 아무 말도 하지 않았다. 베어진 거목은 한 나절도 되지 않아 가지런한 목재로 탈바꿈했고 잔가지들은 땔감이 되었다. 릭은 그날의 경험을 결코 잊지 않으리라 결심했다.

도끼를 짊어지고 자리를 떠나려는데 늙은 벌목공이 그제야 한 마디했다.

"오늘은 운이 좋았네. 바람이 없었거든. 항상 바람을 조심해야 하네."

릭은 이 말에 담긴 속뜻을 몇 년 후 한 사람이 심장이식수술을 받은 직후 죽었다는 소식을 들은 후에야 비로소 깨달을 수 있었다. 심장이식수술은 예상보다 훨씬 순조롭게 진행되었다. 수술 후 환자의 회복속도도 매우 빨랐다. 그런데 갑자기 이상증세가 생기더니 환자는 손을 쓸 겨를도 없이 사망하고 말았다. 부검 결과 환자의 사망원인은 뜻밖에도 다리에 난 경미한 상처였다. 상처를 통해 감염된 세균이 폐로 침투해 전체 폐기능이 상실된 것이었다.

릭의 눈앞에 늙은 벌목공의 얼굴이 오버랩 되어 나타났다.

"언제나 바람을 조심해야 하네."

늙은 벌목공의 목소리가 귓가를 쟁쟁하게 울렸다. 아주 간단한 일, 간단한 이치라도 쉽게 이해할 수 없는 일들이 있다. 심장이식환자의 죽음은 우리에게 '공 든 탑도 개미구멍 하나에 무너질 수 있다'는 간단한 이치를 일깨워주고 있다. 대수롭지 않게 생각하는 작은 상처가 목숨까지도 앗아갈 수 있는 것이다.

늙은 벌목공은 이미 세상을 떠나고 없었지만, 그가 릭에게 남긴 교훈은 여전히 릭의 뇌리에 선명하게 남았다.

일에서 성공을 거둔 후 사람들은 대부분 의기양양하게 어깨를 으쓱이지만, 럭은 늘 거울 속의 자기 얼굴을 바라보며 의미심장한 어조로 말한다.

"이번엔 운이 좋아서 바람을 만나지 않았어."

작은 구멍 하나가 돌이킬 수 없는 실패를 가져올 수 있다. 아무리 사소해 보이는 것일지라도 결코 소홀히 해서는 안 된다. 성공하더라도 자만심에 빠지지 말라. 그건 단지 운이 좋아서 바람을 만나지 않았기 때문이다.

첫 수업

무관심

한 의사가 모교에서 열리는 강연회에 참석하게 되었다. 그런데 그날 강연자로 나선 사람은 대학 시절에 가르침을 받았던 은사님이었다. 교수님은 그를 알아보지 못했다. 수많은 제자들을 모두 기억하실 것이라고 기대하는 것은 무리였다. 졸업한지 이미 10년이나 되지 않았던가.

첫 번째 강연에서 교수님은 강연 시간의 절반을 한 가지 이야기를 하는데 할애했다. 그런데 그 이야기는 대학 시절에 이미 그 교수님에게 들었던 것이었다.

이야기의 내용은 대강 이러했다.

병을 앓고 있는 한 소년이 있었다. 좋다는 약은 다 써보았지만 병세는 호전되지 않았고, 병원비로 집안의 모든 재산을 탕진하고 말았다. 그러던 어느 날 용한 의사가 있다는 말에 소년의 어머니는 아들을 업고 한달음에 달려갔다. 그런데 유명세 때문인지 병원비가 너무 비쌌다. 어머니는 어쩔 수 없이 매일 산에서 나무를 해다가 장에 내다 팔아 약을 한 첩씩 지어다가 약초에서 아무런 맛도 우러나지 않을 때까지 몇 번을 달여 먹었다.

그런데 이상한 일이었다. 어머니는 약을 짜내고 남은 찌꺼기를 동네 어귀에 모두 쏟아버려 다른 사람들이 밟고 지나가도록 했던 것이다. 소년이 어머니에게 물었다.

"약 찌꺼기를 왜 길에 버리세요?"

어머니가 작은 소리로 속삭였다.

"남들이 네 약 찌꺼기를 밟고 지나가면서 네 병도 같이 가져가는 거란다."

"어떻게 그럴 수가 있어요? 설령 병이 평생 고쳐지지 않는다고 해도 남에게 옮겨줄 순 없어요."

그 후로 소년은 어머니가 약 찌꺼기를 길에 버리는 것을 단 한 번도 보지 못했다. 약 찌꺼기는 대신 뒤뜰의 작은 오솔길에 버려졌다. 그 길은 어머니가 산에 나무를 하러 갈 때에만 지나가는 길이었다.

의사는 시큰둥한 표정으로 정말 고리타분하고 고집스런 교수라고 속으로 빈정거렸다.

"10년이 지났는데 아직도 저 이야기를 하고 있군."

이야기를 마친 교수는 학생들에게 몇 가지 질문을 던졌다. 그다지 심오한 질문이 아니었기 때문에 학생들에게 그 자리에서 당장 대답을 해보라고 했다. 처음 몇 가지 질문에는 모든 학생들이 쉽게 대답했다. 하지만 마지막 문제에는 누구도 선뜻 대답하지 못했다. 마지막 질문은 바로 "매일 아침 사무실을 청소하는 청소부의 이름은 무엇인가?"라는 것이었다. 교수의 질문이 끝나자마자 학생들 모두 웃음을 터뜨렸지만 그 질문에 시원스레 대답하는 사람은 단 한 명도 없었다.

의사도 허탈한 웃음을 지었다. 어떻게 마지막 질문까지도 10년 전과 달라진 것이 하나도 없을까?

하지만 교수의 표정은 매우 엄숙하고 진지했다. 그는 칠판에 이런 한 줄을 써내려갔다.

"사회생활을 하면서 만나는 사람들 중에 어느 누구도 중요하지 않은 사람이 없다. 반드시 모든 사람을 배려하고 관심을 베풀어야 한다."

그리고 교수는 이 질문에 유일하게 대답한 단 한 명의 이름을 부르며 특별히 칭찬했다.

그는 바로 교수의 10년 전 제자인 의사였다. 하지만 그 의사조차도 자신이 무의식중에 평소에 청소부들의 이름을 모두 외우고 있다는 사실을 그제야 깨달았다. 그는 자신이 일하는 병원에서 일하는 100여 명이나 되는 청소부들의 이름을 일일이 기억하고 있었던 것이다.

10년 전 그의 말문을 막히게 했던 이 질문이 그에게 이렇게 오랫동안 영향을 미쳤다는 것은 그조차 생각하지 못했던 사실이다.

* * *

살면서 만나는 모든 사람들 그리고 주변 모든 사람들을 중요하게 생각해야 한다.

남들에게 진정으로 관심을 갖는다면 남들의 관심을 끄는 것보다 훨씬 더 짧은 시간에 훨씬 더 많은 친구를 사귈 수 있다는 사실을 알고 있는 사람은 많다. 하지만 많은 사람들이 자신이 직접 남들에게 관심을 가지려고 노력하기 보다는 남들로 하여금 자신에게 관심을 갖도록 하는 방법으로 친구를 사귀려고 하고 있다. 그러나 이런 방법으로는 남들로 하여금 자신에게 관심을 갖도록 할 수도 없고, 또 친구를 사귀기도 어렵다. 그런데도 사람들은 오로지 자기 자신에게만 관심을 갖는다.

우리가 만약 남들 앞에서 자신을 드러내 주의를 끌려고만 한다면 평생토록 진정한 친구는 사귈 수 없다. 친구, 아니 진정한 친구는 이런 방법으로 얻어지는 것이 아니다.

이미 세상을 떠난 오스트레일리아의 저명한 심리학자인 알프 안드레이는 《당신에게 있어서 인생의 의미》라는 책에서 이렇게 말했다.

"남들에게 관심이 없는 사람은 일생동안 어려운 일을 가장 많이 겪을 뿐만 아니라, 남들에게도 가장 큰 해악을 끼친다. 인류의 모든 실패는 바로 이런 사람들에게서 나온 것이다."

뉴욕대학에서 단편소설을 직접 쓰는 과목을 개설한 적이 있었다. 하루는 한 잡지사의 편집장을 초청해 특강을 했는데 수업 시간에 그가 학생들에게 말했다.

"매일 수없이 많은 소설 원고들이 제게로 배달됩니다. 하지만 원고의 몇 줄만 훑어보아도 작가가 타인에게 관심이 있는지 없는지 금세 알 수 있죠. 남들에게 관심이 없는 사람이 쓴 글은 남들에게 관심을 끌지 못합니다. 유명한 소설가가 되고 싶다면 반드시 타인에게 관심을 가져야 합니다."

이 말은 비단 글쓰기에만 국한되는 말이 아니며 세상을 살아가는데 있어서도 충분히 적용될 수 있다.

이것은 또 루스벨트 대통령이 사람들에게 존경받을 수 있었던 비결이기도 하다. 그는 특히 곁에서 시중을 드는 시종들에게 존경과 사랑을 받았다. 루스벨트 대통령의 시종이었던 흑인 제임스 아모스는 《시종들의 영웅—시어도어 루스벨트》라는 책에서 다음과 같은 감동적인 일화를 소개했다.

"언젠가 내 아내가 대통령께 메추라기에 대해 여쭤본 적이 있었다. 대통령은 메추라기를 한번도 본 적이 없던 내 아내에게 메추라기에 대해 자세하게 설명해주었다. 그런데 얼마 후 우리 집으로 전화가 한 통 걸려왔다. 아내가 전화를 받아보니 전화를 건 사람은 다름 아닌 대통령이었다. 대통령은 아내에게 지금 우리 집 창문 밖에 메추라기 한 마리가 앉아있으니 내다보라고 말해주기 위해 전화를 거신 것이었다. 루스벨트 대통령은 늘 이렇게 작은 일까지도 세심하게 배려해주시는 분이었다. 백악관 안에 있는 우리 집 옆을 지나가실 때에도 그냥 지나치지 않으시고, '안녕, 애니!' 혹은 '안녕, 제임스!' 하고 부드럽게 부르시곤 했다. 이건 우정을 표시하기 위한 그분의 인사습관이었다."

어떻게 이런 주인을 좋아하지 않을 수 있을까? 아니, 곁에서 시중을 드는 사람이 아니라도 그를 좋아하지 않고는 못 배길 것이다.

한 번은 대통령 직에서 물러난 루스벨트 대통령이 예고 없이 백악관을 방문한 적이 있었다. 때마침 태프트 대통령 부처는 출타 중이었다. 그런데 그는 예전에 자신을 시중들던 일꾼들을 만날 때마다 일일이 이름을 불러가며 반갑게 인사를 하는 것이었다. 주방의 허드렛일을 하는 보조조리사에게도 예외가 아니었다. 그가 신분의 고하를 막론하고 모든 사람들에게 진심 어린 애정을 품고 있었음을 알 수 있는 대목이다.

루스벨트는 주방에서 일하는 앨리스와 마주치자 요즘도 옥수수빵을 만드는지 물었다. 앨리스가 가끔 일꾼들을 위해 만들기는 하지만 윗분들은 드시지 않는다고 대답하자, 루스벨트는 불만에 찬 목소리로 "맛을 모르는 사람들이로군. 내가 대통령을 만나면 말해주겠네."라고 말했다.

앨리스가 쟁반에 빵을 담아 가져다 주었더니 루스벨트는 빵을 집어들고 맛있게 먹으며 길에서 마주치는 정원사와 일꾼들에게 일일이 인사를 건넸다.

"모두에게 예전과 똑같이 대하시는군."

일꾼들은 너나할 것 없이 서로 귓속말을 하며 대통령을 친근한 눈빛으로 바라보았다. 오랫동안 백악관 수석 집사를 지낸 아이크 후번은 "그렇게 기쁜 날은 내 평생 없었다. 우리들 중 백만 달러를 준다 해도 그 날과 바꿀 사람은 아무도 없을 것이다."라고 말하며 눈물을 글썽이기도 했다.

다른 사람들이 자신을 좋아하기를 바라고 또 진정한 우정으로 남들을 돕고 싶다면 다음의 원칙을 반드시 가슴 속에 새겨두자.

다른 사람들에게 순수한 관심을 기울이라.

* * *

나폴레옹 힐이 초등학생들에게 글짓기에 대한 강의를 할 때의 일이다. 힐은 유명한 작가들을 초청해 학생들에게 그들의 글짓기 경험을 들려주고 싶었다. 그래서 힐은 당대의 유명한 작가들에게 편지를 써서 학생들이 그의 작품을 매우 좋아하며, 그에게 직접 글짓기 지도를 받고 또 성공의 비결을 전해들을 수 있기를 간절히 소망하고 있다고 밝혔다. 그리고 편지마다 150명의 학생들이 직접 쓴 메시지를 함께 동봉했다.

학생들의 메시지는 자신들이 궁금해 하는 문제와 글짓기에 대한 질문들에 관한 것이었다. 바쁜 그들이 특강을 준비하는데 도움이 되도록 하기 위함이었다. 편지를 받은 작가들은 대부분 학생들의 편지와 배려에 감동하며 바쁜 시간을 억지로 쪼개가며 기꺼이 특강을 해주었다.

힐은 똑같은 방법으로 재무장관과 검찰총장, 프랭클린 루스벨트 등 수많은 저명인사들을 그의 수업에 강사로 초청할 수 있었다.

친구를 사귀고 싶다면 적극적으로 나서서 다른 사람들을 도와주어야 한다. 그것이 비록 시간과 정력이 소모되고 진심으로 성의를 가져야만 가능한 일이기는 하지만 말이다. 영국의 윈저공이 왕세자였을 때의 일이다. 한번은 그가 남미를 방문하기로 했는데, 그는 현지 언어로 연설을 하기 위해 남미 방문 전 몇 개월 동안 스페인어 공부에 몰두했었다고 한다.

우리가 다른 사람에게 관심을 가질 때 비로소 다른 사람들도 우리에게 관심을 갖는다.

어딜 가나 누구에게나 환영받는 사람이 되고 싶다면 이 한 가지 원칙을 기억하라. 진심을 다해 남들에게 관심을 기울이라.

피할 수 없다면 즐겨라

시련

　　　　　뉴욕 시 중심에 있는 한 빌딩에서 화물엘리베이
터를 관리하는 사람이 있었다. 그런데 그는 왼쪽 팔꿈치 아래로는 팔이
없었다. 어느 날 누군가 그에게 왼손이 없어서 불편하지 않느냐고 물었
다. 그러자 그는 태연하게 대답했다.

"불편하지 않아요. 왼손이 없다는 것에 마음을 쓰지 않기 때문이죠. 오
직 바늘에 실을 꿸 때만 내가 한쪽 손이 없다는 사실을 깨닫는 답니다."

누구나 살면서 한두 번쯤 아주 불쾌한 일을 겪을 것이다. 하지만 그
런 일이 이미 발생했다면 그걸 없었던 일로 바꿔놓는 것은 결코 불가능
한 일이다.

만약 필연적으로 발생한 일이고, 그것을 피할 수 없다면 기꺼이 받아
들이고 인정하는 것이 현명하다. 그것은 그로 인해 닥칠 어떤 불행을
극복하기 위해 가장 먼저 해야 할 일이기도 하다. 실패와 고통 앞에서
의연해지는 법을 배워야만 진정한 행복을 누릴 수 있고, 삶에서 피할
수 없는 어려움이나 실패, 장애, 질병, 혹은 고통을 성공을 일궈내는 힘

으로 전환시킬 수 있다.

분명한 것은 환경 자체가 우리를 행복하게 하거나 불행하게 만들 수 없다는 것이다. 그 환경에 대한 우리의 태도가 바로 행복 여부를 결정한다. 필요하다면 그 어떤 재난이나 비극도 참고 견뎌야 하며, 심지어 그것과 싸워 이겨야 한다. 자신에게 그럴 만한 능력이 없다고 생각하는 사람들도 많겠지만, 우리는 누구나 놀랍도록 강인한 잠재력을 품고 있다. 그것을 발굴해내고 이용한다면 이겨내지 못할 어려움은 없다.

그렇다고 어떤 곤란이 닥쳐도 반드시 감내하고 숙명으로 받아들이라는 것은 아니다. 어떤 상황이든 해결할 수 있는 일말의 희망이 있다면 해결하기 위해 노력해야 하지만, 아무리 애써도 피할 수 없는—반전시킬 기회가 전혀 없는— 일이 닥친다면 이것저것 괜한 고민에 휩싸이지 말고 이성을 유지하는 것이 상책이다.

불가피한 일에 맞서서 이겨낼 수 있을 만큼 충분한 감성과 정력을 모두 가진 사람은 이 세상에 없으며, 또 이런 감성과 정력으로 새로운 생활을 창조해낼 수 있는 사람도 없다. 인생에서 피할 수 없는 폭풍우가 불어 닥칠 때 선택할 수 있는 길은 누구에게나 단 두 가지뿐이다. 몸을 낮추고 바짝 엎드려 있거나, 아니면 제 깜냥도 모르고 섣불리 대항하다가 패배하거나.

어떠한 환경에서도 평정심을 유지할 수 있는 사람은 품격과 교양을 갖춘 사람이다. 심리적인 동요와 간섭을 물리치고 세상의 어떤 변화에도 냉정하게 대응할 수 있는 능력을 길러라. 물결이 어느 쪽으로 치든, 또 파도가 얼마나 거세든 흔들림 없이 낚시터에 차분히 앉아 낚싯대를 드리워야 한다. 여기에서 낚시터란 바로 고요한 마음상태를 의미한다.

* * *

　하(夏)나라를 수십 년간 통치하며 성군으로 추앙을 받던 요(堯)임금도 나이가 들자 자연히 자신의 후계자를 물색하게 되었다. 그의 후계자로 물망에 떠오른 사람은 당연히 총명하기로 이름난 우순(虞舜)이었다. 그런데 우순에게는 배다른 아우 상(像)이 있었다. 상은 사람됨이 오만하고 비열해 몇 번씩이나 아버지와 자신의 친모에게 우순을 모함했다. 하지만 우순은 아우를 원망하지 않고 부모에게 극진히 효도하며 아우를 사랑으로 대했다. 우순은 성정이 온화하고 겸손했기 때문에 누구든 그와 가까이 지내려고 했다. 그가 사는 곳은 본래 궁벽한 산골마을이었지만 얼마 되지 않아 번화한 도읍으로 변모했다. 요임금은 우순의 공을 치하하기 위해 그에게 귀한 악기와 옷감을 보내고 그곳에 곡식 창고를 지어주었다. 우순이 풍족해진 것을 시기한 상은 또 다시 그를 음해했지만 우순은 예전과 똑같이 아우를 대했다. 이 사실을 안 요임금은 우순의 고상한 성품과 재능을 높이 사 우순에게 천자의 자리를 물려주었고, 우순은 순임금으로 불리며 요임금이 이룩한 태평성세를 이어갔다. 이것이 바로 그 유명한 선양(禪讓)이다.

　순임금은 모든 것을 태연히 받아들이고, 상대가 자신에게 어떤 태도를 보이든 진실함과 선량함을 잃지 않았다. 그가 백성들에게 존경받으며 지고지상의 권력을 누릴 수 있었던 것은 바로 이 덕분이었다.

* * *

　북유럽의 한 교회당에 십자가에 못 박혀 죽은 예수의 실물 크기 십자가상이 있었다. 이 십자가상에 소원을 빌면 반드시 이루어진다는 소문이 퍼지자 이 교회당은 멀리서부터 기도하기 위해 찾아오는 사람들로 연일 문전성시를 이루었다.

매일 너무도 많은 사람들이 찾아와 기도를 하자, 보다 못한 교회당의 문지기는 예수의 노고를 덜어주어야겠다고 생각했다. 문지기는 십자가 상 앞에서 자신의 이런 소망을 담아 간절히 기도했다. 두 손을 모으고 기도를 드리는 그의 귀에 누군가의 목소리가 들렸다. 바로 예수였다.

"좋다. 그럼 내가 내려가서 문을 지킬 테니, 넌 이리로 와서 내 대신 십자가를 지어 주려무나. 그런데 한 가지 반드시 지켜야할 것이 있다. 무엇을 보든 무엇을 듣든 너는 한 마디도 해서는 안 된다."

문지기는 그 정도는 문제없다며 안심해도 좋다고 대답했다. 예수가 십자가를 내려놓자 문지기는 대신 십자가를 짊어졌다. 그렇게 문지기는 십자가에 못이 박힌 것처럼 두 팔을 벌리고 가만히 서 있었다.

많은 사람들이 끊임없이 찾아와 십자가상 앞에서 기도했다. 기도의 내용도 천차만별이어서, 상식적으로 수긍이 가는 내용도 있었지만 얼토당토 하지 않은 내용도 적지 않았다. 하지만 기도의 내용이 어떻든 그는 입을 굳게 다물고 아무 말도 입 밖으로 내지 않았다. 예수와의 약속 때문이다.

그런데 어느 날, 한 부유한 상인이 기도를 마친 후 들고 왔던 가방을 옆에 놓은 채 그대로 가는 것이 아닌가. 문지기는 그를 불러 세우고 싶었지만 꾹 참아야 했다. 그 다음으로 기도를 올린 사람은 거지였다. 그는 자신이 어려움을 잘 견뎌낼 수 있도록 도와달라고 기도했다. 기도를 마친 그가 자리에서 일어나려는데 방금 전에 부자가 놓고 간 가방이 눈에 띄는 것이었다. 열어보니 그 가방 안에 돈이 가득 들어있었다. 거지는 펄쩍 뛰어오를 듯 기뻐했다. 그는 예수가 자신의 간절한 기도를 들어준 것이라고 생각하고 감격을 눈물을 흘리며 떠났다.

십자가를 짊어지고 있던 문지기는 그에게 그건 당신의 것이 아니라고 말하고 싶었지만 역시 약속을 어길 수 없어 잠자코 있었다. 그 다음으로 온 사람은 이제 곧 먼 곳으로 항해를 떠날 젊은 선원이었다. 그는 자신이 무사히 항해를 마치고 돌아오게 해달라고 기도했다. 그런데 그가 기도를 마치고 자리를 뜨려는데 가방을 두고 갔던 부자가 허겁지겁 들어오더니 가방이 없는 것을 보고 다짜고짜 젊은이의 멱살을 잡고는 가방을 내놓으라고 하는 것이었다. 영문을 알 길이 없는 젊은이는 당연히 그런 건 본 적도 없다며 대들었고 둘은 다투기 시작했다.

이쯤 되자 그동안 꾹 참고 지켜보만 있던 문지기도 더 이상 참지 못하고 입을 열고 말았다. 결국 그렇게 사건의 진실이 밝혀지고 부자는 서둘러 거지를 뒤쫓아 가 가방을 찾았고, 젊은이는 출항 시간이 다 되었다며 총총히 사라졌다. 그때 예수가 나타나 문지기를 호통쳤다.

"썩 내려 오거라. 넌 거기에 서있을 자격이 없다."

문지기가 항변했다.

"전 사실을 말한 것뿐이에요. 제가 뭘 잘못했죠?"

"네가 무얼 아느냐? 그 부자에겐 돈이 넘쳐난다. 그 돈은 그가 첩을 얻기 위해 쓸 돈이었다. 하지만 그 거지에겐 가난에서 벗어날 수 있을 만큼 큰 돈이지. 제일 불쌍한 건 그 젊은이다. 부자가 그 젊은이를 계속 잡아두고 있었다면, 그는 출항시간에 맞춰 배를 탈 수 없었을 것이고, 그러면 생명을 구할 수 있었다. 지금 그가 탄 배는 풍랑을 만나 침몰하고 있단 말이다!"

그저 우스갯소리라고 생각할 수도 있지만, 이 이야기에는 결코 간과해서는 안 될 진리가 담겨있다. 현실에서 우리는 스스로의 생각이 가장 옳다고 믿곤 하지만 그렇지 않을 수도 있다는 것이다. 현재 일이 순조롭게 잘 풀리든 아니면 역경에 처해있든 이 모두가 하늘이 자신에게 준 가장 최고의 배려라는 점을 알아야 한다. 이 사실을 깨달아야만 일이 잘 풀릴 때는 감사할 줄 알고, 역경 속에서도 평정심을 유지할 수 있다.

모든 것이 완벽한 인생은 없다.

미국의 심리학자이자 철학자인 매슬로는 "마음이 변하면 태도는 저절로 변하고, 태도가 달라지면 습관도 따라서 달라진다. 또 습관이 달라지면 성격이 바뀌고, 성격이 바뀌면 인생도 따라서 변화한다. 일이 순조로울 때는 감사하고, 힘들 때는 평온한 마음을 유지하며 진지하게 생활해야 한다."라고 말했다.

인생에서 가장 어렵고 힘든 시기에 처해있다 하더라도 피하지 말고 용감히 맞서야 한다. 삶이 가장 고달플 때 비로소 진정한 자신을 발견할 수 있고, 그 속에서 자신을 연마해야만 결국 강한 쇠로 다시 태어날 수 있다.

"피할 수 없는 일이라면 기꺼이 받아들이라." 이 말은 예수가 탄생하기 400년 전부터 전해져 내려오는 말이지만, 과거 어느 때보다도 치열한 경쟁 속에 살고 있는 우리들에게 이보다 더 중요한 말은 없는 듯 하다.

인생에 대한 태도가
성패를 결정한다

태도

　　　　　　유복한 가정환경과 뛰어난 학벌이라는 행운을
얻지 못했다면, 성공할 수 있는 유일한 비결은 바로 '태도' 이다.

1997년 12월, 영국의 한 신문에 찰스 황태자가 한 거리의 부랑자와
함께 찍은 사진이 실렸다. 그건 정말 영화 속에서나 나올 법한 극적인
재회였다. 추운 겨울날 찰스 황태자가 런던의 빈민층들을 둘러보다가
그들 중에서 학창시절의 친구를 만난 것이었다. 이 부랑자의 이름은 클
럼 해리드였다. 부랑자가 찰스에게 다가가 쭈뼛거리며 입을 열었다.

"전하, 저는 전하와 같은 학교를 다녔습니다."

황태자가 놀라며 물었다.

"어느 학교인가요?"

"힐 하우스 초등학교죠. 그땐 서로 귀가 크다며 놀리곤 했습니다."

황태자의 동창이 길거리를 배회하는 부랑자로 전락해있다니 기가 막
힌 일이 아닐 수 없었다. 해리드는 금융계에서도 내로라하는 유명한 가
문에서 태어난 사람이었다. 그는 귀족들만 다니는 학교를 졸업한 후,

젊은 나이에 작가로도 적잖은 명성을 얻기도 했다. 신은 그에게 '가문'과 '학벌'이라는 두 개의 황금 열쇠를 주었고, 그는 그 덕분에 남들보다 훨씬 젊은 나이에 성공할 수 있었다. 하지만 두 번의 결혼 실패 후 그는 술에 의지해 하루하루를 보냈고, 결국 유명한 작가에서 거리의 부랑자로 전락하고 말았던 것이다. 그를 몰락하게 만든 것이 과연 그 두 번의 실패한 결혼이었을까? 아니다. 그를 그렇게 만든 것은 바로 그의 태도였다. 긍정적인 태도를 포기한 순간 그의 일생은 실패하고 말았던 것이다.

* * *

타이완 타이베이의 양밍산(陽明山)에 있는 한 별장이 대대적인 수리에 돌입했다. 4층으로 이루어진 별장에서 20여명의 인부들이 분주히 일했고, 59세의 타일공 우칭지(吳淸吉)도 그들 사이에서 타일을 붙이기 위해 바닥에 무릎을 꿇고 줄눈을 긋고 있었다. 불경기 때문에 일감이 예전보다 절반으로 줄었다고 모두들 아우성이었지만, 그는 내년까지 일감이 꽉 차 있었다. 그는 일년 내내 호화주택가나 별장 지역을 돌아다니며 부통령, 장관, 기업체 사장 등의 집과 별장을 짓고 수리하며 바쁘게 일했다. 그에게 일을 맡기려면 남들보다 높은 보수를 주어야했고, 또 오래 기다려야했지만 일을 맡기겠다는 사람들은 끊이지 않았다.

우칭지의 학력은 초등학교 졸업이 전부였고, 또 예순을 바라다보는 나이었으므로 다른 사람 같으면 이미 건축현장에서 발붙이기 힘들었다. 좋은 학교를 다닐 수는 없었지만 그는 성실함이라는 인생의 소중한 황금 열쇠를 가지고 있었다. 그는 이 황금 열쇠를 가지고 스스로 가치를 창조했던 것이다.

불경기로 대만의 실업율이 5.3퍼센트까지 상승하여 53만 명이 일자리를 잃었지만, 우칭지는 밀려드는 주문을 제대로 소화하지 못할 정도로 일감이 밀렸다. 그의 이런 가치를 결정한 것은 바로 그의 일하는 태도였다. 그는 맡은 일을 끝낼 때까지 결코 게으름을 부리지 않았다.

우칭지와 클럼 할리드는 모두 태도로 인생을 바꾼 사람이지만, 태도가 달랐기에 정반대의 결과를 낳았다. 클럼 할리드는 훌륭한 가문과 학벌이라는 두 개의 황금 열쇠를 이미 손에 들고 있었지만, 성공을 완성할 수 있는 가장 중요한 열쇠를 가지지 못했기 때문에 실패한 인생을 살았던 것이다.

태도는 교육, 재산, 환경 등 그 어느 것과도 비교할 수 없을 만큼 중요한 요소이다. 미국의 유명한 목사 찰스 스윈돌은 "태도는 당신의 과거, 교육, 재산, 환경, 외모, 천부적인 재능 등 그 어느 것보다도 중요합니다. 태도가 한 회사를 살릴 수도 몰락시킬 수도 있습니다."라고 말했다.

최근 기업의 경영자들을 대상으로 실시한 조사결과를 보면, 80퍼센트가 자신을 현재의 위치로 올려놓은 것은 결코 어떤 특수한 재능이 아니라 바로 인생을 대하는 태도라고 대답했다고 한다.

인생에서 몇 개의 황금 열쇠를 쥐고 있는가? 설령 첫 번째, 두 번째의 황금 열쇠를 가지지 못했다 해도, 세 번째 열쇠는 자신의 노력 여하에 따라 충분히 손에 넣을 수 있다.

* * *

한 치과 의사가 있었다. 그의 치아 치료 기술은 최고였다. 그의 진료실에는 '치아 치료도 즐거울 수 있다'는 말이 표어처럼 걸려있었다.

이에 대해 그는 "치과 의사를 만나는 것은 그리 달갑지 않은 일입니다. 때로는 악몽처럼 고통스럽기도 하지요. 전 저에게 진료를 받는 모든 사람들이 행복하고 만족스럽기를 바란답니다."라고 설명했다.

그는 늘 환자가 원하는 것이 무엇인지 세심히 살폈다. 그의 치과에는 열 평 남짓 되는 널찍한 진료대기실이 있어 진료를 기다리며 편안하게 소파에 앉아 음악을 들으며 마음을 가라앉힐 수 있었다. 또한 진료실은 매우 밝았고, 진료도구는 항상 깨끗이 소독되어 있었다. 환자들에게 무료로 불소를 도포해주고 진료를 받은 손님들에게는 전화를 걸어 불편한 곳이 없는지 확인하였다. 다른 치과들과는 다른 이런 세심한 배려 덕분에 그의 병원은 늘 손님이 끊이지 않았다.

적극적인 태도를 가지게 하는 원동력은 바로 '목표'와 '열정'이다. 키스 해럴은 《태도의 경쟁력》이라는 자신의 책에서 "태도를 기르기 위해서는 가장 먼저 인생의 목표와 열정을 찾아내야한다. 목표와 열정이 없다면 방향을 잃고 좌절하기 십상이다. 확실한 목표를 정하면 그 어떤 도전과 역경에도 용감히 맞설 수 있다."라고 했다.

"요즘은 인터넷의 발달로 누구든 쉽게 전문적인 지식을 얻을 수 있습니다. 심지어 폭탄 제조법까지도 인터넷을 통해 그리 어렵지 않게 알아낼 수 있지요. 따라서 전문지식보다는 일에 임하는 태도가 직원들의 가치를 결정하는 가장 큰 요인이 되었습니다." 필립스 인력자원센터 책임자의 말이다.

그런데 고학력자일수록 기존의 태도를 바꾸기를 원치 않고 자신의 학벌이나 능력에만 의지해 태도라는 황금 열쇠를 스스로 내던져버리는 경우가 많다.

외국의 명문 학교에서 박사학위를 받고 돌아온 고급 인재가 반년이 다 되어가도록 직장을 얻지 못하는 경우를 종종 볼 수 있다. 훌륭한 학벌에도 불구하고 실업자로 전락하는 이유는 스스로 평범한 일을 원치 않기 때문이다. 자신의 능력을 발휘할 수 있는 곳 보다는 그럴 듯하고 겉으로 번듯한 자리를 바라는 것이다. 하지만 이런 사람들이 한 가지 잊고 있는 사실이 있다. 아무리 훌륭한 학벌을 지닌 사람이라도 성실한 태도가 없다면 큰 성과를 거둘 수 없다는 사실이다. 태도는 성공으로 가는 문을 열 수 있는 마지막 열쇠이기 때문이다.

가치를 창출하는 것은 지식이 아니라 태도이다. 당신은 경쟁에서 승리할 수 있는 태도라는 무기를 가지고 있는가?

큰 물고기 이야기

어느 선원의 아들이 어렸을 때, 처음으로 어른들을 따라 고기잡이를 나갔다. 그는 갑판위에 엎드려 바다를 보고 있는데 문득 배 뒤쪽에 엄청나게 큰 물고기 한 마리가 있는 것이 보였다. 그는 사람들에게 저 큰 물고기를 보라고 가리켰지만, 이상하게도 다른 사람들에겐 이 물고기가 보이지 않았다.

배에 탔던 사람들은 소년에게 바다에 얽힌 전설을 이야기해주었다. 이 바다 속에는 물고기처럼 생긴 괴물이 사는데 보통 사람의 눈에는 보이지 않고, 그 물고기를 본 사람은 곧 죽게 된다는 이야기였다.

그 때부터 소년은 다시 바다로 나갈 용기가 나지 않았고 감히 다시 배를 탈수도 없었다.

대신 그는 자주 바닷가에 갔는데, 그 때마다 그 큰 물고기가 나타나는 것이었다. 간혹 그가 다리 위를 걸으면 이 물고기가 다리 밑으로 헤엄쳐 오기도 했다. 그는 점점 이 물고기를 보는 것에 익숙해져 갔지만 감히 그 물고기에 접근하지는 못했다. 이렇게 그는 한 평생을 보냈다.

늙어서 죽을 날이 얼마 남지 않게 되자 그는 호기심을 견디지 못하고, 물고기에게 다가가면 도대체 무슨 일이 벌어지는지 시험해보기로 했다. 그는 작은 배를 타고 큰 물고기를 향해 노를 저었다.

그는 물고기에게 물었다. "너는 평생 나를 따라 다녔다, 도대체 왜 그러는 거냐?" 큰 물고기는 대답했다. "나는 당신에게 진귀한 보물을 주고 싶었소." 물고기는 그의 앞에 번쩍이는 금은보화를 쏟아놓았다. 그는 말했다. "너무 늦었구나. 나는 곧 죽을 텐데."

다음 날, 사람들은 그가 작은 배 위에서 죽어 있는 것을 발견했다.

심리학의 관점에서 본다면, 여기에서의 바다는 잠재의식을 상징한다. 바다는 잠재의식처럼 한없이 넓고 깊이를 헤아릴 수 없는 무수히 많은 신비한 비밀을 숨기고 있다. 큰 물고기는 넓은 바다의 신비한 비밀이며, 잠재의식 속에 빠진 정신의 상징이다.

만약 누군가가 자신의 잠재의식 속에 들어갔다면, 그는 분명 보통사람처럼 생활하기 힘들 것이다. 잠재의식 속에 들어가는 것은 위험한 일이다. 만약 당신의 잠재의식 속에 심리적인 모순이 존재한다면, 당신에겐 이러한 모순을 해결할 힘도 없을 뿐 아니라 무턱대고 너무 깊게 들어가면 마음의 평형을 잃을 수도 있다.

우리의 잠재의식 속에는 위험한 요소도 물론 있지만 모두 그런 것은 아니다. 만약 물고기를 보았던 그 사람이 좀 더 빨리 용기를 내서 위험을 무릅쓰고 물고기에게 다가갔다면, 그는 아마도 이미 백만장자가 되었을 것이다. 그는 이러한 좋은 기회를 놓치고 말았다.

* * *

한 농부에게 누군가 밀을 심었는지를 물었다. 농부는 "비가 내리지 않을까 걱정되어 심지 않았소."라고 대답했다. 그 사람은 또 물었다. "그럼 당신은 목화를 심었습니까?" 농부는 "벌레가 목화를 다 먹어 치울까봐 심지 않았소."라고 말했다. 그 사람은 또 다시 물었다. "그럼 당신은 무엇을 심었습니까?" "아무것도 심지 않았소. 나는 안전을 확보하는 것이 중요합니다." 하고 대답했다.

어떠한 위험도 무릅쓰려고 하지 않는 농부처럼 아무것도 하지 않는다면, 결국 아무것도 남지 않는, 아무것도 아닌 존재가 되어 버릴 것이다. 고통과 슬픔을 피할 수는 있지만 인생을 배울 수도 변화시킬 수도 느끼고 성장시킬 수도 사랑할 수도 없다. 그는 스스로의 태도에 의해 얽매인 자유를 잃은 노예와 다를 바 없다.

위험을 무릅쓰고 싶어 하지 않는 사람들은 감히 웃을 수도 없다. 그들은 어리석음을 범할까봐 두렵기 때문이다. 그들은 울 수도 없다. 다른 사람들로부터 비웃음 살까봐 두렵기 때문이다. 그들은 다른 사람에게 도움의 손길을 내밀 용기도 없다. 그 일에 연루되는 것이 두렵기 때문이다. 그들은 감정을 드러낼 용기도 없다. 자신의 진짜 모습을 들킬까봐 두렵기 때문이다. 그들은 사랑할 용기도 없다. 사랑 받지 못할까봐 두렵기 때문이다. 그들은 감히 희망을 갖지도 못한다. 실망하게 될까봐 두렵기 때문이다. 그들은 감히 도전해 볼 수도 없다. 실패가 두렵기 때문이다.

우리는 위험을 무릅써야 한다. 인생에서 가장 큰 위험은 바로 어떠한 위험도 무릅쓰지 않는 것이다.

* * *

　타조는 위험에 처하게 되면 머리를 모래 속에 처 박고 눈 가리고 아웅 하는 식의 행동을 함으로써 심리적인 안정을 얻는다. 어른으로 성장해 가면서 피할 수 없는 일들도 있다는 것과 그 일들에 맞서 위험을 무릅써야한다는 것을 알게 되지만, 우리의 마음속에는 여전히 도피하고 싶은 마음과 위안을 찾고 싶어 하는 마음들이 남아있다. 하지만 고난과 위험은 약자에게는 강하고 강한 자에게는 약한 법이다. 당신이 강하게 나가면 그 고난과 위험은 약해질 것이고, 당신이 약하게 굴면 그것은 더욱 강해질 것이다.

　우리가 항상 기억해야 한다. 가장 고통스러울 때는 눈물을 흘릴 시간이 없고, 가장 위급할 때에는 머뭇거릴 시간이 없다는 것이다. 모험이란 바로 당신이 성공할 가능성이 더욱 많아진다는 것을 의미한다.

　위험을 이겨내려는 심리와 위험에 대한 방어 능력은 위험을 끊임없이 이겨내는 과정에서 단련되는 것이다.

지나치게 신중한
우유부단 선생이 되지 마라

우유부단

         대학을 졸업한 재능이 뛰어난 한 사람이 돈을 벌기 위해 장사를 하기로 결심했다.

주식 투자를 해보라는 친구의 말에 그는 솔깃했지만, 막상 주식거래 통장을 개설하러 갈 때가 되자 망설여졌다.

"주식투자는 위험이 따르니 좀 기다려보지."

또 한 친구가 야간학교에서 강의하는 일을 겸임해보라고 하자, 그는 흥미로워했으나 수업을 해야 할 때가 다가오자 또 망설였다.

"한 시간 강의에 겨우 20위안이라니 별로 의미가 없어."

그에겐 선천적인 재능이 있었지만 줄곧 망설이면서 시간을 보냈다. 그렇게 그는 몇 년이 지나서도 내내 한 번도 돈을 벌어 본적도 하는 일도 없었다.

하루는 이 '우유부단 선생'이 고향 친척집을 방문하러 가는 길에 사과 과수원을 지나게 되었는데, 멀리서 보기에도 아주 잘 자란 사과나무들이었다. 그는 감탄하며 말했다. "하나님이 이 곳 주인에게 아주 비옥한 땅을 내려 주셨구나!" 마침 과수원 주인이 이 말을 듣고는 "당신은 하나님이 여기서 땅을 갈고 김매는 것을 보았소?"라고 말했다.

많은 사람들이 행동하지 않고 늘 망설이고만 있다. 반대로 어떤 사람들은 계획도 없이 단지 행동만 하기도 한다. 성공과 수확은 항상 자신만의 계획을 세우고 그것을 행동으로 옮기는 사람에게만 찾아온다.

지나치게 신중한 것은 세심하지 못한 것과 마찬가지이다. 사람들이 당신을 믿어주길 바란다면 신뢰할 수 있는 방법으로 자신을 표현해야만 한다. 지나치게 신중하여 새로운 것에 감히 도전하지 못하는 것은, 어떠한 심사숙고도 하지 않고 생각을 돌발적으로 실행에 옮기는 것과 마찬가지로 당신에게 심각한 손상을 입히게 된다.

수영을 안 해본 사람이 물가에 서있거나, 스카이다이빙을 해본 적이 없는 사람이 비행기 문 앞에 서있는 것은 생각만 해도 무서운 일이다. 공포를 치료하는 가장 좋은 방법은 바로 행동으로 옮기는 것, 망설이지 않고 실행하는 것이다.

* * *

하루는 6살짜리 소년이 밖에서 놀다가 나무 위에 있던 새둥지가 바람에 떨어져있는 것을 발견했다. 그 안에는 작은 참새 한 마리가 어미새가 먹이를 가지고 오길 기다리며 슬피 울고 있었다. 소년은 집으로 가져가 키우기로 마음먹었다.

새둥지를 두 손으로 받쳐 들고 집 앞에 도착했을 때, 그는 갑자기 엄마가 집에서 애완동물을 키우지 못하게 한다는 것이 생각났다. 그는 참새를 현관 앞에 두고 급하게 집에 들어가 엄마에게 부탁했다. 그의 애원에 엄마는 결국 허락해주었다.

작은 소년은 기뻐서 현관으로 뛰어갔다. 그런데 참새는 보이지 않고 대신 검은 고양이 한 마리가 부족하다는 듯이 입 언저리를 핥고 있었다. 이 소년은 이로 인해 오랫동안 상심했지만, 이 일로 한 가지 교훈을 얻었다. 만약 자신이 굳게 믿는 일이라면 절대 우유부단하게 행동해선 안 된다는 것이다. 이 소년이 바로 중국의 유명한 컴퓨터 박사인 왕안(王安)이다.

앞뒤를 잘 생각하고 쉽게 결단을 내리지 않은 덕분에 실수를 피해갈 수도 있다. 하지만 그보다는 수많은 성공의 기회를 놓치게 될 가능성이 훨씬 높다.

* * *

사천(四川)의 외진 곳에 두 명의 스님이 살았는데, 그 중에 한 사람은 가난하고 다른 한 사람은 부유했다. 어느 날 가난한 스님이 부유한 스님에게 말하길 "나는 남쪽 바다에 가고 싶은데 자네가 보기에 어떤가?" 부유한 스님이 말했다. "자네는 무얼 믿고 가려하는가?" "바리때 하나만 있으면 충분하네." 가난한 스님이 대답했다. 부유한 스님이 또다시 물었다. "나도 오랫동안 배 한 척을 빌려 양쯔강을 따라 내려가며 여행을 해 보고 싶었지만 아직도 못하고 있는데, 자네가 정말 갈 수 있겠는가?"

다음 해에 가난한 스님이 남쪽 바다에서 돌아와 부유한 스님에게 여행 중에 있었던 일을 얘기해주자 그 부유한 스님은 정말 부끄러웠다.

몇 번의 이야기보다 한 번 행동하는 것이 낫다는 것은 간단한 이치이다. 과감하게 행동하지 않으면 당신의 모든 꿈들이 물거품이 될 수 있다.

현실은 강 이쪽에, 이상은 강 건너편 저쪽에 있다면, 행동은 바로 강을 이어주는 다리이다.

행동함으로써 오는 해는 우유부단하게 일을 처리해서 오는 해보다 크지 않다. 멈춰서 움직이지 않는 것은 움직이는 사물보다 훨씬 망가지기 쉽다.

배움에는 끝이 없다

배움

　　미국 동부의 한 대학에서 기말고사 마지막 날에 있었던 일이다. 한 건물의 계단에 공과대학 4학년 학생들이 웅성웅성 모여 있었다. 그들은 몇 분 후에 시작될 시험에 대해 이야기를 나누고 있었는데, 모두들 자신감으로 가득 차 있었다. 이 시험을 치르고 나면 그들은 이제 졸업식을 거쳐 사회로의 첫 발을 내딛게 되는 것이었다.

　이미 직장을 구한 학생들은 설레는 표정으로 앞으로 맡게 될 일에 대해 이야기했고, 아직 직장을 구하지 못한 학생들은 장래의 대한 여러 가지 바람을 늘어놓았다. 4년 동안 대학에서 얻은 자신감으로 충만한 그들은 이미 사회에 나가 세상을 정복할 만반의 준비가 끝났다고 확신하고 있었다.

　졸업을 위한 마지막 관문이라고 할 수 있는 기말고사도 가뿐히 통과할 것이라고 자신했다. 교수님이 시험시간에 책이든 노트든 아무 것이나 한 권씩 가지고 오라고 했기 때문이다. 무엇이든 단 한 권만 가지고 들어와야 하며 시험시간에 서로 이야기를 나누어서는 안 된다고 했다.

종이 울리자 학생들은 성큼성큼 교실 안으로 들어갔다. 그리고 교수님이 나누어준 시험지에 시험문제가 단 5개밖에 되지 않는다는 것을 알게 되었을 때는 모두 속으로 쾌재를 불렀다.

그로부터 3시간 후 교수님은 답안지를 제출하라고 했다. 그런데 어찌된 일인지 학생들의 얼굴에서 3시간 전의 그 자신감은 전혀 찾아볼 수 없었다. 아니, 공포에 질려있었다. 누구하나 한 마디도 입 밖에 내지 않았다. 학생들이 답안지를 모두 제출하자 교수님은 교단에 서서 학생들을 하나하나 바라보았다.

학생들의 초조한 표정을 한동안 말없이 바라보던 교수님이 입을 열었다.

"문제를 모두 푼 사람은 손을 들어보게."

단 한 명도 손을 들지 않았다.

"4문제를 푼 사람은 몇 명이나 되지?"

역시 아무도 손을 들지 않았다.

"그럼 3문제를 푼 사람은?"

학생들의 얼굴에서 불안한 기색이 역력했다.

"1문제라도 푼 사람은 있나?"

숨 막히는 정적이 계속되었다.

"이게 바로 내가 기대했던 결과이고 목적이네. 제군들이 4년간의 교과과정을 모두 이수했다고 하지만 자네들이 전공한 것에 대해서도 아직 모르는 것이 수없이 많다네. 오늘 문제는 그리 어려운 문제도 아니네."

학생들의 겁에 질린 표정을 바라보며 교수님이 빙그레 미소를 지었다.

"제군들 모두 이 과목에서 통과했네. 하지만 이것 하나만은 잊지 말게나. 제군들이 비록 대학을 졸업하기는 하나 배움은 이제부터 시작이라는 사실일세."

세월이 흘러 이 교수님의 이름은 학생들의 기억 속에서 잊혀졌지만, 이 마지막 수업만은 결코 잊혀지지 않았다.

배움에 관심이 없거나 바빠서 책을 볼 시간이 없다고 변명하는 사람들은 언젠가 시대의 흐름에 따라가지 못하고 낙오하게 된다. 학문은 배를 타고 강을 거슬러 올라가는 것과 같아서 앞으로 나아가지 않으면 곧 후퇴하고 만다.

* * *

미국 자동차 업계의 입지전적인 인물인 포드는 어렸을 적 한 기계 상점에서 점원으로 일했다. 당시 그의 주급은 2달러 5센트가 고작이었지만, 매주 기계와 관련된 책을 사는데 2달러 3센트를 썼다. 결혼한 후에도 그의 살림 중에 기계 관련 잡지와 책들을 빼면 값나가는 물건이 하나도 없었다. 하지만 이 책들이 바로 포드로 하여금 길고 긴 배움의 길에서 그를 끊임없이 전진하게 하고 자동차 대기업을 일구도록 만든 원동력이었다. 성공한 후 포드는 젊은이들에게 "젊은 시절에는 인생에 필요한 지식과 기술을 익히는 것이 돈을 한 푼 더 모으는 것보다 훨씬 중요하다."고 충고했다.

책은 일년 내내 푸르른 지혜의 나무이고, 책을 읽는 것은 그 나무에 거름을 주는 것이다. 인생에서는 비옥한 땅뿐 아니라 황량한 사막도 만나게 되지만, 오묘한 진리의 문을 열 수 있는 책을 곁에 둔다면 사막에서도 오아시스를 만나게 될 것이다.

가장 훌륭한 교육은 스스로 하는 공부라는 사실은 이미 여러 번 증명된 사실이다. 《진화론》을 쓴 다윈 역시 "나의 학문에서 가장 가치 있는 것들은 모두 스스로 어렵게 익힌 것들이다."라고 했다.

학교에서 배운 지식만이 가치 있는 것은 아니다. 우리에게 필요한 것은 바로 학문에 대한 열정이다. 배움의 길에 결코 끝이란 없다.

나무의 방향은 바람에 의해 결정되지만,
사람의 방향은 자기가 결정한다

방향

정의감이 넘치는 노신사가 있었다. 어느 날 아침 그는 한 젊은이가 집을 중개하는 광고 전단지를 나무에 붙이고 있는 것을 보고는 정중하게 물었다.

"젊은이, 잠깐 나 좀 보시겠소. 좀 전에 막 청소부들이 나무에 붙어있던 광고물들을 깨끗하게 떼어낸 것을 아시오?"

"압니다!" 젊은이는 불쾌하다는 듯이 대답했다.

"안다면서 왜 그것들을 나무에 붙이는 겐가? 도시의 깨끗한 모습을 더럽히는 것은 법을 위반하는 행동이라는 것을 모르나?"

하지만 젊은이는 아랑곳하지 않고 계속 전단지를 붙이면서 머리도 들지 않고 말했다.

"다 동전 두 닢을 벌기 위한 일이에요."

"단지 동전 몇 닢을 벌기 위해서 환경을 파괴하고 법률을 위반해도 된다는 말이오?" 노신사는 다시 그 젊은이를 몰아부쳤다.

"불법이라고요? 세상에 널린 게 불법 아닌가요? 돈 있는 사람들이 무질서하게 주차하는 것도 불법 아닙니까!" 젊은이가 대답했다.

"필요하다면 법을 어겨도 된다는 말이오!? 그럼 이 나라에 무슨 희망이 있겠소?"

"희망이 없는 것이지요!"

젊은이는 말을 마치고 오토바이를 타고는 또 다른 나무에 전단지를 붙이러 가버렸다.

"희망이 없는 것이지요!"

이 이야기는 우스운 것 같아 보이지만 사람들의 마음을 쓰리게 하는 이야기이다. 만약 한 사회에 희망이 없다면, 한 젊은이에게 희망이 없다면, 이것은 정말로 무서운 일이다!

어떤 나무들은 비록 외관으로는 마른 것 같이 보이지만, 겨울이 가고 봄이 오면 나뭇가지 끝에선 '다투어 푸른 잎을 피우기 위해' 노력한다. 폐품을 주우며 살아가는 노인 왕관잉(王貫英)은 비록 쓰레기를 줍고 폐품을 모으지만, 그는 여전히 "도서관을 짓고, 학생들을 행복하게 해주고 싶은" 목표와 희망을 가지고 있다!

그러나 어떤 젊은이들은 마약과 도박을 하고 남의 것을 약탈하며 아무 희망도 없이 흐리멍덩한 나날들을 보내면서 살아가고 있다. 그들은 어느 날 갑자기 깨달을지도 모른다.

"아, 나는 어떻게 죽을까?"

'목표도 투지도 생기도 없이' 사는 것이 '죽는 것' 과 무슨 차이가 있겠는가. '나무의 방향은 바람에 의해 결정되고 사람의 방향은 스스로가 결정한다' 는 명언이 있다. 그렇다. 우리의 진정한 적은 자신의 나태, 태만, 방황, 인내를 모르는 것이다!

누군가가 "성공하고 싶은 사람은 손을 드세요!" 하고 묻는다면 모두 손을 들 것이다. 하지만 "고생하고 싶은 사람은 손을 드세요!" 하고 묻는다면 아무도 손을 들지 않는다.

사람들이 모험을 하기 싫어하고 또한 고생하고 싶어 하지도 않는다. 단지 가만히 앉아서 남이 고생 끝에 얻은 성과를 부러워하며 하루아침에 출세하고 싶어 한다. 하지만 빠르게 성공할 수 있는 방법은 없다! 어쩌면 엘리베이터를 탄 것처럼 운 좋게 출세가 빠른 누군가가 있을 수도 있다. 이러한 행운이 당신에게 찾아올 거라 믿지 마라. 행운도 노력하는 자에게 찾아오는 법이다. 한 칸 한 칸씩 착실하게 계단을 오르는 것이 가장 확실한 방법임을 잊지 마라.

계단을 오를 때에는 끊임없이 스스로에게 말해야 한다. '나는 젊고 장래가 유망하다, 나는 목표를 가지고 있다. 어쩌면 뜻밖의 행운이 찾아올 수도 있지만 절대로 재능을 묻어버릴 수 없다. 나의 재능을 키워 반드시 성공할 것이다!'

우리에겐 태어날 환경을 선택할 권리는 없지만, 삶의 환경을 바꿀 권리는 있다. 당신의 운명을 스스로 결정할 수 있는데 다른 사람의 손에 맡겨서는 안 된다.

믿음과 끈기를 가지고 있다면, 분명 당신은 운명을 바꾸고 꿈을 실현시킬 수 있다.

나무의 방향은 바람에 의해 결정되고 사람의 방향은 자기가 결정한다. 우리의 운명을 다른 사람의 손에 맡기고 있거나 시대의 흐름에 이리저리 휩쓸린다면, 당신은 이미 인생의 방향을 잃은 것이다. 방향이 없는 인생은 절대로 멋있는 인생이 될 수 없다.

목표란 인생의 방향이다

목표

어떻게 하면 벼룩을 훈련시킬 수 있을까?

우스갯소리라고 생각할 수도 있지만 이건 매우 진지한 문제다. 이 질문의 해답을 알고 나면 인생이 완전히 바뀔 수도 있다.

벼룩을 훈련시키려면 우선 주둥이가 넓은 병 속에 넣고 투명한 뚜껑으로 덮는다. 벼룩은 밖으로 나가기 위해 폴짝폴짝 뛰어오르지만 뚜껑에 머리를 부딪치게 된다. 하지만 한두 번 부딪친 것만으로 탈출 시도를 포기하지는 않는다. 벼룩은 몇 차례 더 뚜껑에 부딪쳐 바닥으로 떨어진다. 잠시 후, 벼룩이 뛰어오르는 모습을 가만히 관찰해보면 아주 재미있는 사실을 발견할 수 있다. 여전히 계속 뛰어오르지만 뚜껑에 부딪칠 만큼 높이 뛰지는 않는다는 사실이다. 이제 뚜껑을 살며시 열어보자. 벼룩은 계속 뛰어오르면서도 병 밖으로 나오지는 못한다.

이유는 간단하다. 벼룩은 실패의 경험으로 자신의 도약 높이를 조절하고 있는 것이다. 그리고 그 상황에 적응해버려 다시는 더 높이 뛰어오르려는 변화를 시도하지 않는다. 이것은 비단 벼룩에게서만 나타나는 현상은 아니다.

사람은 어떤 목표를 설정하느냐에 따라 인생의 모습이 달라진다. 인생에서 어떤 것들을 해야 하는지는 누구나 잘 알고 있지만 그것을 직접 행동으로 옮기는 사람은 많지 않다. 그 원인은 바로 그들이 장래의 목표를 세우지 못했기 때문이다.

아라비안나이트의 신밧드의 모험에 나오는 램프의 요정 지니를 기억할 것이다. 누구나 한 번쯤 이런 램프가 있었으면 하고 바랐을 것이다. 램프를 문지르기만 하면 어디선가 요정이 나타나 소원을 들어준다. 게다가 한 번도 아니고 세 번씩이나. 누구나 원하면 이 요정을 불러낼 수 있다. 아니 부르려고 마음먹으면 인생의 모든 걸림돌이 사라질 것이다. 상상의 나래를 펴고 마음을 굳게 먹는다면 바라던 꿈이 실현되는 것은 시간문제이다.

사람의 잠재력에 대해 연구한 한 박사가 이런 말을 한 적이 있다.

"어떤 목표를 세우느냐에 따라 한 사람의 인생이 달라진다."

"내 문제는 목표가 없다는 것이야."라고 입버릇처럼 말하는 사람이 있다면, 그건 그가 목표의 진정한 뜻을 이해하지 못한 것이다. 사람은 누구나가 목표를 가지고 있다. 행복을 추구하고 고통을 피하려는 본능적인 목표도 없는 사람은 없을 것이다. 단지 이 목표를 실현하고 행복한 삶을 살기 위해 행동하고 노력하는가, 그렇지 않은가의 차이만 있을 뿐이다.

유감스럽게도 대부분의 사람들이 추구하는 목표는 매월 청구되는 카드대금을 어떻게 메울 것인가에 그친다. 이러한 상황이라면 인생의 목표는 아예 논할 수도 없어진다. 어떤 목표를 가지고 있느냐는 그 자체로 인생의 질이 달라진다는 사실을 명심하라. 지금이 바로 가치 있는 목표를 세워야할 때다.

* * *

목표는 사람으로 하여금 적극적으로 행동하게 만든다. 목표를 확실히 세우면 그 목표는 나를 독려하는 채찍이자 노력하게 하는 동기가 된다. 목표는 자신에게만 보이는 과녁과도 같다. 목표를 실현하기 위한 과정에서 성취감을 경험할 수 있다. 그리고 그 과정에서 목표를 하나둘씩 실현시켜간다면 사고방식도 점차 변화하게 된다.

목표를 세울 때에는 실현가능하도록 구체적으로 세워야 한다. 목표가 구체적이지 않으면 그것이 실현 가능한지 가늠할 수도 없을뿐더러 적극성을 불러일으키는 효과도 크게 반감된다. 목표를 향해 매진하는 것이 바로 행동의 원동력인데 얼마나 행동해야 그 목표에 도달할 수 있을지를 알 수 없다면 곧 의기소침해지고 목표를 실현하겠다는 의지도 사라질 것이다.

* * *

짙은 안개가 미국 캘리포니아 해안을 뒤덮고 있던 1952년 7월 4일 이른 새벽, 플로렌스 채드윅이라는 34세의 한 여성이 카타리나 섬에서 캘리포니아 해안까지 헤엄쳐서 바다를 건너고 있었다. 이것이 성공한다면 그녀는 이 구간을 수영으로 건넌 세계 최초의 여성이 되는 것이었다. 그녀는 이미 세계 최초로 도버 해협을 헤엄쳐서 건넌 바 있었다.

그날은 바닷물이 너무 차가워 그녀의 몸은 마비될 지경이었고, 안개가 너무 짙어 바로 지척에서 그녀를 호위하는 배조차도 보이질 않았다. TV를 통해 수많은 사람들이 그 광경을 지켜보고 있었다. 상어가 그녀를 향해 다가오는 바람에 공포탄을 쏘아 쫓아 보내기도 했지만, 그녀는 이에 아랑곳하지 않고 꿋꿋이 헤엄쳐갔다. 이와 비슷한 시도를 여러 번 경험한 그녀에게 가장 괴로운 것은 피로가 아니라 차디찬 바닷물로 인해 뼛속까지 파고드는 추위였다.

얼마 후, 그녀의 몸은 감각을 느낄 수 없을 정도로 얼어붙었다. 배 위에서 그녀를 지켜보며 응원하던 어머니와 코치는 해안이 그리 멀지 않았다며 포기하지 말 것을 독려했다. 하지만 그녀의 눈에는 희뿌연 안개 외에는 아무 것도 보이지 않았다. 그녀는 더 이상은 헤엄을 칠 수 없다며 배 위로 끌어올려달라고 외쳤다. 배에 올라 몸을 녹이고 나자 그녀는 실패했다는 좌절감에 휩싸였다. 그녀는 기자들에게 말했다.

"변명으로 들릴지 모르지만, 도착점이 보였다면 포기하지 않았을 거예요."

그녀가 배에 올라탄 지점은 해안에서 불과 8백 미터밖에 떨어지지 않은 곳이었다. 그녀를 중도에 포기시킨 것은 피로도 추위도 아니었다. 바로 목표점을 가려버린 안개였다.

그녀가 중간에 포기한 것은 그때가 유일했다.

두 달 후, 날씨가 청명한 어느 날 채드윅은 다시 한 번 카타리나 해협 횡단에 도전했고, 마침내 성공했다. 그날은 캘리포니아 해안을 똑똑히 볼 수 있었다. 그녀는 처음으로 카타리나 해협을 헤엄쳐서 횡단한 여성이었고, 같은 도전을 했던 남성들의 최고기록을 2분이나 앞당겼다.

수영실력에서는 그 누구에게도 뒤지지 않았던 그녀도, 목표물이 보이지 않았던 처음 도전에서는 성공할 수 있었던 기회를 포기했고, 목표가 뚜렷했던 그 다음 도전에서는 성공할 수 있었던 것이다.

성공하고 싶다면 눈앞에 보이는 뚜렷하고 구체적인 목표를 설정하라.

많은 사람들이 보다 나은 삶을 위해 열심히 일한다. 하지만 자신이 어디로 가고 있는지는 잘 모른다고 말한다. 그러다가 문득 잘못된 방향으로 가고 있다는 사실을 깨닫게 되었을 때는 이미 늦어버린 경우가 많다. 실현 가능한 구체적인 목표를 세우고 가는 길을 정확히 파악한 후에 온 힘을 다해 전진하라.

기회는
찾아나서는 자의 것이다

기회

어느 날 신선이 한 젊은이의 꿈에 나타나 큰 부와 명예를 거머쥐고, 아름다운 아내를 맞이할 수 있는 기회가 찾아올 것이라고 알려주었다. 꿈에서 깨어난 그는 신선의 예언을 믿으며 자신에게 어서 그런 기적이 나타나기를 기다렸다. 하지만 한 달, 두 달, 일 년, 이년이 지나가도록 그에게는 아무 일도 일어나지 않았다. 그는 평생을 가난하고 고독하게 살다가 세상을 떠났다. 저승에서 그는 옛날 자신의 꿈속에 찾아왔던 신선을 만날 수 있었다. 그가 볼멘소리로 물었다.

"제게 부와 명예, 그리고 미녀를 얻게 될 것이라고 말씀하셨잖아요! 저는 평생을 기다렸지만 그 중 단 한 가지도 얻지 못했습니다."

신선이 대답했다.

"그렇게 말한 적이 없다. 나는 네게 부와 명예, 그리고 아름다운 아내를 얻을 수 있는 기회가 찾아올 것이라고 말했을 뿐이다. 너는 그 기회가 찾아올 때마다 바로 눈앞에서 그것들을 놓쳐버리더구나."

그가 믿을 수 없다는 표정으로 말했다.

"무슨 말씀이신지 도무지 모르겠군요."

"너는 좋은 아이디어가 떠올랐지만 그걸 행동으로 옮기지 않았어. 실패가 두려워 시도해보지도 않았지. 그렇지 않느냐?"

그가 힘없이 고개를 끄덕였다.

"너는 그걸 행동으로 옮기지 않았지만, 몇 년 후 너와 똑같은 아이디어를 생각해낸 사람은 용감하게 실천에 옮겨 백만장자가 되었단다. 또 이런 적도 있었지. 대지진이 일어났을 때 말이다. 수많은 집들이 무너져 사람들이 무너진 폐허 안에 갇혔을 때 너는 그들을 구할 수 있었어. 하지만 너는 집을 비운 동안 도둑이 들어 물건을 훔쳐 갈까봐 두려워 사람들을 구하지 않았지. 그걸 핑계로 도움이 필요한 사람들을 외면했던 거야."

그가 고개도 들지 못한 채 끄덕였다.

"그건 네가 수십 명을 구할 수 있는 좋은 기회였지. 그때 사람들을 구했다면 사람들의 존경과 찬사를 한 몸에 받을 수 있었을 거다. 그뿐만이 아니다. 검은 생머리가 유난히 돋보이던 아름다운 아가씨를 기억하느냐? 너는 그녀에게 한 눈에 반했지. 아마 평생 동안 널 그렇게 매료시킨 여자는 없었을 것이다. 하지만 너는 그렇게 아름다운 여자가 너를 좋아할 리도 없고, 더욱이 너와 결혼해줄 리는 만무하다며 그녀에게 다가가기 조차도 않더구나."

굵은 눈물이 고개를 끄덕이는 그의 볼을 타고 흘러 내렸다.

"그녀가 바로 네 배필로 맺어질 여자였다. 그녀와 결혼했더라면 평생을 행복하게 살 수 있었다."

그렇다. 우리는 매일 수많은 기회를 만나게 된다. 하지만 이야기 속의 남자처럼 시도해보지도 않고 두려움에 휩싸여 내밀려던 손을 등 뒤로 숨긴다. 그렇게 그 기회는 멀리 떠나가 버린다.

우리는 이야기 속의 남자보다는 훨씬 상황이 낫다. 아직 살아있지 않은가. 지금이라도 잡으려고만 한다면 아직도 수많은 기회가 당신을 기다리고 있다. 기회는 잡으려하지 않으면 절대로 찾아오지 않는다.

* * *

당나라의 대시인 백거이(白居易)가 아직 이름이 알려지지 않은 한낱 서생에 불과했을 적의 일이다. 그는 남다른 재주와 학식을 가졌음에도 알아주는 이가 하나도 없었다.

출세를 위해 장안으로 간 백거이는 스스로 기회를 만들기로 결심하고, 당시 명망이 높던 고황(顧況)을 찾아가 자신의 시를 평가해달라고 청했다. 백거이라는 이름에 고황은 대뜸, "장안의 쌀이 비싸니 살기가 쉽지 않겠구나!(長安米貴, 居大不易)"라며 그의 이름을 빗대 비웃었다.

하지만 부득고원초송별(賦得高原草送別)이라는 백거이의 시를 읽고 난 고황은 무릎을 탁 치며 "이런 재주가 있으니 살기가 쉽겠구나!(有如此之才, 白居亦易)"라며, 이번에는 그의 이름을 빌어 칭찬했다. 그 후 백거이는 고황의 적극적인 천거에 힘입어 장안에서 큰 명성을 떨치며 당대 최고의 시인이 될 수 있었다. 기회란 스스로 만들어 나갈 수 있다.

사람들은 완벽한 기회가 저절로 찾아와주기를 기다리지만, 안타깝게도 그런 기회는 세상 어디에도 없다.

기회는 끈기 있게 기다린다고 찾아오는 것이 아니다. 영국의 저술가 사무엘 스마일즈는 "기회를 만나지 못한다면 직접 찾아 나서라."라고 충고했다. 기회의 문은 자신의 힘으로 열수 있다. 기다리지 말고 직접 찾아 나서라.

* * *

미국의 대부호 헨리 프릭은 15세 때 형에게 25센트를 빌려 신문에 '성실한 소년이 일자리를 구합니다' 라는 작은 구직광고를 냈다. 얼마 후 한 회사에서 그를 고용하겠다는 연락이 왔다. 잔심부름을 하는 말단 직원으로 월급도 아주 적었지만 그는 시종일관 미소를 잃지 않고 묵묵히 일했다. 그 덕분에 헨리는 사장의 신임을 얻어 장학금을 받아 학업을 마쳤고, 훗날 철강 회사의 사장으로 취임해 큰 부를 거머쥘 수 있었다. 친구인 카네기는 자서전에서 그를 이렇게 평가했다.

"헨리는 적극적으로 기회를 만들어 인생을 개척했다."

기회는 의지기 있는 사람을 편애한다. 기회는 자신을 찾아오는 사람, 그리고 이상을 지닌 행동가에게만 자신의 존재를 드러낸다. 최선을 다해 일하지 않고 허송세월하는 사람이나, 좌절하여 포기한 사람에게는 잡히지 않는 뜬구름일 뿐이다.

찾아 나서면 얻을 수 있지만 가만히 있으면 놓쳐버리는 것이 기회이다. 기회를 얻고 싶다면 직접 찾아 나서라. 절대로 우연을 기대하거나 요행을 바라지 마라.

열정을 지녀라

열정

　　　　　짙은 안개가 낀 어느 날 밤, 나폴레옹 힐과 그의 어머니가 뉴저지에서 배를 타고 뉴욕으로 가고 있었다. 어머니가 갑판에 서서 상기된 표정으로 말했다.

"난 네게 늘 도움이 되는 충고들을 해왔다. 지금까지의 충고들을 네가 귀담아 들었는지는 모르겠다만, 지금의 이 말은 절대로 잊지 마라. 세상엔 아름답고 흥분되는 광경들이 무궁무진하게 많단다. 하지만 그것들이 아무리 네 마음을 흔들고 매료시킨다 해도 절대로 거기에 미혹되거나 감각이 둔해져서는 안 된다. 그것들로 인해 네가 가진 본래의 열정을 흩트리지 말아야 한다."

나폴레옹 힐은 어머니의 당부대로 그때의 충고를 잊지 않고 그대로 실천했다. 남들보다 더 많은 일을 더 잘 해낸 사람들, 다시 말해 성공한 사람들의 공통점은 바로 남들보다 더 많이 노력했다는 점이다. 똑같은 재능을 가졌다 해도 더 큰 열정을 가진 사람이 더 크게 성공한다.

열정이란 행동을 유발하는 원동력이자 어떤 일에 몰입할 수 있도록 해주는 에너지이다.

자괴감에 빠진 사람들은 스스로를 과소평가하여 자신감과 열정을 잃어버리곤 한다. 자기에게는 거대한 잠재력이 도사리고 있음을 믿어라. 이런 자신감은 스스로를 사랑하게 만들고 성공으로 이끌어준다.

작은 열정만으로는 부족하다. 열정을 강하게 만들기 위해 스스로를 단련해야 한다. 어떻게 하면 열정을 강하게 만들 수 있을까?

* * *

나폴레옹 힐은 열정을 강하게 단련시키는데도 몇 가지 순서가 있다고 했다.

첫째, 모든 문제를 깊이 이해하라.

힐은 현대미술에 그리 호의적이지 않았다. 그저 복잡하게 이리저리 선을 그어놓은 것에 불과하다고 생각했다. 하지만 미술을 전공한 친구에게서 현대미술에 대한 설명을 듣고 난 후, 그는 현대미술을 완전히 다른 시각으로 보게 되었다. 뿐 아니라 한 가지 중요한 사실을 깨달았다. 무엇이든 자세히 알고 난 후에야 진정한 묘미를 깨달을 수 있고, 아는 것이 많을수록 흥미도 높아진다는 사실이었다. 나폴레옹 힐은 이렇게 충고했다.

"무언가가 싫더라도 그 진정한 모습을 이해하고 나면 흥미가 배가된다는 진리를 기억하라."

둘째, 무슨 일을 하든 충만한 열정을 가지라.

어떤 일에 열정과 흥미가 있는지는 일부러 드러내지 않아도 저절로 나타나기 마련이다. 악수를 할 때에는 손을 힘 있게 잡고 "만나서 영광입니다." 혹은 "다시 만나게 되어 반갑습니다."라고 말해야 한다. 힘없이 잠깐 잡았다가 놓기만 한다면 소극적이고 의욕이 없는 사람이라는 인상을 줄 뿐이다. 미소를 지을 때에도 생기 있는 표정으로 미소 짓는 것이 좋다. 이렇게 미소를 지으며 "감사합니다."라고 말한다면 자신의 진심을 전달할 수 있을 것이다. 말할 때도 마찬가지다. 큰소리로 "오늘은 아주 기분이 좋군!"이라고 말해보자. 어쩐지 조금 전보다 마음이 더 편안해진 것 같지 않은가? 늘 활력을 잃지 않는 사람이 성공한다.

셋째, 좋은 소식을 많이 알리라.

누군가 "제게 좋은 소식이 있어요."라고 말한다면, 그의 주변에 있던 사람들은 하던 일을 멈추고 그를 바라볼 것이다. 좋은 소식을 알리면 이목을 끌 수 있을 뿐 아니라 남들에게 호감을 줄 수 있다. 좋은 소식보다 나쁜 소식을 더 많이 알리는 사람은 동료들의 환영을 받지 못하며, 또 아무 것도 이룰 수 없다는 점을 잊어서는 안 된다.

넷째, 상대로 하여금 매우 중요한 존재라고 느낄 수 있도록 만들라.

인도에 살든 미국에 살든, 평범한 사람이든 큰 성공을 거둔 사람이든, 많이 배웠든 못 배웠든, 또 나이가 적든 많든, 사람이라면 누구나 중요한 인물이 되고 싶다는 소망을 가지고 있다. 이것은 인간의 가장 강렬하고도 절실한 목표이다. "현명한 여자들은 …를 사용합니다." 혹은 "안목이 높은 당신에게 …를 바칩니다." "…이 당신으로 하여금 사람들의 부러움을 한 몸에 받게 할 것입니다." 등의 광고카피는 명예를 얻고, 남들에게 인정받고 싶어 하는 심리를 겨냥한 것이다. 이런 광고들은 소비자들에게 이 제품을 구매하면 상류사회에 들어갈 수 있다고 선전하곤 한다.

사람들의 이런 욕구를 충족시켜주고 남들이 자신을 중요한 존재로 여기고 있다면 자신 역시 성공할 수 있다. 이것은 많은 사람들이 알고 있지만 실천하지 못하는 방법 중 하나다.

나폴레옹 힐이 디트로이트에서 살 때의 일이다. 매일 아침 버스를 타고 출근을 하는데 난폭하게 운전을 하고 승객들에게도 불친절한 버스 운전수 한 명이 있었다. 그 운전수는 버스를 타려고 뛰어오는 사람이 있는 줄 뻔히 알면서도 정류장에 있는 사람들만 타고 나면 매정하게 문을 닫고 출발하곤 했다. 그런데 예외가 있었다. 유독 한 승객에게만은 그냥 떠나지 않고 기다려주었다. 이유가 무엇이었을까? 그건 바로 그 승객이 운전수로 하여금 자신이 중요한 존재라는 사실을 깨닫게 해주었기 때문이다. 그 승객은 매일 버스에 오르면서 운전수를 향해 반갑게 인사를 하며 몇 마디씩 주고받곤 했는데, 그 말들이 운전수로 하여금 자신이 중요한 사람이라는 걸 깨닫게 해주는 말들이었다. 직접적인 표현이 아니더라도 "당신은 매우 중요한 사람입니다."라는 메시지를 전달할 수 있는 태도와 습관을 기르자.

다섯째, 열정적으로 행동하도록 자신을 다그치라.

자신의 관심사를 찾아내 그것에 열중해 최대한 많은 자료를 수집해보자. 이것만으로도 열정이 커지는 것을 느낄 수 있을 것이다.

카네기는 말했다. "나는 링컨을 그다지 존경하거나 지지하지 않았다. 하지만 링컨에 대한 책을 쓴 후로는 생각이 완전히 바뀌어 지금은 그를 열성적으로 지지한다. 워싱턴도 링컨에 못지않은 매우 훌륭한 인물이다. 하지만 난 워싱턴보다는 링컨을 더 존경한다. 그건 워싱턴에 대해 아는 것이 많지 않기 때문이다." 무엇이든 깊이 알고 나면 저절로 그것에 대한 열정이 생긴다.

여섯째, 건강한 신체는 열정의 기본이다.

행동이 활기차면 정신도 활력을 가질 수 있다. 많은 사람들이 운동을 통해 체력을 단련한다. 조깅이든 헬스든 몸을 움직여 건강한 신체를 유지하면 건강은 물론 일에 대한 열정과 활력을 찾을 수 있다.

일곱째, 자신은 승리자임을 믿어라.

유전학자들은 "지구상에서 수천수만 년의 역사를 통틀어도 똑같은 사람은 없었으며 지금도 없고 또 앞으로도 없을 것이다."라고 말한다.

사람은 누구나가 특별한 존재이다. 세상에 태어났다는 것만으로도 적자생존의 치열한 경쟁에서 승리했다는 증거가 아닌가. 태어나기 전부터 축적해온 거대한 잠재력과 힘을 믿는다면 아무리 높고 원대해 보이는 목표라도 충분히 실현할 수 있다.

사람은 누구나 타고난 승리자이다. 그 어떤 어려움과 불행이라도 난자와 수정되기 위해 거쳐야했던 생존경쟁에 비하면 새 발의 피에 지나지 않는다. 세상에 태어난 모든 이는 이미 엄청난 승리를 경험한 사람들이라는 점을 명심하라. 이런 신념을 가지고 있다면 강한 집념과 무한한 열정을 발휘할 수 있을 것이다.

여덟째, 성공의 열정은 행동의 열정에서 나온다.

위대한 교육자이자 심리학자인 윌리엄 와트는 감성이 이성에 의해 지배되는 것이 아니라, 감성과 이성 모두 행동에 의해 지배된다는 사실을 증명했다.

열정을 갖기 위해서는 먼저 열정적으로 행동해야 한다. 열정적으로 행동해야 한다는 잠재의식을 유지한다면, 당장은 실천할 수 없더라도 기회가 오면 즉시 행동으로 나타날 것이다.

아홉째, 희망이라는 마법으로 자신을 격려하라.

희망은 사람을 행동하게 만드는 마력을 가지고 있다. 희망은 어떤 것을 가지고 싶다는 욕망과 그것을 가질 수 있다는 자신감이 한데 합쳐진 것이다. 희망과 욕망을 갖고 그것이 충족될 거라고 확신하는 순간 그때 행동하라. 그러면 곧 현실이 될 것이다. 희망과 욕망, 자신감을 갖춘 사람은 분명 누구보다도 강한 열정으로 뭉쳐있을 것이다.

열째, 자아를 향해 용감하게 도전하라.

힐은 "자신에게 도전하라. 그러면 더 나은 결과를 더 빨리 얻을 수 있을 것"이라고 했다.

유약한 마음에 도전하면 강인한 마음으로 바뀔 것이고, 불행에 도전하면 행운으로 바뀔 것이며, 실패에 도전하면 성공으로 바뀔 것이다. 또 가난에 도전하면 부유해질 것이고, 불만족스러운 일에 도전하면 자신의 운명을 바꿀 수 있다.

항상 열정을 품고 있어야만 아름다운 미래를 창조할 수 있고, 좌절 속에서도 타락하지 않을 수 있다.

세상에 일하지 않고
얻을 수 있는 것은 없다

노동

옛날에 백성을 자식처럼 사랑하는 한 임금이 있었다. 임금의 어진 통치로 모든 백성들은 굶주리지 않고 항상 평안하게 살아갈 수 있었다. 어느 날 임금은 자신이 죽고 난 후에도 모든 백성들이 행복하게 살 수 있을까가 걱정되었다. 고심 끝에 그는 나라 안의 식견 있는 학자들을 모두 불러 모아 백성들이 영원히 행복하게 살 수 있는 방법을 찾아오라고 명했다.

한 달 후, 학자들은 아주 두꺼운 책자 세권을 임금에게 올리며 말했다.

"폐하, 세상의 지식은 이 세권의 책 안에 모두 들어있습니다. 백성들에게 이것을 읽게 한다면 분명 그들은 근심 없이 평안하게 살아갈 수 있을 것입니다."

하지만 임금의 생각은 달랐다. 백성들에겐 그 두꺼운 책을 읽을 여유가 없다고 여겼기 때문이다. 임금은 다시 학자들에게 계속 연구하라고 명했다. 학자들은 두 달 동안 그 세권의 책을 한권으로 요약했다. 하지만 임금은 여전히 만족스럽지 않았다. 한 달 후, 학자들은 종이 한 장을 임금에게 올렸다. 임금이 이것을 보고 매우 만족해서 말했다.

"좋다. 나의 백성들이 이 귀중한 지혜를 따른다면 반드시 부유하고 행복한 삶을 살 수 있을 것이라 믿는다." 임금은 말을 마친 뒤 곧 학자들에게 큰 상을 내렸다. 이 종이 위에는 단지 한 구절만이 적혀 있었다.

'세상에 일하지 않고 얻을 수 있는 것은 아무것도 없다.'

많은 사람들이 빠른 출세를 바라지만, 어떤 일이든 성실히 노력해야만 성공할 수 있다는 것은 망각하곤 한다.

여전히 요행만을 바라는 마음을 가지고 있다면 당신은 어떤 일에도 전력투구하기 힘들 것이다. 복권에 당첨되리라는 망상이나 도박판에서 시간을 보내려는 헛된 생각은 하지 마라. 하루아침에 벼락부자가 되겠다는 망상은 성실하게 노력하려는 마음을 짓밟아버린다.

* * *

어떤 사람이 서빈 강가를 산책하다가 황금을 발견했다는 소문이 돌았다. 그 후 이곳에는 여기저기서 금을 캐려는 사람들이 몰려들었다. 그들은 모두 부자가 되고 싶어 했다. 그들은 강바닥을 샅샅이 뒤졌고, 강가에는 커다란 구덩이들이 수없이 생겨났다. 몇몇 사람이 조그마한 금조각을 찾아내기도 했지만 대부분의 사람들은 아무런 소득도 없이 포기하고 돌아갈 수밖에 없었다.

그러나 그 중 몇몇은 끝까지 포기하지 않고 계속 금을 찾았다. 피터도 그 중의 한 사람이었다. 그는 강 부근에 아무도 원하지 않는 땅을 사서 혼자 묵묵히 일만 했다. 그는 금을 찾기 위해 전 재산을 그 땅에 투자했다. 그는 땅이 전부 움푹 파일 때까지 억척스레 일에 몰두했다. 모든 땅을 뒤엎었지만 금 한 조각조차도 찾아내지 못하자 그는 매우 낙심했다.

여섯 달 후, 그에게는 이제 빵을 살 돈 조차도 남지 않았다. 결국 그는 그곳을 떠나 다른 곳으로 살 길을 찾아 떠날 준비를 했다.

떠나기 얼마 전의 어느 날 밤, 온 세상에 비가 퍼붓기 시작해 삼일 밤낮을 내렸다. 마침내 비가 멈춰 작은 통나무집에서 나온 피터는 눈앞에 보이는 땅이 전과 달라 보였다. 움푹 파였던 곳은 빗물에 씻겨 평평하게 되어 있었고, 부드럽고 푹신한 땅위에선 푸르른 작은 풀들이 자라나고 있었다.

"여기서 금은 찾지 못했지만….." 피터는 문득 깨달은 듯 말했다.

"이 땅은 매우 비옥해서 꽃을 심는데 이용할 수 있겠어. 그러면 마을 시장에 가지고 나가 부자들에게 팔 수 있을 거야. 그들은 정원을 꾸미기 위해 꽃들을 사갈 것이 분명해. 그렇게 된다면 많은 돈을 벌 수 있을 것이고, 언젠가는 나도 부자가 될 수 있을 거야."

피터는 마치 미래가 눈앞에 펼쳐져 보이는 듯 달콤한 생각에 젖어 들었다. "그래! 가지 않을 거야. 나는 이곳에 꽃을 심을 거야!"

그렇게 그는 그곳에 남게 되었다. 피터는 열심히 꽃을 키웠고, 오래지않아 밭에는 아름다운 각양각색의 꽃들이 가득 피어났다.

그는 그 꽃을 시장에 가지고 나가 팔았다. 부자들은 한 결 같이 칭찬했다. "이것 봐요. 정말 아름다운 꽃이군요. 이제껏 이렇게 예쁜 꽃은 본 적이 없어요." 그들은 집을 더욱 멋지게 꾸미기 위해 기꺼이 피터의 꽃을 사갔다.

5년 뒤, 피터는 마침내 부자가 되려는 그의 꿈을 실현했다.

부지런히 일해야만 진정한 '금'을 모을 수 있다.

'노력'은 '환상'보다 꿈을 이루기 위한 훨씬 더 빠른 길이다.

나태는 행복이고 근로는 징벌이라 여기는 생각은 당신의 꿈을 멀리 달아나게 만든다.

하루 종일 아무 일도 하지 않고 먹고 노는 사람들이 부러운가? 그들에게 다음과 같이 충고해라. '행복한 삶을 위한 필수 조건은 열심히 일하는 것이다. 일하지 않고 행복을 얻을 수는 없다.'

행복의 첫 번째 조건은 바로 노동이다. 일한다는 자체만으로도 우리에게 즐거움과 만족을 가져다주기에 충분하다.

성과가 크면 고생도 만족으로 바뀔 수 있다. 성과는 불쾌한 지난 일을 망각하게 할 수 있고, 미래에 대해 충만한 확신을 가지게 할 수도 있다. 실패 또한 그 경험에서 귀중한 교훈을 얻을 수 있다. 이것 또한 노동에서 오는 일종의 성과이다. 대가 없이 얻을 수 있는 것은 없다고 말할 만하다. 세상에 일하지 않고 얻을 수 있는 것은 없다는 것을 명심하라.

레몬이 있다면,
레몬주스를 만들어라

실패

　　언젠가 시카고 대학 교장인 로브 메논 로저스가 어떻게 즐거움을 얻을 수 있는가에 대해 얘기할 때였다.

　　"저는 항상 작은 충고를 중요하게 생각합니다. 이건 시어스 사의 이 사장이었던 줄리우스 로스왈드가 저에게 알려준 것이죠. 그는 제게 '레몬이 있다면 레몬주스를 만들어라' 라고 당부했습니다."

　　그런데 어리석은 사람들은 이와 정반대로 한다. 어리석은 사람들은 삶이 자신에게 준 것이 레몬밖에 없다는 사실에 절망하고, "나는 실패했어. 이것이 나의 운명이야. 내겐 아주 작은 기회조차도 없을 거야." 라며 세상을 저주하며 스스로를 동정하곤 한다. 하지만 지혜로운 사람들은 이렇게 말한다.

　　"이 불행에서 나는 무엇을 배울 수 있을까? 내가 어떻게 해야 이 상황이 개선 될 수 있을까? 이 레몬을 레몬주스로 만들 수는 없을까?"

　　위대한 심리학자 알프레드 안드레는 인간의 가장 신비한 특성 중의 하나로 '부정적인 것을 긍정적인 것으로 바꾸는 힘' 이라고 했다.

* * *

어느 한 농부가 농장을 샀는데 그는 크게 낙담하고 말았다. 그가 산 땅에는 과일을 심을 수도 돼지를 키울 수도 없었기 때문이다. 그 땅에서 생존할 수 있는 것은 오로지 백양목과 방울뱀뿐이었다. 고심 끝에 그 농부는 방울뱀을 이용하는 한 가지 좋은 생각을 떠올렸다. 그의 아이디어는 누구도 예상하지 못한 것이었다. 바로 방울뱀 통조림이었다. 사람들은 호기심에 너도나도 통조림을 사겠다고 몰려왔고, 그의 사업은 크게 성공했다.

현재 이 마을은 독이 있는 레몬을 달콤한 레몬주스로 만든 이 농부를 기념하기 위해서 '방울뱀 마을'이란 이름으로 바뀌었다.

* * *

해리 에머슨 포스딕은 "대부분의 즐거움은 결코 향락이 아니라 승리에서 나온다."라고 강조한다. 그렇다. 승리는 성취감에서 오는 것이고, 자신감 역시 우리가 레몬을 레몬주스로 바꿀 수 있다는 데서 온다.

성공한 사람들을 연구하면 할수록 우리는 그들이 전진하는데 장애가 되는 결점들을 극복하기 위하여 더욱 노력함으로써 성공에 이르게 되었다는 사실을 발견하게 된다. 장애인들이 종종 "나의 장애가 뜻밖으로 제겐 큰 도움이 되었어요."라고 말하는 것도 이런 이유이다.

그렇다. 어쩌면 밀튼은 눈이 멀었기 때문에 세계를 깜짝 놀라게 한 시를 쓸 수 있었고, 베토벤은 청력을 잃었기 때문에 후세에 길이 남을 곡들을 작곡할 수 있었는지도 모른다.

"내게 이런 장애가 없었다면 아마도 나는 이미 이루어낸 많은 일들을 하지 못했을 것입니다." 다윈도 솔직하게 그의 장애가 도움이 되었다고 시인했다.

한번은 유명한 바이올리니스트 올리에가 파리에서 음악회를 열고 있었는데 연주도중 갑자기 그의 바이올린의 A현이 끊어졌다. 사람들을 깜짝 놀라게 만든 것은 올리에가 다른 세 개의 현을 가지고 그 곡의 연주를 마쳤다는 것이다.

"이것이 바로 삶입니다. 만약 당신의 A현이 끊어졌다면, 다른 세 현을 가지고 곡을 완성하십시오." 해리 에머슨 포스딕의 말이다.

이것은 삶일 뿐 아니라 삶보다도 더 귀중한, 바로 삶에서의 승리인 것이다.

운명이 우리에게 레몬을 건네주면 그걸로 레몬주스를 만들어 보도록 하자.

부정적인 생각을 버리고 긍정적으로 생각한다면 이미 지나가 버린 일에 대한 쓸데없는 걱정을 떨쳐버릴 수 있으며 생각지도 못했던 수확을 가져다 준다.

파멸의 늪

게으름

　　　　　　말 두 마리가 각각 수레를 끌고 있었다. 그런데 앞에 있는 말은 잘 달리는데 뒤에 있는 말은 자꾸 멈춰서는 것이었다. 그러자 주인은 뒤편 수레에 있는 짐을 앞쪽 수레로 옮겨 실었다. 짐이 모두 앞쪽 수레로 옮겨지자 뒤에 있던 말은 가볍게 앞으로 치고 나오며 앞에서 무거운 수레를 힘겹게 끌고 있는 말에게 의기양양하게 말했다.

　"힘들지? 열심히 해보라고! 네가 열심히 일할수록 사람들은 너에게 더 많은 일을 시킬 테니."

　그런데 수레 파는 가게 앞을 지나게 되자 주인이 말했다.

　"어차피 한 마리만 수레를 끈다면 말을 두 마리씩이나 기를 필요가 없지. 한 마리만 키우고 다른 한 마리는 죽여서 가죽을 얻는 게 낫겠어."

　주인은 그 자리에서 수레 한 대를 팔아버리고 수레를 끌지 않는 말을 죽여 가죽을 내다 팔았다.

* * *

　게으름은 스스로의 살을 내다 파는 파멸의 늪이다. 하루 종일 빈둥거리며 놀고먹는 사람은 땀의 결실인 수확의 기쁨을 알 수 없다.

　일이란 인생에서 가장 중요한 것 중의 하나이다. 일하지 않고 게으름을 피운다면 인생의 커다란 낙을 잃은 셈이다.

　어떤 마음가짐으로 하느냐는 일의 효율을 결정할 뿐 아니라, 그 자신의 인격에도 중요한 영향을 미친다. 일에 임하는 태도는 그 사람의 인격을 나타내며, 바로 그 사람의 의지이자 이상이다. 일하는 방식을 보면 그 사람을 알 수 있다.

　어떠한 상황에서든 일하기를 싫어해서는 안 된다. 처한 환경 때문에 어쩔 수 없이 흥미도 없는 일을 해야 할지라도 그 안에서 즐거움과 의의를 찾으려고 노력해야 한다. 당연히 해야 하고 또 해야 할 필요가 있는 일이라면 반드시 나름대로의 의미가 있을 것이다. 문제는 어떤 마음가짐과 태도로 일을 대하느냐 하는 것이다. 생각을 바꾸면 그 어떤 일에서도 흥미와 의미를 찾을 수 있다.

　고되고 힘들다는 이유로 서둘러 벗어나길 갈망한다면 그 일은 더욱 무미건조하게 느껴질 것이다.

　좋아하는 일만 골라서 할 수 있는 사람은 없다. 현재의 일을 좋아하도록 노력하고 번뇌와 짜증을 떨쳐버린다면 자연히 일도 수월하게 느껴질 것이다. 사람들이 일에 염증을 느끼는 원인 중에는 업무가 너무 과중하고 무미건조하다는 것도 있지만, 스스로 업무를 수행할 능력이 없다는 것도 있다. 일을 해낼 능력이 없기 때문에 기분 좋게 일할 수 없는 것이다. 업무 실적이 좋아 남들에게 인정받으면 무미건조하게 느껴졌던 일에서도 즐거움을 찾을 수 있다.

일에는 근면함과 끈기가 필요하다. 재미있게 일하는 것도 하나의 지혜이다. 지혜로운 사람은 무미건조한 일 속에서도 즐거움을 발견한다. 즐거움을 발견하고나면 일은 더 이상 고역이 아니라 자신의 인생을 창조하는 예술이 된다. 이러한 태도는 남들에게 칭송받는 위대한 인물들의 공통점이기도 하다.

자신이 좋아하는 일을 찾았다면 우선 이 일을 하기 위해 필요한 능력을 갖춰야 하는데, 그런 능력을 갖추기 위한 유일한 방법은 바로 학습이다.

사람에겐 누구나 명예욕과 성공하고자 하는 야심이 있기 마련이다. 사회적으로 성공하기 위해서는 자신의 본분을 충실히 이행하는 것밖에는 다른 방법이 없다. 한 눈 팔지 않고 맡은 일에 최선을 다하고자 하는 신념이 필요하다.

상사가 옆에 없어도 열심히 일하는 사람이 높은 평가를 받는 건 당연하다. 남들이 보고 있을 때만 열심히 일하는 사람은 영원히 성공이라는 산의 정상에 오를 수 없다. 스스로에 대한 기대치가 자신에 대한 상사의 기대치보다 높다면 직장을 잃을까봐 걱정할 필요는 전혀 없을 것이다. 마찬가지로 자신이 세운 최고의 목표를 달성할 수 있다면 승진은 시간문제일 뿐이다.

하루아침에 성공한 것처럼 보이는 사람들을 보라. 성공하기 전에 오랜 시간 동안 묵묵히 노력해온 그들의 진면목을 발견할 것이다. 어떤 성공이든 노력이 쌓여서 이루어지는 것이며, 어떤 분야에서든 최고의 자리에 오르기 위해서는 최선을 다하려는 신념과 노력이 필요하다.

성공이라는 계단의 정상에 오르고 싶다면 적극적이고 자발적으로 행동해야 한다. 도전심을 자극하지 않고 흥미를 느낄 수 없는 일이라도 적극적으로 노력한다면 결실을 거둘 수 있다.

성공한 사람들이 하루하루를 어영부영 보내는 사람들과 다른 점은 자신의 행동에 책임질 줄 안다는 것이다. 아무도 당신을 단번에 최고의 자리로 올려다주지는 않지만, 당신의 목표를 실현하는데 방해하는 사람도 없다.

마음속에 게으른 말이 한 마리 잠자고 있다면 그 말을 당장 쫓아내버려라. 그렇지 않으면 그 말에 이끌려 실패의 나락에 빠져버릴 것이다.

왼쪽 눈이 아프다고 오른쪽 눈까지 감아버리면 오른쪽 눈마저 공격을 당할 뿐이다

좌절

"이미 시도해봤지만 아쉽게도 실패하고 말았다고."

주변에서 흔히 들을 수 있는 말이다. 하지만 이것은 실패의 진정한 뜻을 모르는 사람들이 하는 말이다.

평생 순탄한 삶을 사는 사람은 없으며 누구든 살면서 한두 번쯤은 좌절과 실패를 맛본다. 성공한 사람과 실패한 사람의 가장 큰 차이점은 실패자는 작은 실수에도 좌절하고 자신을 실패자로 생각하며 성공을 위해 매진하고자하는 용기가 꺾이지만, 성공한 사람은 결코 실패했다는 말을 입 밖에 내지 않고 좌절하려고 할 때마다 "난 실패하지 않았어, 단지 아직 성공하지 않은 것뿐이야."라고 자신을 다독인다는 것이다. 일시적으로 어려운 상황을 만회하기 위해 계속 노력한다면 오늘의 어려움은 진정한 실패가 아니다. 하지만 다시 일어나 싸울 용기를 잃어버린다면 그것은 완전히 패배한 것이다.

* * *

미국의 유명한 토크쇼 진행자인 샐리 제시 라파엘은 30년 동안 방송 일을 하면서 열여덟 번이나 해고를 당했다. 하지만 그녀는 결코 좌절하거나 이상을 포기하지 않았다. 처음 그녀가 방송 일을 시작했을 때, 거의 모든 방송국이 여성 진행자에 대해 회의적인 입장이어서 그녀를 원하는 방송국은 단 한 곳도 없었다. 여러 번의 낙방 끝에 그녀는 뉴욕의 한 라디오 방송국에 어렵사리 취직할 수 있었다. 하지만 얼마 안 가 곧 해고되었다. 그녀가 시대의 조류를 따라가지 못한다는 것이 그 이유였다. 하지만 샐리는 결코 의기소침해지지 않았다. 그녀는 실패의 경험을 교훈삼아 NBC 방송국에 프로그램에 관한 아이디어를 제안해 가까스로 취직할 수 있었다. 하지만 그녀에게 맡겨진 것은 시사정치 프로그램이었다.

'정치에 대해 아는 것도 없는 내가 과연 잘 할 수 있을까?'

그녀는 잠시 망설였다. 하지만 곧 자신감을 회복하고 대담하게 시도해보기로 마음먹었다. 그녀는 방송에 있어서는 이미 베테랑이었기 때문에 자신의 장점을 충분히 살리면서 시청자들이 쉽게 다가올 수 있도록 하는데 중점을 두었다. 첫 방송에서 그녀는 다가오는 7월 4일 독립기념일이 자신에게 어떤 의미가 있는지에 대해 허심탄회하게 이야기한 후, 시청자들이 전화를 걸어 자신의 느낌을 이야기하도록 했다. 이런 방식은 당시의 시청자들에게는 매우 신선하게 여겨졌고, 시청률이 급상승하면서 그녀는 일약 유명인사가 되었다. 현재 샐리는 직접 제작한 TV 프로그램을 진행하고 있으며, 가장 우수한 방송진행자에게 주는 상을 두 차례나 수상했다.

"난 무려 열여덟 번이나 해고당했다. 냉혹한 운명 앞에서 무릎을 꿇을 뻔한 적도 있었지만 모든 악운을 물리치고 용감히 전진했다."

* * *

미국의 유명 백화점인 메이시 백화점의 창업자 롤런드 메이시도 좋은 예이다. 1882년 보스턴에서 출생한 그는 젊은 시절 장사에 뛰어들어 바늘과 실 따위를 파는 작은 잡화점을 개업했다. 그런데 개업한지 얼마 되지도 않아 가게 문을 닫아야만 했다. 1년 후, 또 다른 잡화점을 열었지만 결과는 역시 마찬가지였다.

골드러시가 전 미국을 떠들썩하게 하자 메이시는 캘리포니아에 작은 식당을 열었다. 금을 캐기 위해 전국 각지에서 모여든 사람들에게 음식을 판다면 짭짤한 수입을 올릴 수 있을 것이라는 판단이었다. 하지만 그의 예상은 보기 좋게 빗나갔다. 그들 중 거의 대부분이 금은 구경도 하지 못했기 때문에 음식을 사먹을 만한 여력이 없었던 것이다. 결국 식당도 얼마 못 가 문을 닫아야했다.

메사추사스로 돌아온 메이시는 또 다시 야심만만하게 의류 사업에 뛰어들었지만 결과는 역시 참담했다. 이번에는 가게 문을 닫는데서 그치지 않고 아예 완전히 파산하고 말았다. 하지만 적자든 파산이든 메이시의 열정만은 꺾을 수 없었다. 그는 또 다시 뉴잉글랜드로 가서 의류 사업을 시작했다. 그리고는 기어이 성공을 거두고 말았다. 그 가게의 첫날 수입은 고작 11달러 8센트였지만, 지금은 맨해튼 중심가에 당당히 우뚝 솟은 세계 최대의 백화점 중 하나인 메이시 백화점으로 성장해 있다.

눈앞의 실패에 좌절해 절망에 빠진다면 앞으로 어떻게 노력할 것인지, 또 앞으로 어떻게 성공할 것인지에 대해서는 생각해볼 겨를이 없다.

한 권투선수는 "경기 중에 왼쪽 눈을 맞아 뜰 수 없다 해도 오른쪽 눈을 크게 부릅뜨면 상대를 똑똑히 볼 수 있고, 그래야 반격의 기회를 엿볼 수 있다. 왼쪽 눈이 아프다고 오른쪽 눈까지 감아버리면 오른쪽 눈마저 공격을 당할 뿐이다."라고 했다. 이 점은 우리 삶에 있어서도 마찬가지이다.

'넘어지면 다시 일어나라'

이 말이 실패한 사람을 격려하는 가장 좋은 말인 것 같지만, 여기에는 이것을 실천하기 위한 두 가지 요소가 빠져있다. 바로 끊임없이 자신을 채찍질하는 끈기와 용기다.

'넘어지면 끈기와 용기를 갖고 다시 일어나라.'

살아야할 의미

방황

        비셀은 서사하라사막의 진주라고 불리며 매년 수많은 관광객의 발길이 끊이지 않는 곳이다. 하지만 켄 레먼 박사가 이곳을 발견하기 전까지 이곳은 외부와 완전히 단절된 외진 곳이었다. 그 때까지 이곳에 사는 사람들 가운데 사막을 지나 바깥세상으로 나온 사람은 단 한 명도 없었다고 한다. 그것은 그들이 그 황량하고 궁핍한 땅을 떠나고 싶어 하지 않았기 때문이 아니라, 벗어나기 위해 수없이 많은 시도를 했지만 모두 실패로 돌아갔기 때문이었다.

  레먼 박사가 손짓으로 이곳 사람들과 의사소통을 해보니, 사람들의 대답은 모두 한결같았다. 어느 방향으로 가더라도 결국에는 이곳으로 되돌아오고 만다는 것이었다. 하지만 레먼 박사는 그럴 리 없다고 생각했다. 자신이 바깥세상에서 이 마을로 들어왔다는 것 자체가 그 마을이 단절된 곳이 아니라는 반증이 아닌가. 그래서 그는 그들의 말이 사실인지 알아보기 위해 실험을 하기로 했다. 그런데 비셀을 떠나 북쪽으로 똑바로 걸은 지 정확히 3일 반 만에 사막을 벗어날 수 있었다.

그런데 비셀 사람들은 왜 벗어나지 못했던 것일까? 그 이유를 알 수가 없었던 레먼 박사는 비셀 주민 한 사람을 고용해 앞장서서 사막을 벗어나보라고 했다. 그를 따라가다 보면 그들이 왜 사막을 벗어나지 못했는지 그 원인을 알 수 있을 것이었다. 그들은 보름치의 물과 낙타 두 마리를 준비했다. 레먼 박사는 다른 장비는 모두 두고 나침반과 지팡이 하나만을 들고 그의 뒤를 따랐다.

　그 후 열흘 동안 그들은 약 800마일을 걸었다. 그리고 11일째 되던 날 이른 아침, 눈앞에 오아시스 하나가 펼쳐졌다. 정말로 비셀로 다시 돌아온 것이었다. 레먼 박사는 비셀 사람들이 사막을 벗어나지 못했던 원인을 비로소 깨달을 수 있었다. 그들은 북극성이 무엇인지, 또 북극성이 어디에 있는지 알지 못했던 것이다.

　사방을 둘러보아도 사막 외에는 아무 것도 보이지 않는 곳에서 감각에만 의존해 앞으로 나아가다보면 자신도 모르는 사이에 크고 작은 수많은 원을 그리며 가게 되고, 결국 그의 족적은 소용돌이와 같은 형태를 띠게 되는 것이다. 비셀은 광활한 사막의 한 가운데에 위치해 있고, 반경 1천 킬로미터가 넘게 사막이 펼쳐져 있으므로 북극성을 알지 못하고 나침반도 없다면 사막을 빠져나온다는 것은 정말로 불가능한 일이었다.

　레먼 박사는 비셀에 사는 한 청년을 앞세워 다시 길을 나섰다. 그리고 떠나면서 청년에게 이렇게 당부했다.

　"낮에는 쉬고 밤에만 이동하게. 그리고 북쪽 하늘에서 가장 빛나는 별을 따라서 가면 사막을 벗어날 수 있을 것이네."

　청년은 레먼 박사가 시키는 대로 했고, 과연 사흘 후 거대한 사막의 끝자락에 다다를 수 있었다. 그 청년은 비셀 사람들 가운데 최초로 사막을 빠져나온 개척자가 되어 비셀의 한 가운데에 그의 동상이 세워져 있다. 그리고 동상에는 이런 말이 새겨졌다.

"새로운 삶은 방향을 선택하는 것에서 시작된다."

나이는 큰 문제가 되지 않는다. 인생의 진정한 여정은 목표를 설정하는 순간부터 시작된다. 목표를 설정해야만 인생이 진정한 의미를 가지게 된다.

* * *

한 제자가 프랭크 박사를 찾아왔다. 시립대학의 심리학 교수인 프랭크 박사는 고희를 넘긴 나이였지만 여전히 젊은 사고방식을 가지고 있었다. 프랭크 박사는 제자에게 젊은 시절 겪었던 일에 대해 이야기해주었다.

"아주 오래 전에 한 나이가 지긋한 한 중국인을 만난 적이 있지. 그를 만난 건 제2차 세계 대전이 한창일 때 아시아의 한 포로수용소에서였다네. 말로 다 할 수 없을 정도로 아주 열악한 환경이었어. 먹을 것은 물론이고 마실 물이 없어 이질, 말라리아 같은 전염병에 걸린 사람이 부지기수였고, 쏟아지는 뙤약볕과 굶주림, 정신적인 불안에 고통 받느니 차라리 죽는 편이 훨씬 나을 것 같았지. 그런데 그 노인과 만난 후로 난 삶에 대한 강렬한 욕망이 솟아나게 되었다네."

제자는 초롱초롱한 눈망울로 프랭크 교수의 이야기를 경청했다.

"그날 난 다른 포로들과 함께 수용소 마당에 앉아있었지. 몸이 천근만근 무겁고 지쳐 거의 널브러져 있었다는 표현이 더 정확하겠구먼. 당시 난 전기가 통하는 수용소 울타리를 바라보며 저길 기어 올라가는 것이 가장 쉬운 자살 방법이라고 생각하고 있었다네. 그런데 어디선가 한 중국인 늙은이가 내 옆에 와서 앉는 거야. 난 내가 몸이 허할 대로 허해져서 드디어 환상이 보이는 거라고 생각했어. 일본군의 포로수용소에 중국인이 있을 리가 없으니까 말이야. 그런데 그가 내게 던진 간단한 질문 하나가 날 살렸다네."

제자가 물었다.

"무슨 질문이었죠?"

"그의 질문은 바로 '여기서 나간 후에 제일 먼저 하고 싶은 것이 뭐죠?' 라는 것이었다네. 그건 내가 단 한 번도 생각해보지 않은 것이었어. 아니 감히 생각할 수도 없었지. 하지만 내 마음속엔 이미 그 대답이 있었다네. 아내와 아이들을 만나겠다는 것이었어. 그 순간 난 반드시 살아서 그곳을 나가기로 결심했다네. 아내와 아이를 만나야 한다는 것만으로도 내가 살아야할 이유가 충분했으니까. 그 질문이 내 목숨을 살린 셈이야. 나로 하여금 이미 잃어버렸던 것을 되찾게 해주었거든. 그건 바로 살아야할 이유였어. 그때부터는 하루하루가 그리 힘들지 않았다네. 하루 더 살수록 종전이 그만큼 가까워지고, 또 내 소원이 이루어질 날이 가까워진다는 사실을 알고 있었으니까. 그의 질문은 내 목숨을 살렸을 뿐 아니라, 내게 그 전까지는 한번도 배운 적이 없는 진리를 깨닫게 해주었다네."

"그게 뭐죠?"

"목표의 힘이지."

"목표라고요?"

"그래, 목표. 이건 이루기 위해 애쓸만한 가치가 충분한 것이야. 목표는 우리 삶의 목적이자 의의라네. 물론 목표가 없이도 살 수 있지만 그건 진정한 삶도, 또 행복한 삶도 아니야. 우린 반드시 생존의 목표를 세워야만 해. 누군가 '목표가 없으면 부서진 유리조각의 파편들처럼 사라지고 말 것이다' 라고 했지. 목표는 나아가야 할 방향과 의미를 창출해낸다네. 목표가 있어야 어디로 가야할지 알 수 있고, 또 무엇을 추구해야 할지 알 수 있어. 목표가 없으면 생활이 방향을 잃고, 사람은 그저 걸어 다니는 고깃덩이에 지나지 않아. 살고자하는 욕구는 완전히 상반된 두 가지에서 나온다네. 하나는 고통을 멀리하려는 것이고, 다른 하나는 행복에 가까이 다가가고자 하는 마음이야. 목표는 우리로 하여금 행복을 추구하기 위해 쉬지 않고 노력하도록 만들지만, 목표가 없다면 우린 고통에서 벗어나기에만 급급하며 살아가게 되지. 목표는 또 우리로 하여금 고통을 참도록 만드는 힘을 가지고 있다네."

"그건 잘 이해가 가지 않습니다. 목표가 어떻게 우릴 고통에서 참을 수 있게 만들죠?"

"음, 어떻게 설명하면 좋을까…. 옳거니! 자네가 지금 배가 몹시 아프다고 가정해보세. 몇 분마다 한번씩 심한 통증이 계속 되고, 신음이 절로 나올 정도로 심하게 아프다면 어떤 생각이 들겠나?"

"아주 무섭겠죠."

"통증이 점점 더 심해지고, 통증이 오는 간격도 점점 짧아진다면 어떤 생각이 들겠나? 긴장되겠나, 아니면 흥분이 되겠나?"

"죽을 만큼 아픈데 흥분이 되는 사람도 있습니까? 만약 그렇다면 새디스트겠죠."

"아닐세. 그것이 바로 분만을 앞둔 임산부라고 생각해보게나. 임산부들이 출산의 고통을 감내할 수 있는 것은 그 산고를 견뎌내고 나면 아이를 품에 안을 수 있다는 걸 알기 때문이 아니겠나? 통증이 점점 심해지고 통증의 간격이 짧아질수록 아이의 탄생이 가까워오고 있다는 증거지. 바로 고통의 구체적인 목표가 있기 때문에 극심한 통증을 참아낼 수 있는 거야."

"마찬가지로 이미 도달하고자하는 목표가 저 앞에 있다는 걸 알면 목표를 이루는 과정에서 오는 고통들은 얼마든지 감내할 수 있지. 당시 나도 살아야하는 목표가 생겼기 때문에 인내심을 발휘해 버텨낼 수 있었던 거야. 그렇지 않았다면 아마 전쟁이 끝날 때까지 기다리지 못했겠지. 그래서 난 초췌한 모습으로 앉아있는 다른 포로에게 똑같은 질문을 던졌다네. '이곳에서 나가면 제일 처음 무얼 할 건가요?' 라고. 그런데 내 질문을 받은 포로의 표정이 점점 변하는 것이었어. 자신의 목표를 생각하는 그의 눈동자가 초롱초롱 빛나기 시작했어. 그리고 그 역시 나와 마찬가지로 그때부터 하루하루 이를 악물고 버티더란 말이지. 그도 날이 갈수록 자신의 목표에 더 가까워지고 있다는 사실을 알았던 거야."

"또 한 가지 이야기를 해줄까? 한 사람을 이렇게 크게 변화시킨 것이 바로 자네의 말 한 마디였다고 생각해보게나. 그 희열은 아마 겪어보지 않은 사람은 결코 알 수 없을 거야. 그래서 난 그때부터 이걸 내 목표로 삼고, 매일 최대한 많은 사람들을 돕기 위해 애썼다네. 그리고 전쟁이 끝난 후, 난 하버드 대학에서 아주 흥미로운 연구를 시작했어. 1953년 졸업생들에게 인생의 목표가 무엇인지 물어보았지. 인생의 목표를 가지고 있는 학생들이 얼마나 됐는지 아나?"

"절반 정도 되지 않았을까요?"

"틀렸네. 3%도 안 됐어. 100명 가운데 인생의 목표를 가지고 있는 학생이 3명도 되지 않았다는 사실이 믿어지나? 우린 그 후 25년간 그 학생들의 인생을 계속 관찰했다네. 그 결과 확실한 목표를 가지고 있던 3%의 졸업생들이 그렇지 않은 97%의 학생들보다 25년 후 훨씬 원만한 결혼생활을 하고 건강상태도 양호하며 물질적으로도 더 여유로운 생활을 한다는 사실을 발견하게 되었지. 그들이 다른 학생들보다 더 행복한 인생을 살았다는 건 말할 필요도 없어."

"인생의 목표가 사람을 행복하게 한다고 생각하시는 이유가 뭔가요?"

"그건 우리가 음식을 통해서만 영양소를 섭취하고 힘을 얻는 것이 아니라, 정신적인 열정을 통해서도 정력을 얻기 때문이지. 그 열정이 바로 목표에서 나온다네. 왜 그렇게 많은 사람들이 자신을 불행하다고 하는 줄 아나? 여러 가지 이유가 있겠지만 가장 중요한 이유는 바로 그들의 생활에 목표가 없기 때문이야. 그런 사람들은 아침에 일어날 기운이 없고, 무언가를 위해 매진할 동기도 없지. 때문에 그들은 꿈도 없지. 그래서 그들은 인생이라는 여정에서 나아가야할 방향과 자아를 잃고 방황하게 되는 거야.

우리에게 추구할 수 있는 목표가 있다면 생활에 대한 스트레스는 모두 사라질 것이네. 마치 장애물 달리기를 하는 것처럼 목표에 도달하기 위해서라면 그 어떠한 장애물이 있어도 저돌적으로 진진하게 된다네.

목표는 우리가 행복한 인생을 살 수 있는 밑바탕이라고 할 수 있지.

사람들은 편안함과 물질적인 여유로움을 행복의 기본적인 요건이라고 생각하지만, 우리로 하여금 진정한 행복감을 느끼게 하는 것은 바로 우리가 열정을 불태울 수 있도록 만드는 그 무엇이라네. 이것이 바로 행복할 수 있는 가장 큰 비결이야. 의미와 목표를 잃어버린 생활은 설령 행복하다해도 일시적인 행복에 불과해. 우리를 오랫동안 행복할 수 있게 하는 것, 이것이 바로 내가 말하는 '목표의 힘'이라네."

목표는 우리에게 살아야할 의미와 동기를 가져다준다. 목표가 있어야만 비로소 단순히 고통에서 벗어나기 위해서가 아닌, 어떤 희열을 얻기 위해 전력을 다하게 된다.

현실의 장벽

이상

      굶주림에 지친 두 사람이 신선을 만났다. 신선은 그들에게 낚싯대와 팔뚝만한 물고기들이 싱싱하게 펄떡이고 있는 어망을 보여주며 그 중 하나를 고르게 했다.

한 사람은 물고기를 선택했고 다른 한 사람은 낚싯대를 골랐다. 그리고 그 둘은 신선에게서 받은 것을 품에 안고 각자의 길을 떠났다.

물고기를 받은 사람은 그리 멀리 가지 않아 나뭇가지와 낙엽들을 모아 불을 지피고 물고기를 맛있게 구워먹었다. 워낙 굶주렸던 터라 물고기의 맛을 음미할 겨를조차 없이 게 눈 감추듯 먹어치웠다. 그런데 얼마 후 그는 빈 어망 옆에서 굶어죽은 채로 발견되었다.

한편 낚싯대를 받은 사람은 발걸음을 떼어놓을 힘도 없었지만, 힘겹게 낚싯대를 메고 바닷가로 갔다. 하지만 짙푸른 망망대해가 드디어 그의 눈앞에 펼쳐졌을 때, 그는 마지막 남은 힘마저 이미 소진된 후였다. 그는 결국 안타까움에 차마 감지 못한 두 눈을 부릅뜬 채, 바다를 몇 발자국 남겨둔 곳에서 숨을 거두고 말았다.

그리고 얼마 후 그들과 마찬가지로 굶주린 두 사람이 있었다. 그들 역시 신선으로부터 각각 낚싯대와 물고기가 든 어망을 받았다. 하지만 그들은 이전 사람들과는 달랐다. 그들은 헤어져 각자의 길을 가지 않고 낚싯대와 어망을 들고 함께 바다를 향해 떠났다. 둘은 하루에 물고기 한 마리씩 구워서 나눠먹었기 때문에 비록 먼 길이었지만 참고 걸을 수 있었다. 그리고는 마침내 파도가 넘실대는 바닷가에 도착 한 그들은 힘을 합쳐 물고기를 잡았다.

눈앞의 이익에만 급급한 사람은 순간적인 쾌락밖에는 얻을 수 없고, 목표가 너무 원대해도 현실이라는 장벽에 부딪힐 수 있다.

* * *

일곱 명의 건장한 청년들이 함께 술을 마시려 하고 있었다. 그런데 이상하게도 술병의 마개가 열리지 않는 것이었다. 한 명씩 돌아가며 술병을 잡고 씨름을 하느라 술자리 분위기도 이미 망쳐진 지 오래였다. 아무리 뽑으려고 애를 써도 작은 코르크 마개는 나오지 않았을 뿐만 아니라, 오히려 조금씩 더 안으로 들어가 버렸다. 누군가 가위를 마개에 찔러 넣은 후에 빼자고 했지만, 옆에 있던 청년이 연한 코르크 재질이라 성공할 수 없을 것이라고 했다. 또 한 청년이 나사못을 돌려 박은 후 힘껏 빼내자고 했지만, 역시 다른 청년이 나사못을 박다보면 마개가 병 속으로 빠져버릴 것이 분명하다며 반대했다. 한 청년은 송곳을 마개와 병 사이의 틈에 끼워 넣은 다음에 힘껏 뽑으면 마개가 딸려 나올 게 분명하다고 했다. 그런데 모두 좋은 생각인 것 같기는 했지만 송곳이나 나사못이니 하는 것들을 당장 구할 수가 없으니 탁상공론일 뿐이었다.

어쩔 수 없이 다시 맨손으로 잡아 빼기 위해 안간힘을 썼으나, 야속하게도 마개는 뽑히지 않고 오히려 병 속으로 빠져버렸다. 순간 청년들이 일제히 안타까운 탄식을 내뱉었다. 그런데 그들은 곧 한 가지 사실을 발견하게 되었다. 바로 이제 술을 따를 수 있다는 것이었다.

굽이굽이 수많은 길을 헤맨 후, 사람들은 비로소 자신이 원치 않아 가기를 꺼려했던 그 길이 바로 가장 빠르고 옳은 길이었다는 사실을 발견하곤 한다. 길을 가장 정확히 선택할 수 있는 사람은 타인이 아니라, 바로 자신이다. 자신의 길을 스스로 선택할 수 없다면 그만큼 슬픈 일이 또 있을까?

* * *

한 부지런한 농부가 자신의 밭에서 아주 커다란 호박을 수확했다. 크기가 보통 호박의 10배는 너끈히 되어보였다. 신기하고도 기쁜 마음에 농부는 이 호박을 왕에게 가져다 바쳤고, 왕은 농부에게 말 한 필을 하사했다.

이 소문은 동네방네 퍼져 한 욕심 많은 부자의 귀에까지 들어갔다.

'호박을 바쳐서 말 한 필을 얻었다니, 말을 바치면 적어도 금은보화나 아리따운 미녀쯤은 내려주시겠지?'

이렇게 생각한 부자는 왕에게 집 한 채 값은 족히 될 법한 명마 한 필을 바쳤다. 이번에도 왕은 몹시 기뻐하며 신하들에게 이렇게 명령했다.

"농부가 바쳤던 그 진귀한 호박을 상으로 하사하라."

사람의 마음은 상황에 따라 시시각각 달라질 수 있다. 다른 사람의 행동을 그대로 따라한다 해도 결과는 완전히 다를 수 있다.

* * *

진리를 깨달을 수 있기를 갈망하면서도 오히려 이러한 집착에 빠져 괴로워하는 사람들이 있다. 하지만 사실 진리란 마음을 비우고 평상심을 유지하면서 철저하게 순리에 따라야만 깨달을 수 있는 것이다.

옛날에 한 어리석은 나무꾼이 있었다. 하루는 나무꾼이 산에서 나무를 하다가 난생 처음 보는 동물을 발견했다. 나무꾼이 물었다.

"넌 도대체 누구니?"

동물이 또랑또랑한 눈망울로 대답했다.

"전 '깨달음' 이라고 해요."

나무꾼은 생각했다.

'난 깨달음이 부족하니 저걸 잡아야겠군.'

그때 '깨달음' 이 말했다.

"날 잡아야겠다고 생각했죠?"

마음을 들켜버린 나무꾼은 속으로 은근히 부아가 났다.

'이런 젠장! 어떻게 내 생각을 알아버린 거지?'

그런데 '깨달음' 이 또 이렇게 말하는 것이었다.

"내게 생각을 들켜버려서 화가 났군요?"

나무꾼은 속으로 또 중얼거렸다.

'내가 생각하고 있는 걸 거울 들여다보듯 훤히 꿰뚫고 있잖아? 차라리 단념하고 하던 일에나 전념하는 게 낫겠어.'

나무꾼은 도끼를 집어 들고 다시 나무 패는 일에 열중했다.

그런데 나무꾼이 실수로 도끼를 손에서 놓쳐버렸는데 공교롭게도 도끼가 곧장 '깨달음' 에게 날아가더니 정면으로 맞추어 쓰러뜨리는 것이 아닌가. 그렇게 해서 '깨달음'은 나무꾼의 차지가 되었다.

본래 자신의 것이 아닌 것을 억지로 손에 넣으려 하지 말고, 순리에 따르는 법을 배워야 한다. 순리를 어겨가면서 억지로 얻으려고 하면 수많은 어려움에 부딪치겠지만, 순리에 따르는 법을 배우면 눈앞에 탄탄대로가 펼쳐질 것이다.

이상과 현실을 조화롭게 결합해야만 성공할 수 있다. 때로는 이 간단한 진리 하나가 일생 동안 간직할 수 있는 소중한 교훈이 되기도 한다.

유리병

관심

　　　아주 깊은 바다 속에 유리병 하나가 있었다. 그 병 속에는 악마가 갇혀있었다. 오백 년 전에 신이 악마를 그 속에 가두고 바다 밑에 묻어놓았던 것이다.

　악마에게는 한 가지 소원이 있었다. 누군가 그 유리병을 주워 병마개를 열고 자신을 구해주는 것이었다. 그는 자신을 구해주는 사람에게는 황금으로 된 집을 선물하겠다고 맹세했다. 하지만 5백 년이 지나도록 유리병을 건져주는 사람이 단 한 명도 없자 기다림에 지친 악마는 이번에는 저주를 내뱉었다.

　"앞으로 날 여기에서 꺼내주는 사람이 있다면 그를 한 입에 삼켜버리고 말겠어!"

　얼마 후 한 젊은 어부가 바다에 그물을 던졌다가 끌어올렸는데, 그물에 아주 낡은 유리병 하나가 걸려 올라왔다. 어부가 무심코 병마개를 열자 갑자기 '펑' 하며 갑자기 검은 연기가 치솟더니 연기가 천천히 악마로 변했다.

"으하하하!"

악마의 웃음소리에 잠잠했던 바다에 거센 파도가 일었다. 악마가 어부를 보며 말했다.

"젊은이가 날 구했군. 원래 날 구하는 사람에게 톡톡히 사례를 할 생각이었지. 하지만 자넨 날 너무 늦게 구했어. 몇 년 전에만 구했더라도 자넨 황금으로 된 집을 얻을 수 있었을 텐데 말이야. 하지만 오백 년을 기다리다 지쳐서 날 구해주는 사람은 누구든 잡아먹기로 했다네."

어부는 속으로 소스라치게 놀랐지만 애써 태연한 척하며 말했다.

"당신이 어떻게 이 작은 병 속에 들어가 있었다는 말이오? 에이, 거짓말 마시오! 그게 사실이라면 다시 한 번 들어가시오. 그럼 믿어주지."

"으하하하! 네 얕은 꾀에 내가 속을 줄 아느냐? 아라비안나이트에서 이미 나왔던 고리타분한 수법이 아니냐? 내가 병 속으로 들어가면 잽싸게 마개를 닫을 줄 누가 모를까봐 그러느냐?"

"뭐라고? 당신이 아라비안나이트를 읽었다는 말이오? 아주 박학다식하겠구려. 그럼 소크라테스의 철학서도 읽었소?"

"하하! 그걸 말이라고 하느냐? 오백 년 동안 병 속에 갇혀서 세상의 책이란 책은 모두 다 섭렵했다. 서양의 유명한 책들은 말할 것도 없고, 동양의 사서삼경인 대학과 중용, 논어, 맹자까지 죄다 읽었단 말이다!"

"오, 그렇다면 중국의 사기에 대해서도 조예가 깊으시오? 묵자의 책도 읽어보았소?"

"말도 마라. 지금 당장이라도 줄줄 욀 수 있다."

"그래도 홍루몽 초록본은 읽어보지 못했겠지? 그건 아주 드문 희귀

본이니 말이오."

"하하하! 이 애송이 놈이 날 얕잡아 봐도 분수가 있지. 세상에서 유일하게 그 책을 가지고 있는 사람이 바로 나다. 당장 꺼내다가 무식한 네 놈한테 구경이나 시켜줘야겠구나!"

악마는 곧장 연기로 변하더니 다시 유리병 속으로 들어갔고, 어부는 때를 놓치지 않고 잽싸게 병마개를 닫아버렸다.

누구나 자신이 관심 있는 분야에서는 전문가라고 할 수 있다. 그러므로 상대방의 흥미를 유발시키면 지금까지 알지 못했던 새로운 것을 알 수 있을 뿐 아니라, 잘 이용하면 어려운 상황을 의외로 쉽게 해결할 수 있다.

* * *

살면서 다양한 수단과 방법을 이용한다면 어려워보이던 일을 순조롭게 처리하고, 그 과정에서 말로 표현할 수 없는 미묘한 쾌감을 느낄 수 있다. 미국의 초대 대통령 워싱턴이 젊은 시절 잃어버렸던 말을 찾은 일화도 바로 이런 예다.

하루는 워싱턴의 집에서 키우던 말 한 마리가 감쪽같이 사라져버렸다. 누군가 훔쳐간 것이 분명했다. 워싱턴은 경찰과 함께 온 마을을 뒤진 끝에 한 농장에서 잃어버린 말을 찾을 수 있었다. 그런데 농장주인은 말을 돌려달라는 요구를 일언지하에 거절하며 그 말이 자신의 것이라고 우기는 것이었다. 그러자 워싱턴은 두 손으로 말의 두 눈을 가리고 농장주인에게 말했다.

"만약 이 말이 정말 당신 것이라면 이 말의 어느 쪽 눈이 멀었는지 말해보시오."

"오른쪽이오." 물론 농장주인의 추측이었다.

워싱턴이 말의 오른쪽 눈에서 손을 뗐다. 말의 오른쪽 눈은 멀쩡했다.

"아, 내가 잠시 착각을 했군. 왼쪽 눈이 멀었소." 농장주인이 다급하게 말했다.

워싱턴이 말의 왼쪽 눈에서 손을 뗐다. 눈은 역시 멀쩡했다.

"이런, 또 틀렸군. 다른 말과 헷갈려서 그만…."

농장주인이 궁색한 변명을 늘어놓았다.

"그렇소. 당신이 틀렸소. 이 정도면 이 말이 당신 것이 아니라는 충분한 증거가 되겠군. 어서 말을 돌려주시오."

이처럼 사람의 심리를 잘 간파하면 일을 훨씬 쉽게 해결할 수 있다.

미국 루스벨트 대통령을 직접 만나본 사람들은 하나같이 그의 박식함에 놀라움을 금치 못했다. 어떤 이는 "루스벨트는 상대가 카우보이든 군인이든, 아니면 뉴욕의 정치가이든 외교관이든, 누구든지 간에 그와 어떤 대화를 나누어야 할지 알고 있다."라고 말하기도 했다. 그런데 그는 어떻게 해서 이렇게 많은 분야에 대한 지식을 가질 수 있었을까? 비결은 의외로 간단하다. 누군가를 만나기로 하면 그 전날 밤을 새워서라도 상대방이 흥미를 가지고 있는 주제에 대한 책을 읽었던 것이다. 그가 이렇게 했던 것은 지도자가 사람의 마음을 움직이는 가장 효과적인 방법은 상대의 관심사에 대해 함께 이야기를 나누는 것이라고 생각했기 때문이다.

이 방법을 비즈니스에도 응용할 수 있을까? 뉴욕에 두베노이 씨 부자가 경영하는 한 고급 베이커리가 있었다. 두베노이 씨는 뉴욕의 한 유명한 호텔에 빵을 납품하기 위해 무려 4년 동안 하루도 빠뜨리지 않고 그 레스토랑 지배인에게 전화를 걸어 자신의 빵을 설명했고, 지배인이 참석하는 사교모임에도 따라다녔다. 심지어 그 호텔 객실에 투숙해 그를 거의 따라다니다시피 하며 설득했다. 하지만 결과는 모두 실패였다.

그러던 어느 날 두베노이 씨는 처세술에 관한 책을 읽은 후 전략을 바꾸기로 결정했다. 지배인이 가장 좋아하고 열중하는 것이 무엇인지 알아내 그것을 통해 공략하기로 했던 것이다.

그는 지배인이 미국 호텔업계 종사자들의 모임에서 활발하게 활동하고 있으며, 얼마 전 모임의 회장으로 당선되었다는 사실을 그리 어렵지 않게 알아낼 수 있었다. 지배인은 호텔 업계의 회의가 열리는 곳이라면 아무리 멀어도 열 일 제치고 달려가 참석한다는 것이었다.

지배인의 최대 관심사를 알아냈으니 이제 행동에 착수할 단계였다. 그때부터 두베노이 씨는 지배인을 만날 때마다 그가 속한 모임에 대한 이야기로 서두를 시작했다. 과연 그조차도 예상하지 못한 놀라운 효과가 나타났다. 지배인이 그를 대하는 태도가 완전히 달라진 것이다. 지배인은 흥분된 말투로 그가 회장으로 있는 모임에 대한 이야기를 30분이 넘도록 늘어놓았다. 예전의 냉랭한 태도는 찾아볼 수 없었다. 그런 그의 모습에 두베노이 씨는 지배인의 최대 관심사가 바로 그 모임이라는 사실을 확신할 수 있었다. 그 날 지배인의 사무실을 나오는 두베노이 씨의 손에는 그 모임의 가입신청서가 들려있었다.

그리고 그날은 지배인에게 빵에 대한 이야기는 단 한 마디도 꺼내지 않았음에도 불구하고, 며칠 후 그 호텔의 주방장에게서 빵 샘플과 가격표를 보내달라는 전화가 걸려왔다.

주방장은 전화통화에서 두베노이 씨에게 이렇게 말했다.

"당신이 어떤 마법을 사용했는지는 모르겠지만 지배인의 마음을 움직인 건 사실인 것 같소."

무려 4년 동안이나 설득해도 이룰 수 없었던 일이 상대방의 관심사를 알아내고 그것에 대해 이야기를 나누었다는 이유만으로 단번에 해결되다니 정말 놀라운 일이 아닌가.

두베노이 씨는 이렇게 회상했다.

"내가 그의 관심사를 알아내 공략하지 않았더라면 난 아마 지금도 그의 뒤꽁무니를 쫓아 다니고 있을 것이다."

상대가 관심을 가지고 있는 일에 대해 이야기하는 것만으로도 상대로 하여금 자신이 존중받고 있다는 느낌을 갖게 만든다. 또 이것은 사람을 이해하고 유쾌하게 교류하는 한 방식이기도 하다. 사람의 마음을 움직이는 가장 좋은 방법은 바로 상대의 관심사에 대해 이야기하는 것이다.

삶의 목록

포기

            이비인후과 병실에 같은 시기에 입원한 두 명의 환자가 있었는데, 모두 코에 종양이 생긴 환자들이었다. 검사 결과를 기다리는 동안, 갑(甲)은 만약 자신이 암에 걸린 것이라면 모든 것을 그만두고 즉시 여행을 떠날 거라며 무엇보다 먼저 티베트에 가고 싶다고 말했다. 을(乙)의 마음도 이와 같았다. 마침내 결과가 나왔다. 갑의 결과는 암이었고 을은 단순한 혹이었다.

  갑은 인생을 마무리하기 위한 계획표를 짠 뒤 병원을 떠났고, 을은 치료를 위해 병원에 계속 머물렀다. 갑의 계획표는 이러했다. 티베트와 돈황 석굴 구경하기, 양쯔강 상류에서 하류까지 배타고 유람하기, 하이난(海南)의 해변에서 야자수를 배경으로 사진 찍기, 하얼빈에서 겨울나기, 다롄(大連)에서 배를 타고 바닷길로 남부로 가기, 천안문에 올라가기, 셰익스피어의 작품 모두 읽기, 책 한권 쓰기 등 모두 27가지였다.

  그는 이 '삶의 목록' 뒷장에 이렇게 썼다.

  '나에게는 많은 꿈들이 있었는데 어떤 것들은 실현됐고, 어떤 것들은 여러 가지 이유로 실현 되지 못했다. 이제 하나님께서 나에게 준 시간이 얼마 남지 않았다. 후회 없이 이 세상을 떠나기 위해 나는 삶의 마지막 남은 몇 년을 이 27가지 꿈을 실현하는데 쓰려한다.'

그 해에 갑은 회사를 그만두고 티베트와 돈황에 갔다. 다음 해에는 또 놀랄만한 끈기와 강인함으로 성인 교육 시험도 통과했다. 이 기간 동안 그는 천안문에 올랐고, 내몽고의 대초원에 가서 어느 유목민의 집에서 일주일 동안 머무르기도 했다. 지금은 책 한권을 쓰겠다던 목록을 실현하고 있는 중이다.

어느 날, 을은 신문에 실린 갑의 산문 한편을 읽고 병세를 물으러 전화를 했다. 갑은 말했다.

"만약 암이 아니었다면 나의 삶이 얼마나 엉망이 되었을지 정말 상상할 수도 없어. 암은 나를 일깨워 하고 싶던 일을 하게 했고, 실현되길 바라던 꿈이 현실이 되게 했어. 이제야 나는 비로소 무엇이 진정한 삶과 인생인지 느껴. 자네도 잘 지내고 있지?"

을은 아무런 대답도 할 수 없었다. 병원에 있을 때 생각했던 티베트와 돈황에 가겠다는 희망은 자신이 암이 아니라는 판정을 듣는 순간 이미 까맣게 잊어버렸기 때문이다.

이 세상 사람들은 모두 한 가지씩의 암을 앓고 있다. 그것은 바로 누구도 저항할 수 없는 죽음이다. 우리는 암에 걸린 갑처럼 목록을 적지도, 남아있는 모든 것을 버리고 자신이 하고 싶었던 꿈을 실현하러 가지도 않는다. 왜냐하면 우리는 우리가 아직 더 오래 살 수 있을 것이라고 생각하기 때문이다. 그러나 바로 이 작은 시간의 양적인 차이가 우리의 삶을 질적으로 다르게 만든다. 어떤 사람들은 꿈을 현실로 바꾸고, 어떤 사람들은 꿈을 무덤에 가지고 들어가는 것처럼 말이다.

내일은 항상 희망으로 가득 차 있다. 그 어떠한 역경에 빠지든 우리 앞엔 아직도 많은 내일이 있기 때문에 절망할 필요는 없다. 낙관적인 사람은 절망 속에서도 여전히 희망이 가득하고, 비관적인 사람은 희망 속에서도 여전히 절망한다.

왜 당신은 용감하게 꿈을 행동으로 옮길 생각을 못하는가? 이미 늦었다고 느끼기 때문인가, 아니면 실패가 두려워서인가? 조급해하지마라. 지금 시작해도 늦지 않다!

어서 자신의 꿈을 실현하러 가라! 당신의 삶이 암에 걸릴 때까지 기다려선 안되며, 꿈을 무덤까지 가지고 가는 것은 더더욱 곤란하다.

신발 한 짝

포기2

       사람은 언제나 무언가를 얻기를 갈망한다. 지금보다 더 많이 가진다면 더 행복할 것이라고 착각한다. 하지만 어느 날 갑자기 우울함과 무료함, 곤혹스러움, 그리고 모든 불쾌함이 무언가를 갖고 싶어 하는 욕망에서 비롯된다는 사실을 발견하곤 한다. 우리가 행복하지 않은 것은 너무 많은 것을 가지고 싶어 하거나, 또 어떤 것에 너무 집착하기 때문이다.

  누군가를 사랑하지만 그 사람은 자신을 사랑하지 않을 경우, 그의 세상은 상대를 향한 감정 속속 꽁꽁 묶여 상대의 일거수일투족에 온통 주의력을 집중해버린다. 상대의 사소한 몸짓 하나하나가 그를 웃고 울리는 것이다. 또 때로는 자신의 것이 아니라는 것을 잘 알면서도 억지로 가지려고 하거나 맹목적인 자신감에 휩싸인다면 아무리 노력해도 돌아오는 것은 좌절뿐일 것이다. 인연이 닿는다면, 혹은 기회가 된다면 자연스럽게 자신에게 올 것이라는 느긋한 마음으로 즐기고, 얻을 수 없다면 포기해야 한다.

포기도 일종의 즐거움이다. 헛된 집착을 등에 지고 사는 것은 고달프다는 사실을 깨달아라.

사람은 살아가면서 시시때때로 취할 것인지 버릴 것인지의 선택의 기로에 서게 된다. 그런데 대부분의 사람들은 가지기만을 원할 뿐 버리고 포기하는 것은 고려하려지 않는다. 포기의 진정한 의미를 이해하는 것, 다시 말해 잃음으로 인해 얻을 수 있는 것과 가짐으로 인해 잃어야 하는 것들을 이해해야 한다. 세상 모든 것들을 의연하게 대하고 드넓은 세상의 경지를 경험한다면 적당한 때에 포기하는 법을 배우게 되고, 그래야만 비로소 내면의 평정과 행복을 얻을 수 있다.

때로는 생계를 위해 권력을 사용하고, 기회를 포기하고, 또 심지어는 사랑을 버려야 할 때도 있다. 가지고 싶은 것을 모두 가질 수 없기 때문에 포기하는 법을 배워야만 한다. 포기함으로써 남들에게 대범하다는 인상을 줄 수 있고, 냉철한 이성을 유지할 수 있으며 더 지혜롭고 강인해질 수 있다.

그렇다면 어떤 것을 포기해야 할까? 실연에 뒤따라오는 고통, 굴욕감 뒤에 남는 원한, 겉으로 말하기 힘든 부담감, 그리고 정력만 소비시키는 무의미한 다툼, 재물에 대한 탐욕, 끝없는 해석, 권력을 손에 넣기 위한 투쟁, 명리를 위한 경쟁, 이기심에서 나오는 이 모든 욕망과 고집들은 반드시 포기해야만 한다.

하지만 포기가 말처럼 쉬운 일은 아니다. 엄청난 용기가 필요한 것이다. 불가능한 모든 일을 과감히 포기하는 것은 현명한 선택이다. 아무 망설임도 없이 포기해야만 가벼운 마음으로 새로운 생활을 시작하고 새로운 전기를 발견할 수 있다.

포기란 인생에서 반드시 필요하다. 세상에서 '얻음'과 '잃음'은 나란히 같이 다니기 때문에 포기해야만 비로소 얻을 수 있다. 사람의 인생은 포기와 획득이 함께 어우러진 것이기 때문에 불필요한 명리를 포기해야만 인생의 목표에 도달할 수 있다.

포기란 일종의 취사선택이기도 하다. 약점을 버리고 장점을 선택할 줄 아는 지혜를 발휘해야 한다. 옛말에 '한 걸음 물러서서 바라보면, 더 넓은 하늘을 볼 수 있다.' 라고 했다.

인류의 기나긴 역사에 비교하면 인생은 아주 짧다. 세상의 모든 은혜와 원한, 성공과 이익은 순간에 지나지 않는다. 복과 화는 언제나 함께 오며 성공과 좌절은 인생의 짧은 한 순간일 뿐이다.

* * *

한 노인이 달리는 기차에서 실수로 산지 얼마 되지 않은 신발을 밖으로 떨어뜨렸다. 주위의 모든 사람들이 신발을 아까워하고 있을 때, 노인이 갑자기 다른 쪽 발에 신었던 신발까지 벗어서 창 밖으로 던지는 것이 아닌가. 놀란 사람들이 이유를 묻자 노인은 담담한 말투로 이렇게 말했다.

"저 신발이 아무리 비싼 것이라고 해도 한 짝 만으로는 소용이 없는 것 아니오? 하지만 신발을 두 짝 다 버리면 누군가 주워 요긴하게 신을 수도 있지 않겠소?"

노인은 잃어버린 것을 안타까워하느니 과감하게 포기하는 편을 택한 것이다. 중요한 것을 잃으면 심리적으로 위축되고 안타까워하기 마련이다. 그런데 그 이유는 잃은 것을 받아들이지 못하고 계속 집착하기 때문이다. 이미 존재하지 않는 것에 대해 미련을 버리지 못하면 자신만 힘들어질 뿐이다. 잃어버린 것 때문에 고민하는 것보다 현실을 직시하고, 관점을 달리해 내가 잃음으로 인해 남이 얻을 것이라고 생각한다면 자연히 마음이 편안해질 수 있다.

　때로는 잃는 것이 반드시 가슴 아픈 일이 아닌, 오히려 아름다운 일이 될 수도 있다. 잃는 것은 손실이지만 때로는 헌신이 될 수도 있다. 낙관적인 마음가짐을 유지한다면 잃는 것도 소중하게 느껴질 것이다.

　포기는 일종의 지혜다. 포기함으로써 마음의 자유를 얻고 인간의 본성으로 돌아가 인생을 즐길 수 있기 때문이다. 포기란 일종의 선택이다. 현명하게 포기하지 않으면 위대한 선택도 있을 수 없다.
　일보 전진과 일보 후퇴에 일희일비하지 말고 낙관적으로 생각해야만 밝은 미래를 얻을 수 있다. 포기란 결코 주관을 잃는 것이 아니다. 어려움을 알고 미리 뒷걸음질치는 것도 아니다. 그것은 적극적인 선택이자 인생을 대하는 진취적인 태도다.

성공

이익

잔꾀

발상

모욕

재산

신뢰

자신감

리더

협력

기적

창의력

지피지기

논쟁

경청

침묵

구습

변화

혼란

나태

신용

돈

2^부

성공

노력은 환상보다 꿈을 이루기 위한 훨씬 더 빠른 길이다.

성공이란 바로
간단한 일을 반복해서 하는 것이다

성공

　　　　　　유명한 세일즈맨이 은퇴를 앞두고 사회 각계의
초청을 받아 커다란 체육관에서 직장생활에 이별을 고하는 연설을 하
게 되었다.

　빈자리가 없을 정도로 체육관을 가득 메운 사람들은 당대 가장 위대
한 세일즈맨의 연설을 기다리고 있었다. 그때 커다란 막이 천천히 열렸
고, 무대의 정 중앙엔 거대한 쇠공이 하나 매달려 있었다. 그리고 이 쇠
공을 지지하기 위해 무대 위에는 높은 쇠 받침이 세워져 있었다.

　한 노인이 사람들의 열렬한 박수 소리와 함께 등장해 쇠 받침의 한쪽
에 섰다. 그는 붉은색 운동복과 흰색 고무신을 신은 차림이었다.

　사람들은 놀랍고도 의아한 눈초리로 그를 바라보았지만, 그가 어떤
행동을 하려고 하는 것인지 알 수가 없었다.

　이 때 두 남자가 커다란 쇠망치 하나를 맞들고 나와 노인의 앞에 내
려놓았다. 사회자가 청중들에게 말했다. "체격이 건장한 두 사람만 무
대 위로 올라와 주십시오." 몇 몇 젊은이들이 일어나 무대 위로 뛰어 나

갔다.

　노인은 그들에게 이 커다란 쇠망치를 이용해 저기 걸려있는 쇠공을 두드려 움직이게 해보라고 했다.

　한 젊은이가 먼저 쇠망치를 들어 자세를 잡고는, 매달려 있는 쇠공을 향해 힘껏 휘둘렀다. 커다란 소리가 체육관 안에 울렸지만 매달려 있는 쇠공은 어떤 움직임도 없었다. 그는 커다란 쇠망치로 연이어 내리쳤지만 쇠공은 꿈쩍하지 않았고, 그는 곧 숨이 가빠져 헐떡거렸다.

　다른 한 사람도 역시 건장해 보이는 사람이었다. 그는 쇠망치를 받아 매달려 있는 쇠공을 연거푸 때렸지만 쇠공은 여전히 꿈쩍하지도 않았다.

　무대 아래서는 함성 소리가 사라졌다. 청중들은 그것이 불가능한 일이라고 믿으면서 노인이 해석해 주기를 기다렸다.

　회의장이 잠잠해지자, 노인은 윗옷 주머니에서 아주 작은 쇠망치 하나를 꺼내 그 거대한 쇠공을 열심히 두드리기 시작했다. 그는 작은 망치로 쇠공을 '땡' 하고 한번 두드렸다가 잠시 멈추고, 또 다시 한번 '땡' 소리가 나게 두드렸다. 사람들은 노인이 그렇게 한 번 두드렸다가 잠시 멈추기를 계속하는 것을 의아해 하며 지켜보고 있었다.

　10분이 지나고 20분이 지나면서 회의장은 점점 술렁이기 시작했다. 몇몇은 아예 욕을 하기도 했고, 다른 이들도 불만을 털어놓기 시작했다. 노인은 마치 사람들이 뭐라고 하는지 전혀 들리지 않는 사람처럼 여전히 한 번 두드렸다 멈추기를 계속하고 있었다. 사람들은 화를 내며 떠나기 시작했고, 체육관 여기저기엔 듬성듬성 빈자리가 나타났다. 남아있는 사람들도 점점 지쳐갔다.

　노인이 쇠망치를 두드린 지 약 40분이 지났을 때, 앞쪽에 앉아있던 한 부인이 갑자기 소리쳤다. "공이 움직여요!" 체육관은 쥐 죽은 듯이 고요해졌고 사람들은 정신을 집중해서 쇠공을 바라보았다. 쇠공은 아주 작은 폭으로 움직이고 있어 자세히 들여다보지 않으면 알아채기 힘들 정도였다. 노인은 변함없이 작은 쇠망치로 한 번 한 번 계속 두드렸고, 걸려있던 공은 점점 크게 흔들려 쇠 받침에서는 쾅쾅 소리가 날 정도였다. 그 거대한 위력은 체육관 안에 있는 사람들을 강렬하게 뒤흔들었다. 마침내 체육관 안에서는 열렬한 박수가 터져 나왔고, 박수 소리 속에서 노인은 천천히 돌아서며 그 작은 쇠망치를 주머니 속에 넣었다. 그리고는 입을 열어 딱 한마디 말을 했다.

"여러분이 만약 인내심 없이 성공이 오기만을 기다린다면, 평생 실패할 수밖에 없습니다."

인내심을 가지고 성공을 추구한다면 누구든 성공의 열매를 맛볼 수 있을 것이다. 성공이란 바로 간단한 일을 반복해서 얻는 것이다. 언제나 변함없는 태도를 견지한다면 성공은 조만간 당신에게 다가올 것이다.

게임이론

이익

게임이론은 현대 경제학의 기초이론 가운데 하나로, 사람의 행동 가운데 선택과 균형의 문제에 대해 연구한 것이다. 게임이론을 설명할 때 가장 흔히 제시하는 예 가운데 '돼지의 딜레마'라는 것이 있다.

돼지우리에 큰 돼지와 작은 돼지를 넣고, 돼지우리의 한쪽에 시소처럼 생긴 널빤지를 설치한다. 이 널빤지를 밟으면 우리의 다른 쪽 끝에 있는 먹이통에서 먹이가 조금 떨어져 나온다. 만약 돼지가 이 널빤지를 밟으면 다른 돼지는 먹이통에서 떨어지는 먹이를 먼저 먹을 수 있는 기회를 얻게 되는 것이다. 작은 돼지가 널빤지를 밟으면 큰 돼지는 작은 돼지가 먹이통 아래로 채 달려오기 전에 떨어진 먹이를 모두 먹어치울 수 있다. 반대로 큰 돼지가 널빤지를 밟으면 큰 돼지는 작은 돼지가 먹이를 다 먹기 전에 먹이가 있는 곳까지 달려가 남은 먹이를 빼앗아 먹을 수 있다. 여기에서 한 가지 질문을 하겠다.

"두 마리 돼지가 과연 어떻게 행동할까?"

답은 바로 작은 돼지는 먹이통 아래에서 유유자적하며 기다리고 큰 돼지는 작은 돼지가 먹다 남은 먹이를 먹기 위해 널빤지와 먹이통 사이를 분주하게 오가게 된다는 것이다. 경제학자들은 이 현상을 게임이론에 적용시켜 일련의 경제현상들을 해석했다.

작은 돼지가 큰 돼지로 하여금 널빤지를 밟게 하고, 자신은 아무 것도 하지 않고 무위도식하기로 결정한 원인은 매우 간단하다.

만약 큰 돼지가 널빤지를 밟고 작은 돼지도 같이 널빤지를 밟을 경우, 작은 돼지가 먹을 수 있는 먹이는 매우 적어 기다리는 편이 훨씬 더 많은 먹이를 얻을 수 있다. 기다리는 것이 움직이는 것보다 더 낫다는 결론이 나온다. 반대로 큰 돼지가 기다리는 편을 선택하고 작은 돼지가 널빤지를 밟는다면, 작은 돼지는 먹이를 거의 먹을 수 없게 된다. 그러니 역시 기다리는 편이 행동하는 것보다 나은 것이다.

작은 기업을 경영함에 있어서 이 작은 돼지처럼 '손 안대고 코를 푸는 전략'을 사용하는 것, 이것은 바로 지혜로운 경영자가 가져야할 가장 기본적인 자질이다. 때로는 시장을 관망하며 다른 대기업들이 시장을 개발해놓을 때까지 기다리는 것이 현명한 선택이 될 수 있다. 이런 경우에는 행동하지 않는 것이 행동하는 것보다 나은 결과를 가져오곤 한다.

새로운 제품이 막 시장에 출시되어 소비자들이 제품의 성능이나 장점에 대해 잘 알지 못한다면 광고나 홍보로 작은 기업이 대기업에 대적하는 것은 매우 어려운 일이다. 이런 경우에는 기껏 신제품을 출시해놓고도 대기업에게 밀려 시장에서 설 자리를 잃게 될 수도 있다. 현명한 경영자라면 먼저 시장에 과감히 뛰어드는 것과 시기가 성숙되기를 기다리는 것을 놓고 계산을 해보아야 한다. 먼저 시장에 뛰어들어 이익을 창출하고 그 이익을 재투자해 브랜드 경쟁에 사용할 것인지, 아니면 대기업들이 시장을 성숙하게 발전시키기를 기다렸다가 시장에 뛰어들 것인지를 말이다. 이 두 가지 가운데 어느 것이 회사에 유리할 것인지를 놓고 세밀하게 주판알을 튕겨 보아야 한다.

후자를 선택할 경우 작은 기업은 불필요한 지출을 최소화할 수 있다. 일상생활에서는 이런 경우를 흔히 접할 수 있지만, 작은 기업의 경영인들 가운데 이런 원리를 알고 있는 사람은 드문 듯 하다.

* * *

추운 겨울날, 여러 사람이 공동으로 사용하는 샤워장에 한 무리의 사람들이 들어갔다. 그런데 샤워기에서 찬물이 쏟아져 나오고 있는 것이었다. 이런 상황에서 누가 제일 먼저 샤워실로 들어가 수도꼭지를 잠그는 '큰 돼지'의 역할을 할 것인가? 누군가가 잠그지 않는다면 아무도 샤워를 할 수 없지만, 누군가 나서서 총대를 메고 물을 잠근다면 그 뒷사람들은 모두 편안히 샤워를 즐길 수 있다. 이때 샤워실 안에 있는 사람들은 '돼지의 딜레마'에 빠지게 된다. '멍청한 큰 돼지'가 나타나 찬물을 뒤집어쓰고 수도꼭지를 잠근다면 나머지 '영리한 작은 돼지들'은 '게임'에서 가뿐하게 승리하게 되는 셈이다. 그런데 이런 딜레마에 빠졌을 때 어쩌면 '큰 돼지'가 나타나지 않을 수도 있지 않을까? 하지만 그런 경우는 없다. 오랫동안 어려움에 처하게 되면 대중의 이익을 위해 자신을 희생하는 '큰 돼지'가 반드시 나타나기 마련이다. 하지만 그럴 경우 그 '큰 돼지'가 얻는 것은 비참한 결과일 뿐이다.

그러면 도덕과 윤리를 상실해 더 이상 '큰 돼지'가 나타나지 않는 상황에서도 사회가 발전할 수 있을까? 물론 가능하다. 목욕탕 주인이 샤워장에 수도꼭지를 몇 개 더 설치한다면 상황은 달라진다. 작은 돼지들은 이 '첨단' 시설을 이용해 찬물을 뒤집어쓰지 않고도 물을 잠가 모두에게 이롭게 할 수 있다. 다시 말해 사회의 도덕적 수준이 바닥에 다다라 모든 사람이 극히 이기적인 상황이 된다 해도 기술적인 진보를 통해 사회 전체의 복지수준을 향상시킬 수 있다.

그렇다면 제도를 통해 강제적으로 구속함으로써 도덕적인 구속력을 대신할 수 있을까? 즉, 제도를 통해 사람들의 행동을 개선시킬 수 었을까? 이 역시 충분히 가능하다. 샤워장 주인이 목욕시간에 따라 비용을 받기로 한다면 기다리면 기다릴수록 투자비용이 증가하기 때문에 많은 사람들이 '큰 돼지'를 자처할 것이다. 경제학자들이 현재 고민하고 연구하고 있는 문제가 바로 이것이다.

마지막으로, 그렇다면 교육을 통해 이런 문제점을 해결할 수 있을까? 사실 이것이 바로 가장 근본적인 해결방법이라고 할 수 있다. 하지만 이런 교육이 강압적인 주입식 교육이 되어서는 안 된다. 누구나 우애와 배려로 가득 찬 화목한 가정과 사회를 원하지만 이런 사회를 건설하기 위해서 없어서는 안 될 중요한 요인이 있다. 바로 관용과 사랑이다. 관용과 애정이 없이 규율과 제도만 존재하는 환경에서 자란 사람은 사회에 대한 애착이 전혀 없기 때문에 사회를 위해 자신이 가진 것을 내놓거나 희생하려는 생각은 전혀 하지 않는다.

이익을 최대화하기 위해서는 반드시 '게임이론'의 관건이 되는 요인을 확실히 파악해야 한다. 그것은 바로 이익을 가장 이상적으로 분배하는 방법이다.

어수룩한 재상

잔꾀

세상을 살면서 똑똑해 보이는 것이 좋을까, 아니면 어수룩하게 보이는 것이 나을까? 사람마다 제각각 다른 의견을 가지고 있겠지만, 대부분의 사람들은 전자를 택하고 후자를 피하려 한다. 하지만 잘난 체 잔꾀를 부리려다가 실수하는 경우가 종종 있다. 잔꾀를 부리다가 일을 그르쳐 망신을 당하는 것 보다는 아예 처음부터 어수룩한 듯 보이는 것이 난처한 상황을 줄일 수 있다.

속담에 '재상의 뱃속은 배를 띄울 수 있을 만큼 넓다' 고 했다. 재상이 되기 위해서는 포용력이 필요하고, 포용력을 갖기 위해서는 도량이 필요하다는 뜻이다. 그런데 포용이란 바로 '어수룩하다', 즉 '끊고 맺음이 확실하지 않다' 는 의미를 내포하고 있다.

어수룩한 재상이라고 하면 사람들이 가장 먼저 떠올리는 인물은 바로 한나라 때의 재상 병길(丙吉)이다. 길에서 누가 맞아 죽어도 개의치 않던 병길이 가쁜 숨을 몰아쉬고 있는 소를 보더니 자초지종을 물었다. 아랫사람들이 그에게 "어찌 사람보다 동물을 더 중히 여기십니까?"라고 묻자, 병길은 "백성들이 서로 싸우는 것은 장안령(長安令)이나 경조윤(京兆尹) 같은 관리들이 처리해야 할 일이고, 재상의 일은 관리들의 한 해 동안의 실적을 평가해 황제께 보고하고, 실적에 따라 상과 벌을 행하도록 간언을 드리는 것이네. 그러니 그런 일은 내가 직접 관여할 필요가 없지. 그런데 아직 한여름이 되지도 않았는데 소가 가쁜 숨을 쉬는 것은 절기에 맞지 않는 일이고, 절기에 맞지 않는 현상이 나타나면 재해가 발생할 수 있으니 재상인 내가 그런 일을 소홀히 할 수 없지 않은가?"라고 말했다.

병길이 비록 겉으로는 어리석은 듯 하나 사실은 매우 현명한 인재였음을 알 수 있다.

* * *

한나라 선제(宣帝)는 무제(武帝)의 증손자이자 위태자(衛太子) 유거(劉據)의 손자였다. 그는 어렸을 때 유거가 모함을 당한 사건에 연루되어 장안의 감옥에 갇히게 된 적이 있었다. 당시 이 사건을 조사하는 일을 맡은 사람이 바로 병길이었다. 속사정을 알고 있는 병길은 그에게 유모를 보내 그를 잘 보살피도록 했다. 그런데 무제가 병이 나자 술사가 황제에게, 장안의 감옥에 천자의 기운을 지닌 아이가 있으니 수감된 죄인들을 모조리 처형해야 한다고 주장했다. 물론 그 안에는 황제의 증손자까지도 포함되어 있었다. 그날 밤 황제가 보낸 사신이 감옥에 도착했으나 병길은 그를 안으로 들여보내지 않았다. 무고한 사람을 죽일 수 없다는 것이 그 이유였다. 게다가 그는 황손이지 않은가. 날이 밝도록 실랑이를 벌였지만 병길의 고집을 꺾지 못하자 사신은 황제에게 이 사실을 알렸다. 이미 목숨이 경각에 달렸던 무제는 병길이 고집을 부리고 있다는 말을 듣고는 더 이상 고집을 부리지 않고 죄인들을 모두 석방해 주었다.

훗날 황제로 오른 선제는 병길이 생명의 은인이라는 사실을 몰랐고, 병길도 그 사실을 입 밖에 내지 않았다. 그런데 내막을 잘 알고 있던 궁녀가 이 사실을 선제에게 고함으로써 비로소 병길에게 큰 은혜를 입었다는 사실을 알게 되어 그에게 자신의 공적을 드러내 자랑하지 않는 '이름 없는 영웅'이라고 찬사를 보냈다.

황제의 목숨을 구해주고도 그 사실을 알리지 않은 병길의 행동이 과연 어수룩한 것일까? 그렇지 않다. 아니, 반대로 병길의 현명함이 돋보이는 일이다. 무제가 붕어했을 때 나라의 모든 병권은 명장 곽거병(霍去病) 형제에 의해 좌지우지 되고 있었다. 선제 역시 그들에 의해 옹립된 것이었다. 그러니 선제에게 있어서 곽거병의 아우 곽광(霍光)은 평생의 은인인 셈이었다. 하지만 곽광이 세상을 떠나자 선제는 곽씨 일가를 모조리 처형시켜 버렸다. 선제는, 황제는 언제라도 안면을 바꾸고 비정한 칼날을 휘두를 수 있다는 점을 몸소 보여준 인물이었다. 비록 황제의 은인이라고 해도 일단 황제에게 죄를 지으면 죽음을 면할 길이 없었다. '군주를 모시는 것은 호랑이와 함께 사는 것과 같다.'는 옛말이 괜히 생겨난 말이 아니었다. 병길은 비록 황제에게 은혜를 베풀기는 했지만 이미 혼자 힘으로 황제 아래의 최고 권력자인 재상의 자리에 올랐으니 더 이상 바랄 것이 없다고 생각한 것 같다. 게다가 워낙 큰일이었기 때문에 굳이 자기 입으로 말하지 않아도 언젠가는 알려질 것이고, 또 그 일이 남의 입을 통해 황제의 귀에 들어간다면 충성스럽고 믿음직스럽다는 인상을 더 부각시킬 수 있다는 계산도 깔려있었을 것이다.

* * *

중국 역사상 현명한 재상을 꼽으라면 빠지지 않는 사람들이 있다. 바로 한나라의 소하(蕭何)와 조참(曹參)이다. 소하는 규칙을 만들었고 조참은 규칙을 목숨처럼 소중하게 지켰다. 또 다른 두 명은 당나라 때의 방현령(房玄齡)과 두여회(杜如晦)이다. 방현령은 다양한 계책을 내놓았고 두여회는 그 계책들 가운데 하나를 과감하게 선택했다. 최고의 태평성세를 이끈 한대와 당대의 이 네 명의 재상들은 중국 최고의 재상들이었다. 그런데 이들 가운데 특히 조참은 어수룩하기로 유명한 재상이었다.

조참은 본래 패현(沛縣)의 하급관리였지만 유방(劉邦)을 따라 봉기하여 전쟁에서 큰 공을 세운 용장이었다. 조참과 소하는 본래 사이가 좋았으나 소하가 재상이 된 후 두 사람 사이에 알력다툼이 생겨 사이가 소원해졌다. 하지만 소하는 임종을 앞두고 조참을 재상으로 천거했다. 때마침 산동 지방에 있던 조참은 소하의 사망 소식을 듣고 자신이 반드시 재상이 되어야 한다며 곧장 장안으로 돌아왔다.

두 사람 모두 남다른 통찰력을 지닌 인재였다.

조참은 재상이 된 후, 정직하고 후덕한 사람을 뽑아 수하에 두고 원래 있던 똑똑하고 유능한 인재들은 모두 내쫓아버린 후 자신은 아무 것도 하지 않고 매일 주지육림에 빠져 흥청망청 살았다. 다른 신하들이 그에게 충고를 하려고 찾아오면, 조참은 다짜고짜로 술을 권해 일언반구도 꺼내지 못하도록 만들었다. 그의 행동을 이해하지 못한 것은 혜제(惠帝)도 마찬가지였다. 하지만 조참이 고제(高帝) 때 큰 공을 세운 공신이었기 때문에 직접 나무라기도 편치 않았다. 그래서 혜제는 조참의 아들을 불러다가 조참에게 대신 물어봐달라고 했다. 집으로 돌아간 조참의 아들은 황제가 시킨 대로 아버지께 물어보았다.

"고제께서 붕어하신지 얼마 되지 않았고, 새로 즉위한 황제가 어리신데 어찌하여 재상이신 아버지께서는 매일 술에 취해 지내시는 겁니까? 혹시 황제께서 아시는 것이 없어 보좌하기 싫으신 것인가요?"

아들은 이것이 황제가 시킨 것이라고는 말하지 않았다. 그러자 조참은 "나라의 대사는 네 놈이 왈가왈부할 수 있는 것이 아니다!"라고 버럭 화를 내며 아들에게 회초리를 20대나 때렸다. 이 소식을 들은 혜제가 어쩔 수 없이 자신이 시킨 일이라고 털어놓자, 조참은 그제야 머리를 조아리고 용서를 빌며 혜제에게 이렇게 물었다.

"폐하, 스스로 선대 폐하이신 고제와 비교해 어떠하다고 생각하십니까?"

"내 어찌 선대 폐하와 비할 수 있겠소?"

조참이 다시 물었다.

"그럼 저와 소하를 비교하면 어떻습니까?"

혜제가 대답했다.

"그대 역시 소하에 비할 수 없지."

조참이 탄식하듯 말했다.

"폐하의 말씀이 옳습니다. 선대 폐하와 소하는 천하를 평정하고 법률을 제정하셨습니다. 그러므로 이제 제정된 법령과 제도를 지키고 잃지 않는 것이 좋지 않겠습니까?"

조참이 재상이 되어 3년이 지나자 백성들 사이에서 이런 노래가 널리 불려졌다. "소하가 재상으로 법을 만들고, 조참이 대신 지키고 조금도 잃지 않네. 그의 깨끗함과 조용함 덕분에 백성들은 모두 태평하구나!"

재상이 매일 술을 마시고 정사를 돌보지 않는 것은 어리석은 일이라고 해야 마땅하지만, 스스로 어리석음을 알고 오히려 어리석음을 드러내며 이를 통해 나라를 더욱 잘 다스렸다면 이것이야 말로 남다른 지혜가 아닐까? 조참이 소하가 정해놓은 것들을 모두 바꾸고 직접 공을 세우는 데만 혈안이 되었었다면 나라가 어떻게 되었을까? 아마도 더욱 혼란해졌을 것이다.

당신의 주위를 둘러보라. 이런 오류를 범하는 사람들을 그리 어렵지 않게 찾아볼 수 있다. 처음 어떤 자리에 임명되면 남들이 자신을 무능하다고 손가락질 할까봐 두려워 불필요한 개혁을 추진하다가 평온했던 것을 도리어 더 혼란하게 만들곤 한다.

과거 중국의 전통적인 관념에 따르면, 천자는 하늘이 내리는 것이지 평범한 사람들이 감히 오를 수 있는 자리가 아니었다. 하지만 재상이란 황제의 바로 아래에서 백성들을 굽어 살피는 '일인지하, 만인지상'의 자리였고, 보통 사람들이 성공해서 오를 수 있는 최고 경지였다. 그런 재상도 일부러 어리석어 보일 때가 있는데 보통 사람들이야 오죽하겠는가? 이 세상은 너무도 복잡다단해 그 어느 것 하나 변하지 않는 것이 없으며, 생각하는 것처럼 구별이 명확하지도 않다. 그러므로 '어수룩함' 속에서 인생의 지혜와 철학을 찾아야 한다.

'어수룩함'이란 본래 인생을 사는 지혜이며 지식과 감정, 의지가 결합된 것이다. 지식이라 함은 사람의 인식에는 한계가 있기 때문에 자신의 지혜를 너무 자랑해서는 안 된다는 사실을 알아야 한다는 의미다. 옛말에도 큰 지혜는 어리석어 보이는 것이라고 했다. 감정이라 함은 가난해도 만족하고 본분을 지키며 헛된 욕심을 부리지 않는 것이다. 의지라 함은 남에게 관대하고 자신에게는 엄격하며, 규율을 잘 지키는 것이다.

　너무 똑똑한 척 하는 것은 그리 좋은 방법이 아니다. 신중하고 겸손하게 행동하는 것이 가장 좋은 방법이다. 너무 잔꾀를 부리다보면 오히려 스스로 일을 그르치고 모순에 빠져 난처해질 수 있다. 똑똑함은 좋은 일이지만, 똑똑함을 자랑하는 것은 결코 좋은 일이 아니다.

생각의 전환

발상

한 세일즈맨이 있었다. 그에게는 세상의 어느 것도 팔지 못할 것이 없었다. 치과의사에게는 칫솔을 팔고, 제빵사에게는 빵을 팔았다. 또 장님에게는 TV까지 팔았으니 그의 뛰어난 영업수완에 대해서는 긴 설명이 필요치 않았다.

하루는 한 친구가 그에게 말했다.

"유목민에게 방독면을 팔 정도는 되어야 진정한 영업의 고수라고 할 수 있지."

오기가 발동한 그는 자신의 능력을 증명하기 위해 곧장 북쪽의 초원지대로 달려갔다. 드넓은 초원에서 유목민들은 말을 키우며 살고 있었다. 그가 한 유목민에게 말을 건넸다.

"안녕하세요. 유목민 중에 방독면이 필요한 사람 없을까요?"

"이렇게 공기가 맑은데 방독면은 있어서 뭐합니까?"

"요즘은 방독면이 필수품이랍니다."

"미안하지만 우리 유목민들에게는 전혀 쓸모가 없을 것 같군요."

"머지않아 방독면이 필요하게 될 겁니다."

세일즈맨은 초원 한 가운데에 공장을 지었다. 친구는 정신 나간 짓이라며 말렸지만 그는 막무가내였다.

"난 기필코 방독면을 팔고야 말겠어!"

공장이 완공되고 기계가 돌아가자 굴뚝으로 시커먼 연기가 치솟기 시작했다. 얼마 후 유목민들이 그에게 와서 말했다.

"방독면을 사겠습니다."

"아주 잘 생각하신 겁니다." 세일즈맨이 신이 나서 방독면을 건넸다.

유목민은 방독면을 이리저리 살펴보더니 만족한 듯 말했다.

"아주 좋은 물건이군요. 내 친구들도 필요한데 더 가진 것이 있습니까?"

"물론입니다. 원하는 만큼 드릴 수 있습니다."

"그런데 저 공장은 무얼 만드는 곳입니까?"

유목민이 호기심 어린 눈빛으로 물었다.

"그야 물론 방독면이지요."

세일즈맨이 짤막하게 말했다.

수요란 때로는 창출해낼 수 있는 것이다. 현명한 사람들은 종종 문제를 해결하기 위해 먼저 문제를 만들어내곤 한다.

* * *

한 회사에서 경영규모를 늘리기 위해 마케팅 이사를 스카우트하기로 했다. 연봉이 높다고 알려지자 수많은 지원자들이 몰렸다.

지원자들 가운데 어떻게 하면 유능한 인재를 골라낼지를 고민하던 채용담당자는 한 가지 과제를 제시하기로 했다. 과제는 바로 스님에게 머리빗을 팔라는 것이었다.

과제를 받은 지원자들은 황당하다는 반응이었다. 몇몇 지원자들이 사람을 놀리려는 수작이라며 화를 내고 자리를 박차고 나가자 나머지 지원자들도 하나둘 씩 자리를 떠났다. 스님에게 머리빗을 파는 것이 도대체 가능할 것 같지 않아 보였다. 마지막까지 남은 것은 단 세 사람뿐이었다.

채용담당자가 말했다.

"열흘의 시간을 주겠습니다. 열흘 후에 판매실적을 보고하십시오."

열흘 후, 세 명의 지원자가 돌아오자 채용담당자가 물었다.

"모두 몇 개를 파셨습니까?"

첫 번째 지원자가 대답했다.

"한 개입니다."

"어떻게 파셨죠?"

그 지원자는 스님에게 빗을 사야만하는 이유에 대해 설명하며 설득했지만, 빗을 팔기는커녕 욕만 잔뜩 먹고 산을 내려오는데 햇볕을 쬐며 머리가 가려워 긁고 있는 스님을 보고 머리빗을 건네며 긁어보라고 하자, 스님이 매우 만족스러워하며 하나를 샀노라고 말했다.

두 번째 지원자에게 물었다.

"몇 개를 파셨습니까?"

"열 개를 팔았습니다."

"어떻게 파셨죠?"

"아주 유명한 절에 갔는데 바람이 세게 불어 절을 찾은 신도들의 머리가 바람에 날려 헝클어지는 것이었습니다. 그래서 그 절의 주지스님을 찾아가 풀어헤친 머리로 불공을 드리는 것은 부처님에 대한 불경이니 불전마다 머리빗을 비치해놓고 신도들이 향을 올리기 전에 머리를 단정히 빗을 수 있도록 하는 것이 어떠냐고 제안했습니다. 주지스님이 저의 제안을 흔쾌히 받아들여 머리빗 열 개를 샀습니다. 그 절에 불당이 열 채였거든요."

마지막으로 세 번째 지원자에게 묻자 그는 천 개를 팔았다고 대답했다. 채용담당자는 눈이 휘둥그레지며 "어떻게 그렇게 많이 팔았죠?"라고 물었다.

"신도들의 발길이 끊이지 않는 유명한 고찰에 가서 주지스님에게 머리빗에 '적선빗' 이라고 써서 절을 찾는 신도들에게 기념으로 선물하는 것이 어떠냐고 제안하자 아주 기뻐하며 천 개를 샀습니다. 머리빗을 나누어준다는 소문에 더 많은 신도들이 그 절을 찾게 되자 스님은 제게 고맙다고 인사까지 했습니다."

스님에게 머리빗을 판다는 것은 누가 봐도 불가능한 일 같지만 관점을 조금만 달리해 바라본다면 예상외의 결과를 얻을 수 있다. 모두가 불가능하다는 곳에서 새로운 수요를 창출하고 시장을 개척할 수 있어야 진정한 고수인 셈이다.

* * *

예전에 한 TV프로그램에서 성공한 세일즈맨을 초청해 성공비결을 듣는 자리를 마련한 적이 있었다. 성공비결을 묻는 질문에 그는 빙그레 웃으며 이렇게 말했다.

"여러분들께 한 가지 문제를 드리겠습니다."

"어떤 곳에서 거대한 금광이 발견되어 전국에서 수많은 사람들이 몰려들었습니다. 하지만 금광에 도착하려면 반드시 다리가 없는 큰 강을 건너야합니다. 여러분이라면 어떻게 하시겠습니까?"

"시간이 지체되겠지만 길을 돌아서 가는 수밖에 없죠."

"헤엄쳐서 건널 겁니다."

저마다 의견을 말했지만, 그는 뜻 모를 미소를 지으며 가만히 듣고만 있었다. 그가 이윽고 입을 열었다.

"여러분은 왜 반드시 금광에 가서 금을 캐야만 한다고 생각하는 거죠? 배를 한 척 사서 사람들을 강 건너로 실어다주는 일을 하면 안 되나요?"

어안이 벙벙해진 청중들을 보며 그가 말을 이었다.

"그런 상황에서는 배 삯이 아무리 비싸도 기꺼이 배를 타고 강을 건너려고 할 겁니다. 바로 앞에 금광이 있기 때문이죠."

문제를 해결하기 위해 다양한 관점으로 사고한다면 평범한 일상에 즐거움을 더할 수 있을 뿐 아니라 해결할 수 없을 것처럼 보였던 문제를 의외로 쉽게 해결할 수 있다.

해결하기 힘든 난제에 부딪혔을 때는 측면에서 공략하는 편이 더 효과적인 해결방법이 될 수 있다.

참을 줄 알아라

모욕

　　살다보면 뜻대로 되지 않는 일이 수도 없이 많지만 잠깐만 참아 넘기면 긴 평화를 맛볼 수 있다. 당신이 자신에게 주어진 사명만 잊지 않는다면 그 어떤 것도 당신을 흐트러뜨릴 수 없다. 다른 사람의 비웃음을 참아내는 것은 일종의 아량이자 인내이다.

　인생의 갖가지 상황들은 모두 우리가 배운 것들이다. 지금은 아무리 역경에 처해있다고 하더라도 좋은 상황이 오지 말란 법은 없다. 사람들이 어떤 마음가짐으로 자신이 처한 상황에 대처하고 있는지를 알기 위해서는 그가 얼마나 모욕을 잘 견뎌내는지를 보면 된다. 감옥에서 10~20년 동안 갇혀 있던 죄수들의 대부분은 가슴 가득히 원망을 품고 감옥을 나선다고 한다. 그래서 감옥을 나선 후에는 이전보다 더 흉악해져서 훨씬 중한 범죄를 저지르곤 한다.

　불경에서 말하는 '치욕을 참다'에는 아주 많은 뜻이 내포되어 있다. 좌절과 고통은 물론, 성공과 즐거움 또한 참을 줄 알아야 한다. 역경이 와도 받아들이고 반대로 좋은 상황에 처하면 자제할 줄 알아야 한다.

여기서 말하는 '받아들이다'의 의미는 수동적인 수락이 아니라 적극적인 태도로 그 상황을 뛰어넘어 자신이 성장할 기회로 만드는 것을 뜻한다. 사람들은 억울한 일을 당하면 분노로 마음이 요동친다. 그 분노와 원망은 쉽사리 사라지지 않고 고통으로 바뀌어 그림자처럼 따라다닌다. 하지만 그러한 분노와 원망을 당신의 심성과 성품을 다스릴 기회로 받아들인다면, 오히려 좌절을 안겨준 그 사람을 당신의 스승으로 삼을 수 있을 것이다. 당신을 단련시키고 한 단계 올라 설 기회를 준 그에게 감사하며 마음속의 원망을 없애면 고통도 함께 사라질 것이다.

정신지체 아동을 자녀로 둔 학부모들은 말한다. 긴 세월동안 아이들의 고통과 고난을 보살피게 되니 자신들의 마음 또한 열리게 되었음을 서서히 깨달았다고 말이다. 그들은 이제 시련을 받아들이고 기꺼이 고통을 견딜 수 있기에 누군가가 그들의 상황을 보고 동정하더라도 웃으며 넘길 수 있다. 역경과 치욕을 참아내며 비틀거릴지라도 조금씩 앞으로 나아가야 한다는 이 이치는 인생의 아주 평범한 진리이다. 하지만 모든 일이 순조로운 순간에도 참을 줄 알아야 한다는 말은 아마 쉽게 수긍하기 힘들 것이다.

* * *

'봄바람에 의기양양하게 말을 몰고 나가, 하루 종일 장안의 아름다운 풍경을 다 보았노라.(과거에 급제하여 의기양양하게 말을 타고 하루 종일 장안을 돌며 구경한다는 뜻으로, 일이 잘 되어 자랑하는 것을 묘사한 시)'

사람들은 실의에 빠지면 스스로를 격려할 줄 안다. 하지만 작은 성공으로 봄바람에 의기양양해지면 방탕과 자만에 빠져 자신의 처지를 잊고 분별력이 사라지게 되어 재난을 자초하기도 한다. 순조로울 때에 미리 위험에 대비하고 성공과 즐거움도 참을 수 있어야 한다.

모욕은 사람에게 이상(理想)의 불을 끄는 얼음물이 될 수도 있고, 성공을 향한 결심을 채찍질하는 원동력이 될 수도 있다. 심리학자들은 인간에게 크게 세 가지의 정신적인 에너지원이 있다고 여긴다. 그것은 바로 창조의 원동력, 사랑의 원동력, 억압에 반발할 수 있는 원동력이다. 모욕을 당하는 것은 정신적인 억압으로 마치 채찍과도 같으며 당신의 용기를 북돋아 앞으로 나아갈 수 있도록 격려한다.

옛말에 '모욕을 당하며 배우는 것보다 빠르고 지속적인 인상을 남기는 것은 없다'고 했다. 모욕을 당하면 모든 것이 순조로운 상황에서는 깨달을 수 없는 것들을 경험할 수 있다. 모욕은 현실에 더 깊이 접근하여 사회를 이해할 수 있게 하며 사람들의 생각을 승화시켜 광활한 성공의 길을 열 수 있게 해준다.

모욕을 성공의 원동력으로 바꾸는 것은 쉬운 일이 아니다. 성공의 길은 이상을 높이 세워 정신을 가다듬고 과감히 행동할 때에만 접어들 수 있다. 모욕을 당해 화가 난다면 일어나 앞으로 나아가라.

원하는 것을 다 가지다

재산

예로부터 지금까지 절대다수의 부호들이 자신의 재산을 관리하는 가장 일반적인 방법은 자손에게 물려주는 것이다. 최근 미국의 부호들 사이에서는 자식들에게 너무 많은 재산을 남겨주지 않는 것이 일종의 유행처럼 번지고 있다. 그래야만 자식들이 탐닉에 빠져 스스로 일어서지도 못하는 무능한 사람이 되는 것을 막을 수 있다는 것이다. 이런 풍조를 실천한 유명한 사람들 중에는 마이크로소프트 사의 창업주인 빌 게이츠와 주식투자가인 워렌 버핏이 있다.

부호들의 이러한 관념은 아마도 로스차일드가 남긴 교훈에서 비롯된 것으로 보인다. 로스차일드는 모든 재산을 아들인 라파엘에게 남겨주었다. 그러나 라파엘은 유산을 넘겨받은 지 2년 후에 뉴욕의 어느 인도에서 죽은 채로 발견되었다. 사인은 헤로인 중독이었으며, 그때 그의 나이는 23세에 불과했다.

카네기재단이 실시한 조사 결과에 따르면, 15만 달러 이상의 유산을 물려받은 자녀들의 20%가 직업을 포기하였으며, 매일 같이 먹고 마시며 노는 데 재산을 탕진한 것으로 밝혀졌다. 그들 중 몇몇은 일생을 고독하게 살았으며, 정신이상이 생겼거나 법을 위반하는 일을 저질렀다.

인생을 살아가는데 주어진 가장 중요한 과제는 바로 자립심을 키우는 것이다. 중국의 1세대 교육자 타오싱즈(陶行知)는 이런 시를 썼다.

"스스로의 피와 땀으로 자신의 일은 스스로 알아서 해야 한다. 늘 하늘에 의존하고 땅에 의존하는 사람은 훌륭한 사람이 될 수 없다."

살아가면서 가장 믿을 만한 것은 무엇일까? 그것은 바로 스스로의 지식, 지혜 그리고 땀이다.

"다른 이에게 의지해 농사를 지으면 풀뿐이고 다른 이에게 의지해 밥을 지으면 국뿐이다."

부모에게 조차 한평생을 의지할 수 없는데, 하물며 다른 사람에게는 오죽하겠는가? 이 세상에 가장 믿을 만한 사람은 다른 사람이 아닌 자기 자신이다.

* * *

청나라 말, 국경을 지키는 막료였던 좌종당(左宗棠)은 노령으로 퇴직하여 고향으로 돌아갔다. 그는 장사(長沙) 지방에 호화로운 집을 지어 자손들에게 물려줄 계획이었다. 그는 집을 짓는 일꾼들이 일을 대충대충 할 것이 걱정되어 직접 지팡이를 짚고 매일같이 나와 공사를 감독하며 여기 저기 만져도 보고 두드려도 보았다. 한 일꾼이 그의 불안해하는 모습을 보고 말했다.

"어르신, 걱정 마십시오. 전 평생 동안 이런 집을 수도 없이 지어봤습니다. 제 손으로 지은 집은 단 한 번도 하자가 있던 적이 없습니다. 다만 집주인이 바뀌는 일은 종종 있지요."

좌종당은 그 말을 듣고 부끄러워 얼굴을 붉히고는 한숨을 내뱉으며 가버렸다.

* * *

총명한 신하로 알려져 있던 임칙서(林則徐)의 이야기는 모든 이들이 배울 만 하다.

"자손이 나와 같다면 돈이 무슨 필요가 있겠는가? 현명하더라도 돈이 많으면 그 지향하는 바에 해가 될 것이다. 자손이 나와 같지 않다면 돈이 무슨 필요가 있겠는가? 어리석으면서 돈이 많으면 그 과실(過失)이 많아질 것이다."

자신이 떠나면 자식들이 살 수 없을 거라 여기지 마라. 스스로 일어설 수 있는 사람만이 스스로를 보살필 수 있다.

* * *

고대 그리스 신화에는 이런 이야기가 있다.

제우스의 아들인 헤라클레스가 어렸을 때 두 명의 여신을 만난 적이 있었다. 하나는 착한 여신이었고 하나는 나쁜 여신이었다.

나쁜 여신이 그에게 말했다.

"나를 따라 오렴! 네가 평생을 가도 다 누릴 수 없는 부귀영화를 줄게. 네가 원하는 것은 무엇이든 모두 만족시켜 주마."

착한 여신이 그에게 말했다.

"나는 너에게 용기 있게 앞으로 나아가는 법을 가르쳐 주마. 너는 험난한 과정을 싸워 나가며 누구보다 강한 자가 될 수 있을 거야."

헤라클레스는 잠시 생각한 후, 착한 여신을 따라가기로 결정했다. 그
날 이후, 그는 수많은 적과 싸워 이기는 과정을 겪으며 누구보다도 강인
해졌고, 그리스 신화 중에 제일로 손꼽히는 위대한 영웅이 되었다. 그리
고 이 덕분에 그는 청춘의 여신인 헤베를 아내로 맞이할 수 있었다.

고대 그리스인들에게는 정말 탄복하지 않을 수가 없다. '원하는 것
을 다 가지다' 라는 것은 행복이 아닐뿐더러 일종의 악이다. 역경에 도
전할 수 있는 자만이 이상적인 삶을 살아갈 수 있다.

원하는 것을 다 갖추고 살아가는 안락한 삶은 몸을 편안하게 할 수는
있지만, 능력과 재능, 품성 등의 생명력은 어떠한 것도 얻을 수 없게 만
든다.

'모든 것이 좋아지려면 군자는 스스로 쉼 없이 강해져야 한다.' 세상
은 끊임없이 발전하고 사회는 끊임없이 앞으로 나아가고 있다. 뜻이 있
는 자는 끊임없이 스스로를 단련하고 다져야 한다.

* * *

구소련 로켓의 아버지 찌올코프스키(1857년~1935년)는 10살 때, 선홍열
에 걸려 며칠 동안 고열에 시달리다 심각한 합병증이 생겨 청각을 거의
상실한 반 귀머거리가 되고 말았다. 결국 그는 학교생활을 더 이상 지
속할 수 없게 되었다. 아버지는 숲을 지키는 일을 했는데 늘 이곳저곳
을 다니며 바빴기 때문에 그를 가르치는 일은 고스란히 어머니 몫이 되
고 말았다. 어머니의 세심하고 인내심 있는 지도로 그는 매우 빠르게
진보하였다. 그러나 그가 막 독학에 대한 의지와 자신감으로 가득 차

있을 때 어머니가 병으로 죽고 말았다. 갑자기 닥친 충격에 그는 고통스러웠다. 그는 이해할 수가 없었다. '삶은 왜 이렇게 힘든 걸까? 왜 이 모든 불행이 나에게만 닥치는 것일까? 이제 어쩌지?' 그때 그의 아버지가 머리를 쓰다듬으며 말했다.

"아들아, 의지를 갖고 네 스스로 앞으로 나아가거라."

그렇다! 학교도 받아주지 않고 다른 사람들의 조롱거리가 되었으니 이제는 자신밖에 의지할 곳이 없었다.

어린 찌올코프스키는 그때부터 진정한 독학의 길에 접어들었다. 그는 초등학교부터 중·고등학교, 대학교 과정까지, 그리고 물리, 화학, 미적분, 분석기하를 모두 스스로 공부해냈다. 한 귀머거리가, 어떠한 교육도, 중·고등학교 문턱에도 가 본 적이 없는 이가 각고의 노력으로 결국 위대한 과학자가 되어 로켓 기술과 우주 항행의 이론적 기초를 다진 것이다.

다른 사람에게 의존하여 행복을 얻으려는 생각은 참으로 비현실적이며 당신의 앞날을 어둡게 할 뿐이다. 조금 먼 길일지라도, 더 많은 난관이 있을지라도 스스로의 힘으로 어려움을 극복해 나간다면 반드시 목적지에 닿을 수 있다.

저승사자도
이를 악문 사람은 무서워한다

신뢰

두 명의 탐험가가 아득히 넓은 사막에서 길을 잃어 오랫동안 물을 마시지 못해 입술이 부르트고 피가 맺혔다. 이대로 계속 가다간 두 사람 모두 목말라 죽을게 뻔했다. 한 살 위의 탐험가가 동료의 손에서 빈 물통을 가져가며 심각하게 말했다.

"내가 가서 물을 찾아볼 테니, 자네는 여기서 나를 기다리게."

그리고는 배낭에서 권총 한 자루를 꺼내 동료에게 건네며 말했다.

"여기 여섯 발의 총알이 있으니 한 시간 간격으로 한 발씩 쏘도록 하게. 그러면 내가 물을 찾아 돌아올 때 방향을 잃지 않고 총소리를 따라 자네를 찾을 수 있을 거네. 꼭 기억하게!"

고개를 끄덕이는 동료를 보고는, 그는 비틀거리며 물을 찾아 떠났다.

시간은 흐르는 강물처럼 소리도 없이 지나갔다. 이제 탄창에는 마지막 총알 하나만이 남아 있었지만 물을 찾으러 간 동료는 아직도 돌아오지 않고 있었다. "그는 분명 모래바람에 묻혀 버렸거나, 물을 찾은 후 나만 혼자 남겨두고 가버린 것이 틀림없어." 한 살 아래인 탐험가는 분과 초를 세면서 애태우며 기다렸다. 배고픔과 갈증의 공포가 절망과 함께 밀려들어와, 마치 저승사자가 죽음의 냄새를 맡고 눈앞에서 그를 향해 다가오는 것만 같았다. 그는 방아쇠를 당겨 마지막 남은 총알을 자신의 머리에 쏘았다.

총소리가 울려 퍼지며 그가 쓰러질 때, 그의 동료는 물이 가득 찬 두 개의 커다란 물통을 들고 서둘러 그에게 다가서고 있었다.

그 탐험가는 참으로 불쌍한 사람이다. 그는 동료의 신뢰를 포기함과 동시에 자신의 귀중한 생명마저도 포기했기 때문이다. 아무리 행운이 따르는 사람이라도 삶의 여정에서 만나는 고난과 좌절을 피할 수는 없다.

사람들은 이를 악물고 고난의 시간들을 견뎌내고도, 성공이 바로 눈앞에 다가왔다는 사실을 모르고 마지막 순간에 포기하여 성공할 수 있는 기회를 놓쳐버리곤 한다.

고난의 시간, 절망의 시기에도 절대 포기하지 말고 견뎌내고 또 견뎌내야 한다. 이를 악 문 사람은 저승사자도 피한다. 이를 꽉 아무는 소리는 저승사자가 가장 무서워하는 소리이다.

순간순간을 소중히 여겨라. 안일을 꾀하며 대충대충 살지 마라! 하루 종일 배불리 먹고 아무 일도 하지 않는 것은 천천히 자살하는 것과 다르지 않다. 삶을 소중히 하려면 시간을 금 같이 아껴야한다. 차곡차곡 쌓여 큰 성과가 나타날 때까지 기다리는 것은 인생의 커다란 즐거움이다.

자신을 과소평가하지 말라

자신감

한 고아가 고승을 찾아가 행복해질 수 있는 방법이 무엇인지 물었다. 그러자 고승은 돌멩이 하나를 가리키며 말했다.

"저걸 장에 내놓아라. 하지만 누가 저걸 팔라고 해도 절대 팔아서는 안 된다."

발에 채여도 아무도 쳐다보지 않을 것 같은 아주 평범한 돌멩이였다. 고아는 고승의 말대로 저자거리로 가서 돌멩이를 앞에 놓고 쭈그리고 앉았다. 이틀이 지났지만 아무도 거들떠보려 하지 않았다. 역시 예상했던 일이었다. 그런데 셋째 날이 되자 어떤 사람이 지나가다가 돌멩이의 가격을 묻는 것이었다. 소년이 팔지 않겠다고 하자 사람들이 웅성웅성 모여들기 시작했고, 넷째 날에는 후한 값을 주고 사겠다는 사람들이 줄을 이었다. 다음 날 고승은 돌멩이를 다시 맷돌 파는 시장에 가져가 내놓으라고 했다. 물론 절대 팔지 말라는 당부도 덧붙였다.

이번에도 역시 첫째 날과 둘째 날에는 물어보는 이가 하나도 없었지만, 셋째 날에는 사람들이 웅성웅성 모여들어 가격을 묻기 시작했고,

며칠 후에는 돌멩이가 맷돌보다도 비싸졌다.

고승은 이번에는 돌멩이를 보석 시장에서 팔도록 시켰다.

보석 시장에서도 역시 다른 곳에서와 비슷한 상황이 벌어졌다. 심지어 나중에는 돌멩이 가격이 보석 가격보다 높아지기도 했다.

흔하디흔한 돌멩이였지만 비싼 값을 주어도 팔지 않겠다는 말에 사람들이 그것을 보석보다 귀한 것으로 생각하게 된 것이다.

사람도 마찬가지다. 스스로를 눈에 띄지 않는 하잘 것 없는 돌멩이라고 생각한다면 영원히 돌멩이로 남을 것이고, 귀한 보석이라고 생각한다면 보석이 될 것이다.

자신감은 사람의 본성으로 어마어마한 힘을 가지고 있다. 그것은 조금만 발휘해도 신비한 효과를 낼 수 있는 인생의 가장 값진 보물 중의 하나로, 절망에 빠진 사람을 구해내기도 하고, 용기를 불어 넣어 역경을 극복하게 만들기도 한다. 하지만 자신감을 잃게 되면 의욕을 상실한 채 스스로를 구제불능으로 생각하게 만든다.

이 세상 무엇도 자신감만큼 큰 힘을 낼 수 있게 만드는 것은 없다. 자신감을 가진 사람은 힘든 시련에도 결코 좌절하지 않는다. 일시적인 시련에 좌절해 인생을 포기하는 사람보다 신념을 잃지 않고 목표를 향해 매진하는 사람이 행복을 얻는 것은 당연하다.

* * *

세계적인 한 보험회사의 영업부 이사는 모든 영업사원들에게 매일 아침 출근하기 전에 거울 앞에 서서, "난 가장 유능한 영업사원이다. 오늘은 물론 내일, 그리고 앞으로도 영원히 이 점을 나는 증명할 것이다."

라고 말하도록 하고, 직원의 남편이나 아내에게도 출근하는 배우자에게 "당신은 가장 훌륭한 영업사원이에요. 오늘 그것을 증명하세요." 라는 말로 인사하도록 부탁했다고 한다.

사람은 자신감으로 산다고 해도 과언이 아니다. 자신감을 잃어버리면 인생의 기반이 송두리째 흔들릴 수 있다.

운명의 여신은 언제나 강자의 편이다. 외모가 평범하고 뛰어난 재주가 없을지라도 스스로를 과소평가해서는 안 된다. 자신의 어딘가에는 분명 놀라운 잠재력이 감추어져 있다. 단지 그것을 깨닫지 못하는 것뿐이다. 자신의 능력이 무엇인지를 찾아내고 잠재력을 발굴하기 위해 힘써야 한다.

처지를 원망해서도, 원망할 이유도 없다. 지금 어려움에 처해있다면 그것은 운명의 시험 일 뿐이다.

강물은 결코 출발했던 샘보다 높은 곳으로 흐를 수 없다. 마찬가지로 인생의 성공에도 원천이 있는데, 그것은 바로 희망과 자신감이다. 타고난 재능이 아무리 뛰어나고, 아무리 풍부한 지식을 갖추었다 하더라도 자신감의 크기보다 더 큰 성공을 거둘 수는 없다.

다음 명언을 명심하라.

"무언가를 할 수 있다면 스스로 할 수 있다고 생각하기 때문이고, 할 수 없다면 스스로 할 수 없다고 생각하기 때문이다."

* * *

나폴레옹에게 전선의 소식을 알리기 위해 밤낮을 쉬지 않고 달려온 병사가 있었다. 그는 너무 지친 탓에 소식을 전하기도 전에 바닥에 쓰러져 실신할 지경이었다. 하지만 전보를 읽은 나폴레옹은 곧장 답장을 써서 그 병사에게 건네고는 자신의 마차를 타고 서둘러 전쟁터로 돌아가라고 명령했다.

그 병사는 난생 처음 보는 웅장한 마차와 화려한 말안장을 보고는 자기도 모르게 이렇게 말하고 말았다.

"장군님 안 됩니다. 저 같은 하찮은 병사 따위가 어찌 이런 귀한 마차를 탈 수 있겠습니까?"

세상에는 남들이 누리는 행복이 자신과는 어울리지 않는다고 지레 포기해버리는 사람들이 있다. 이런 자괴감과 자포자기하는 마음은 스스로의 자신감을 꺾어버리고, 성공의 기회를 싹부터 잘라내는 것임을 명심하라.

자신감 없이는 성공을 논할 수 없다. 주위를 둘러보라. 큰 성공을 거둔 사람들은 모두 한결같이 자신감으로 충만해있다. 자신감으로 충만한 사람은 자신의 능력으로 목표를 실현하지만, 자신감이 없는 사람은 요행으로 저절로 목표가 이루어지기만을 바란다.

"내가 정말 성공할 수 있을까?" 늘 이런 의구심을 가지고 산다면 성공의 열매를 맛볼 수 없다. 자신에 찬 목소리로 "난 반드시 성공할 수 있다."라고 말해보자. 그러면 당신은 인생의 수확의 계절에 성큼 다가가게 될 것이다.

한 가지 잊어서는 안 될 것이 있다. 자신감을 가지면 분명 절반은 성공한 셈이지만, 그것이 완전한 성공은 아니라는 점이다. 이를 간과하면 이미 이룬 절반의 성공마저 물거품이 될 것이다.

지도자의 자세

리더

　　　　　　　당신이 지도자라면 당신의 신념은 아랫사람들의
인생에 영향을 미칠 수 있다. 경우에 따라서는 지도자가 정의와 질서,
진리를 대표하고 있는 것처럼 보일 수도 있다. 지도자의 언행이 일치하
지 않아 변덕스럽고 신용할 수 없는 이미지로 비춰진다면 적절한 때에
올바른 상과 벌을 줄 수 없게 된다. 이것은 사람들의 일에 대한 믿음에
상처를 줄 뿐만 아니라 때로는 그들의 삶의 태도를 바꿀 수도 있다.

* * *

　타국에서 망명생활을 하던 진나라 문공(文公) 중이(重耳)가 황제에 즉
위했을 때 몇몇 작은 제후국들은 그를 섬기길 원치 않았다. 원국(原國)
도 이 중 하나였다. 비록 작기는 하나 주나라 문왕(文王)의 후예였으니
어떻게 다른 나라에 도망갔다가 돌아온 중이를 그들의 주인으로 받들
수 있었겠는가? 이 때문에 여기저기서 도발이 끊이지 않았고 내우외환
이 이어졌다. 문공은 분쟁을 평정하고 패업을 완성하기 위해 원국을 토

벌하기로 했다.

출정하기 전, 문공은 친히 작전 계획을 세우고 모든 병사들을 모아놓고 그들에게 약속했다.

"우리의 병력과 원국의 국력을 따져본다면, 우리는 속전속결로 승리할 수 있다. 나는 7일안에 원국의 항복을 받아낼 것이다."

그러나 전쟁의 상황은 예상을 빗나갔다. 원국의 병사들은 막심한 피해와 보급품이 모자랐음에도 불구하고 모든 병사들이 진의 대군에 맞서 사력을 다해 응전해왔다.

7일의 기한이 다 되어가는 데도 원국의 저항은 여전히 완강했다. 문공은 약속을 지키기 위해 즉시 철수하라는 명령을 내렸다. 원국이 거의 무너져가고 있음을 간파한 대신들과 장군들은 이번에 끝을 내자고 주장했다. "3일 정도만 더 몰아붙인다면 원국은 완전히 붕괴되어 항복하는 길 밖에 없을 것입니다."

모두가 전쟁을 계속하자고 목청을 높이고 있는 그때 문공이 말했다. "군주는 말에 신용이 있어야 하오. 군주가 약속을 지킨다면 국가를 번영시키는 보물을 얻게 될 것이고, 또한 군대는 어떤 전쟁에서도 패하지 않을 것이오. 원국을 항복시키기 위해서 이와 같이 귀중한 것을 놓칠 수 있겠소? 진정 그렇게 하는 것이 합당하겠소?"

이 전쟁에서 문공은 비록 원국을 무력으로 정복하진 못했지만 그의 신용과 약속을 지킨다는 명성은 주위의 수많은 국가들에게 전해졌다.

이듬해, 문공은 다시 원국을 공격하기 위해 군대를 출병시켰다. 이번에도 그는 군사들에게 한 가지를 약속하며 대외에 선포했다. "우리는 끝까지 싸워 반드시 원국을 정복하여 손에 넣은 후에야 다시 돌아올 것이다.”

　이 말을 전해들은 원국은 문공이 목적을 달성할 때까지는 전쟁을 절대 그만 두려 하지 않을 것이라 여겨 전쟁이 시작되기도 전에 항복해 버렸다. 끝까지 굴복하지 않았던 위국(衛國)도 진나라에 귀순했다.

＊ ＊ ＊

　1835년, 모건(Morgan)은 ‘에트나화재’ 라는 작은 보험회사의 주주가 되었다. 이 회사는 당장 돈을 낼 필요 없이 단지 주주 명단에 서명만 하면 주주가 될 수 있었다. 이것은 당시 가진 돈이 많지 않았던 모건에게는 안성맞춤의 투자였다.

　하지만 얼마 되지 않아, 에트나화재의 보험에 가입한 한 고객에게 큰 화재가 발생했다. 규정에 따라 배상금을 모두 지급한다면 회사가 파산할 위기였다. 주주들은 당황해 어찌할 줄을 몰라 하며 잇달아 주식의 반환을 요구했다.

　자신의 신용과 명예가 돈 보다 훨씬 중요하다고 여긴 모건은 사방팔방에서 돈을 마련하고 자신의 집까지 팔아 반환이 요구된 주식을 모두 최저가격에 구입했다. 그런 뒤 그는 그 고객에게 배상금 전부를 지불했다.

　이 일로 에트나화재는 단번에 커다란 명성을 얻게 되었다.

　이미 한 푼도 남아있지 않은 모건은 에트나화재의 소유자가 되었지만, 회사는 이미 파산할 지경이었다. 고심 끝에 그는 에트나화재에 보험을 가입하는 고객 모두에게 예외 없이 보험금을 갑절로 지불하겠다는 광고를 냈다.

　뜻밖에도 고객은 벌 떼처럼 몰려들었다. 사람들은 에트나화재를 신용과 명예를 중시하는 보험회사라 믿게 된 것이다. 에트나화재는 다시 일어섰다.

수 년 후, 모건은 미국 월 가를 주름 잡는 대기업으로 성장하였다.

지금의 모건을 만든 것은 돈 보다 신용과 명예를 지켰기 때문이다. 세상에서 사람들이 당신을 믿는 것 보다 더 소중한 것이 어디 있겠는가? 믿음의 기초는 무엇일까? 그것은 서로의 인격을 이해하고 좋아해주는 것이다. 그것은 사람과 사람 사이의 돈으로 따질 수 없는 우정이다.

믿을 수 없는 말만 한다면 아무도 당신을 믿지 않을 것이다. 말에 신용이 있다면 누구나가 당신을 믿어줄 것이다. 누구나가 당신을 믿어 준다면 성공은 이미 당신의 손에 쥐고 있는 것이다.

너는 농구를 할 줄 아니?

협력

이것은 미국에서 공부하고 있는 중국 유학생의 실제 경험담이다.

1987년 크리스마스이브였다. 그가 미국에서 자본관리 박사학위 연수를 받고 있을 때였다. 네 명의 학생이 한 조가 되어 기업체의 실무에 참여해 기획을 담당해야 하는 과목이 있었다. 같은 조의 다른 세 명의 미국인 친구들이 체계 개발에 관해 어떠한 개념도 없었기 때문에 조장이었던 그는 할 수 없이 모든 작업을 거의 혼자서 도맡아야만 했다. 그가 제출한 기획안에 대해 회사의 간부들과 교수는 아주 만족해했다. 다음날 그는 희망에 가득 차서 성적을 보러 달려갔는데 뜻밖에도 결과는 B였다. 더욱 불쾌한 것은 다른 세 명의 미국 학생들은 모두 A를 받은 것이었다. 그는 매우 화가나 급히 교수를 찾아갔다.

"교수님, 다른 친구들은 모두 A를 받았는데 왜 저만 B를 주셨습니까?"

"아! 그것은 네 조원들이 네가 소그룹에서 어떠한 공헌도 하지 않았다고 했기 때문이다."

"교수님! 교수님께서도 그 기획안이 거의 저 혼자서 만든 것이라는 것을 아시잖습니까!"

"그래. 하지만 그들은 모두 그렇게 말했단다, 그러니까…."

"기여한 것으로 따지자면, 브라이언은 매번 회의 때마다 온갖 핑계를 대며 참여하지 않은 것을 선생님도 아시지 않습니까?"

"맞아! 하지만 브라이언은 네가 매번 자신의 말을 들어주지 않았기 때문에 다시는 어떤 회의도 참석할 필요가 없다고 여겼기 때문이라고 했어!"

"그럼 제프는요? 그가 쓴 보고서는 거의 엉망이라 제가 일일이 고쳐야 했다고요!"

"그래! 너는 제프가 존중되고 있지 않다고 느끼게 해서 점점 참여하고 싶지 않게 만들었어. 그는 네가 이 일을 위해 중요한 책임을 져야 한다고 여겼단다."

"그 두 사람은 그렇다 치더라도 그럼 미미는요? 그녀는 저녁때 피자를 시켜 준 것 외에는 거의 아무 일도 하지 않았는데 왜 A를 받았습니까?"

"미미 말인가! 브라이언과 제프의 말로는 그녀가 뿔뿔이 흩어질 뻔한 소그룹을 구해내는데 매우 큰 공헌을 했다고 했네. 그래서 A를 받았네!"

"존경하는 교수님! 교수님께서는 국적이 다른 사람들에 대한 차별의식을 가지고 계신 것은 아니시겠죠?"

"자네는 정말 가엾은 사람이군. 자네 농구 할 줄 아나?"

"이 일이 농구와 무슨 상관이 있나요?"

"이렇게 설명해 보지. 학생들 중에 경쟁에 대해 생소하게 느끼는 사람은 아마 거의 없을 거네. 중간고사, 기말고사를 거쳐 입학시험까지 다 치러 어렵게 대학에 들어온 사람은 경쟁에서의 승리자라고 할 수 있어. 그러나 불행히도 대학입학까지의 경쟁은 야구와 비슷하다네.

생각해 보게. 자네가 외야수인데, 공이 날아온다면 자네는 혼자의 힘으로 공을 잡아야 하네. 다른 팀원이 뛰어온다 해도 도움이 되지 않을 뿐만 아니라 오히려 방해가 될 수도 있지. 대학 입학시험도 이처럼 개인의 우수함에 달린 문제지. 자네의 친구들이나 선생님, 부모들이 아무리 자네를 도와주고 싶어 해도 결국엔 자네 혼자 고사장에 들어가 분투해야 하는 것이지.

하지만 일단 대학 입학시험의 관문을 통과한 후엔 개인 혼자만의 능력으로 결정되는 일은 극히 드물다는 것은 자네도 알 것이네. 자네가 무슨 일을 하던 자네의 성공은 반드시 다른 사람과의 협력에 의존된 것일 거야. 바로 어떠한 득점도 팀원들 간의 치밀한 협동이 있어야만 가능한 농구 선수들과 비슷하지. 마이클 조던과 같은 뛰어난 농구 선수들도 자신만의 뛰어난 테크닉을 제외하고는, 팀원들 간의 팀워크를 추구하려는 정신을 더욱 중요하게 여기네."

학창시절을 돌이켜 본 그는, 그날 교수님이 그에게 석사 학위보다도 더욱 귀중한 크리스마스 선물을 주셨음을 깨달았다. 그건 바로 '상대가 이기면 내가 진다', 또는 '받기만 하고 주지는 않는다'는 편협한 생각으로 인생을 살아간다면 당장의 작은 이익을 얻을지는 몰라도 결국엔 스스로 비참한 결말을 만든다는 사실이었다. 목표가 출세하는 것이든 부자가 되는 것이든, 또는 단순히 일의 즐거움의 누리는 것이든 누군가의 도움이 있어야 목표를 이룰 수 있다. 그날부터 그는 자기 팀에 찬물을 끼얹는 일을 다시는 하지 않았다.

좋은 인간관계는 성공의 조건이다. 자신의 능력만으로 사업을 완성하려는 어리석음을 저지르지 말라. 누군가가 당신을 도와준다면, 당신은 훨씬 많은 성공의 기회를 얻을 수 있다.

*　*　*

해질 무렵, 홍수가 결국 강둑을 두 갈래로 나눠버렸다. 강가에서 멀지 않은 곳에 있는 집들은 모두 물바다로 변해버렸다. 재난을 당한 사람들은 둑 위에 서서 망연자실한 표정으로 물에 잠긴 마을을 응시하고 있었다.

갑자기 누군가가 놀라서 소리쳤다. "저기 보세요, 저게 뭐죠?"

검은 점 하나가 떠내려 오면서 가라앉았다 떠올랐다 하는 것이 마치 사람 같았다. 누군가 물속으로 뛰어들어 검은 점에 헤엄쳐 다가갔으나, 잠시 멈칫하더니 곧 방향을 바꿔 되돌아왔다.

"개미 무더기에요." 그 사람이 말했다. "개미 무더기라니?" 사람들은 무슨 말인지 이해하지 못했다.

그 사이에 검은 덩어리는 점점 가까워져 모두가 분명하게 볼 수 있게 되었다. 정말로 그것은 작은 축구공 크기만 한 개미 무더기였다! 거뭇한 개미들이 단단히 한데 뭉쳐 있었다. 바람과 물결에 끊임없이 혹사당한 그 개미 무더기는 마치 칠이 벗겨진 쇠그릇처럼 보였다.

좀처럼 볼 수 없는 감동적인 광경이었다.

개미 무더기가 강기슭에 닿았다. 개미들이 한 꺼풀씩 흩어지는 것이 마치 상륙한 배가 짐을 푸는 것처럼 보였다. 개미 무리는 빠르고 질서정연하게 차례로 제방에 상륙했다. 강기슭의 물속에는 아직도 적지 않은 무리의 개미들이 남아 있었다. 그 개미들은 용감한 희생자들이었다. 그 개미들은 둑 위로 올라오지 못했지만 아직도 단단히 한데 뭉쳐 있었다.

화합과 협력은 성공의 기본 틀이다. 하물며 동물들도 본능적으로 협력의 위대함을 알고 있다. 단결은 바로 힘이다. 서로를 인정하고 지지하면서 협력한다면, 최소의 대가로 최대의 성공을 얻을 수 있다.

* * *

어떤 사람이 술이라고는 입에 대지도 못했지만, 처음 보는 사람들과도 술자리를 마다하지 않았다. 그는 웃는 얼굴로 술잔을 들어 건배하고는 눈치 채지 못하게 술잔을 내려놓았다. 그와 초면이었던 사람들은 훗날 모두 그와 좋은 친구가 된 뒤, 그가 술을 마시지 않으면서도 마시는 척 하며 거짓말을 했다고 나무랐다.

"우리는 '선물은 작으나 그 정성은 깊다' 고 말하곤 하지. 중요한 것은 정성이지 선물이 아닐세. 내가 기뻐할 거라 기대하고 술자리를 마련했는데, 내가 술은 한 방울도 못 마신다고 한다면 그 얼마나 찬물을 끼얹는 말이 아니겠는가?"

정치가들은 흔히 이렇게 말한다. "모든 사람들이 취했다면 나도 그들과 함께 취할 것이다. 나 혼자만 깨어 있다면 정신 나간 사람으로 볼 것이다." 물론 이 말은 정견 없이 시대 조류에 휩쓸리고 세속에 야합하라는 말이 아니다.

나 혼자 깨어있기 보다는 차라리 사람들과 함께 취하는 것이 낫다. 이것은 다른 사람들과 친밀감을 느낄 수 있는 기교이다. 때에 따라서 가장 좋은 지식은 전혀 모르거나, 혹은 전혀 모르는 척 하는 것일 수도 있다. 우리는 함께 공존해야 하기 때문이다.

얼마나 능력이 있고 얼마나 총명하며 얼마나 노력하느냐 와는 상관없이, 그가 사람들과 협력할 수 없거나 또는 그러길 원하지 않는다면 훗날 절대로 성공에 이를 수 없다. 당신은 농구를 할 줄 아는가? 배워보도록 하라!

일곱 번이나 동전을 넣은 기적

기적

어떤 사람이 동전을 던져 7번 연달아 숫자가 있는 면이 나왔다면 믿을 수 있겠는가? 아무도 그런 우연의 일치가 일어날 것이라고는 믿지 않을 것이다. 만일 그것이 진짜라면 동전을 던진 사람에게 마력이 있다고 생각할 수도 있다. 그러나 일부의 사람들은 이것이 가능한 일이라고 믿는다.

확률로 계산해보자. 1천 명이 모두 연속 7번 동전을 던진다면 처음에는 분명 500명 정도가 그림이 있는 면이 나올 것이다. 두 번째엔 250명 정도가 두 번 연속으로 그림이 나올 것이고, 7번째 던졌을 때에는 7명 정도가 연달아 그림이 나올 것이다. 한 사람이 천 번을 던져도 분명 7번은 우리가 일어나지 않을 것이라고 생각했던 이 기적적인 일이 일어날 수 있다.

사업에서 나타나는 기적도 대부분 이렇게 만들어진다. 비슷한 시도를 한 많은 기업들이 있지만, 모두들 일찍 포기해 버리고 소수의 기업만이 마지막까지 버텨낸다. 성공을 위해서는 매우 많은 실패를 겪는다.

우리가 익히 알고 있는 666가루약의 발명 이야기처럼, 만약 발명가가 665번째 실험에서 포기했다면 그는 아직도 성공할 수 없었을 것이다. '견지(堅持)' '끈기'는 과학자뿐만 아니라 기업가에게도 반드시 필요한 자질이다.

우리는 기업가에게 슈퍼맨이기를 요구한다. 독일에서 600대 기업의 사장들을 조사한 결과에 따르면, 통찰력이 기업가가 반드시 갖추어야 할 특징들 중에 선두를 차지했다. 문제는 우리가 이러한 기준으로 기업 가나 관리자를 고른다면 대부분의 경우 적합한 사람을 찾을 수 없다는 것이다. 가슴에 손을 얹고 스스로에 물어보라. 자신과 주위에 많은 사 람들 중에 이러한 기준에 부합되는 사람이 있는가? 통찰력을 가지고 있다고 알려진 기업가라고 하더라도 잘못된 결정을 내리기도 한다는 것을 시인하지 않을 수 없다.

결코 통찰력이 기업가에게 중요하지 않다고 말하는 것은 아니다. 우리 는 통찰력만으로는 문제를 해결할 수 없는 복잡한 환경에 살고 있다. 그 러므로 우리는 다양한 '시험'을 통해서 기업의 발전방향을 정해야한다.

인사책임자들은 인재를 가려낼 줄 아는 상당한 능력을 축적해왔다. 하지만 아무리 노련한 인사 책임자일지라도 한 사람을 판단할 때에는 이전의 성과를 근거로 할 수밖에 없다. 우리는 약간의 '직감'을 통해 누가 특정 지위에 적합한지 않은 지를 느낄 수 있다. 이러한 직감의 적 중률은 매우 낮다. 훨씬 실용적으로 인재를 관리하는 방법은 실험이다. 특정한 조건을 가진 사람에게 상응하는 자원과 시간을 준 뒤, 그 성적 에 근거해서 그의 능력을 판단하는 것이다. 가장 까다로운 인재관리 회 사인 맥킨지의 성공원칙이기도 하다. 발전할 수 없는 직원은 그만두게 하는 것이다. 여기에서 발전이란 실적과 개인의 성장을 의미한다. 2년이라는 기간동안 그에 걸 맞는 실적으로 한 단계 상승하지 못한다면 그는 다른 직업을 찾아야 한다. 중국의 몇몇 기업들이 시행하고 있는 '꼴찌퇴사제도' 역시 이 원칙을 모방한 것이다.

제너럴 일렉트릭도 실험의 고수이다. 이 기업은 어떤 사업부서가 설립되면, 규정된 기간 안에 규정된 예산을 써서 세계 제3위 안에 들게 해야 한다. 그렇지 않으면 이 부서는 사라진다. 잭 웰치는 말했다.

"경영책임자가 자세한 사정을 다 이해할 수는 없지만, 우리는 좋은 후각을 가지고 있습니다. 우리의 임무는 자원을 분배하는 것인데, 이것은 물적 자원뿐만 아니라 인적자원을 의미하기도 합니다. 우리는 그 자원들을 경영진의 후각과 느낌, 접촉, 청각을 이용해 분배합니다. 가능성이 있는 분야에 자원을 투입한 후, 일정한 시간이 지나도록 목표에 도달하지 못한다면 그 계획을 백지화시킬 것인지 결정합니다."

좌절을 겪고 수없이 꺾여도 결코 굽히지 않는 강한 정신이 있다면 성공할 수 있다. 용감하게 시도해야만 작은 기적이라도 당신에게 일어날 것이다.

성공은 창의력에서 나온다

창의력

이미 많은 사람들이 지나간 길에는 탐스러운 열매가 남아있지 않다. 성공하기 위해서는 아무도 지나가지 않은 길을 가야 한다.

아마추어 사진작가들을 위한 사진전에서 처음으로 작품을 출품한 한 젊은이가 뛰어난 점수로 대상을 받게 되었다. 시상식이 열리던 날, 그는 뜨거운 박수소리와 함께 무대에 올랐다. 대상 트로피를 받은 그에게 수상소감을 묻자 그는 이렇게 대답했다.

"사실 이 작품이 제가 찍은 최고의 사진이 아닙니다."

순간 시상식장이 조용해지더니, 처음 보는 애송이가 운이 좋아 대상을 탄 주제에 잘난 척 한다며 수군거렸다. 그가 말하려는 의도를 아는 사람은 아무도 없었다.

반 년 전, 이 젊은이의 집에 불이 나서 그 때까지 찍었던 사진이 모두 타버렸다. 이 사진전에 출품한 사진은 앨범에 끼지 않고 그의 아내가 가방에 넣어 두었던 바람에 요행히 불에 타지 않은 것이었다. 그것이

온전히 남아 있는 유일한 사진이었다.

이러한 사실을 전해들은 사람들은 그의 재능에 감탄하며, 불길 속에서 재가 되어버린 '최고의 작품들'은 어떤 사진들이었을까 나름대로 추측을 늘어놓았다.

수상 후, 젊은이는 자신감을 얻어 더욱 왕성한 창작활동을 하였다. 그 결과 이듬해에는 스스로도 아주 만족스러운 작품을 출품할 수 있었다. 그러나 이번에는 아무런 수상도 하지 못했다.

이듬해, 그리고 또 그 이듬해에도 그는 번번이 낙선했고, 결국 처음 수상했던 상이 그의 처음이자 마지막 상이 되었다.

그가 사진전에서 번번이 빈손으로 돌아가는 것을 보고, 어떤 사람은 그의 유일한 수상작이 가장 좋은 작품이었기 때문에 상을 탈 수 있었을 거라며 비웃었다. 화재로 다른 사진들이 모두 타버리지 않았더라면, 그는 영원히 상을 탈 수 없었을 거라고도 수군거렸다.

* * *

우리가 창의성을 발휘하지 못하는 것은 익숙한 관점에서만 출발하기 때문이다. 지금까지와 다른 시각으로 문제에 접근한다면 전혀 새로운 기회를 손에 넣을 수 있다.

독일의 수학자 가우스는 어린 시절부터 어떤 문제에 대해 고민하며 해결하는 것을 좋아하는 소년이었다. 특히 그는 수학에 남다른 재능을 보였다. 초등학교 수업 시간이었다. 선생님은 장난치는 아이들을 골탕 먹이기 위해 수학 문제를 하나 내주었다. 1부터 100까지 모두 더해보라는 것이었다. 이 문제 하나면 한참 동안은 아이들이 떠들지 않고 조용히 덧셈만 할 테니 그 틈에 좀 쉬려는 생각이었다. 아니나 다를까 아이들은 일제히 연필을 쥐고 머리를 싸맨 채 숫자를 더하느라 여념이 없었다. 그런데 선생님의 기대가 무색하게도, 얼마 되지도 않아 한 학생이 손을 번쩍 들더니 벌써 답을 알아냈다는 것이었다. 바로 가우스였다. 반신반의하며 가우스의 노트를 들여다본 선생님은 깜짝 놀라고 말았다. 정확하게 5,050이라는 답을 구해냈던 것이다. 선생님은 어떻게 이렇게 빨리 답을 구했는지 물었다.

가우스의 계산법은 다른 아이들과 달랐다. 그는 1부터 100까지 차례로 덧셈을 하지 않았다. 우선 1과 100을 더하니 101이 되고, 2와 99를 더했더니 또 101이 되었다. 마지막으로 50과 51을 더해도 역시 101이 되었다. 그렇게 101이 모두 50개가 나왔으니, 101을 50으로 곱해서 5,050이 나온 것이었다.

어떤 문제에 대한 가장 효과적인 해결방법을 찾아낸다는 것은 쉬운 것 같지만 실천하기는 매우 어려운 일이다. 가우스의 영리함은 바로 상식을 타파했다는데 있다. 그는 기존의 익숙한 계산법에 얽매이지 않고 문제를 가만히 관찰하고 세심하게 분석하여 새로운 해결방식을 발견해냈던 것이다. 기존의 관점에서 벗어나 새로운 시각에서 바라본다면 별다를 바 없을 것 같았던 것에서도 새로운 의미를 발견할 수 있다.

어떤 일이든 단숨에 이룰 수는 없다. 시시각각 변화하는 시각으로 바라보아야만 새로운 의미를 찾을 수 있다. 맹목적으로 기존의 방식을 답습한다면 남들보다 두각을 나타낼 수 없다.

* * *

쾌도난마(快刀亂麻). 수백 년 동안 풀지 못했던 매듭이 그렇게 쉽게 풀리라고는 아무도 예상하지 못했던 일이다. 내 방식대로 매듭을 풀어보면 어떨까? 이것이 바로 알렉산드로스가 선택한 성공에의 길이다. 성공은 다른 사람이 생각하지 못한 방법으로 시도할 때 더욱 빨리 다가온다.

곧장 행동하고 목표를 향해 전진하라. 구습에 얽매이지 말고 자신만의 방식으로 시도한다면 이상적인 성과를 거둘 수 있을 것이다.

끊임없이 창조하지 않으면 생활은 곧 메말라 버릴 것이고, 이 세상은 머지않아 사라질 것이다. 오늘의 일이 역사의 한 획을 긋기 위해서는 창조라는 잉크가 필요하다. 위대한 발명과 창조들은 모두 작은 것들이 쌓여 이루어진 것이다. 작은 창조를 무시하는 사람은 결국 현실에 안주해 아무 것도 이루지 못하고 세상을 떠나게 될 것이다.

나를 알고 상대를 알면 백전백승이다

지피지기

"적을 알고 나를 알면 백전백승"이라는 말이 있다. '적을 아는 것'과 '나를 아는 것' 가운데 더 중요한 것은 적을 아는 것이다. 위대한 전사는 함부로 상대를 무시하거나 얕잡아보지 않는 법이다. 적을 아는 가장 좋은 방법은 상대의 입장에서 문제를 바라보는 것이다. 실패한 사람들의 치명적인 실수는 바로 상대의 입장에서 문제를 바라보지 않았다는 것이다.

마쓰시다 전기의 창업자 마쓰시다 고노스케가 일생 동안의 경험과 사업노하우를 종합해 사람들에게 남긴 교훈 역시 "상대방의 입장에서 문제를 파악하라."는 것이었다.

수많은 사람들이 부대끼며 사는 사회에서 충돌과 마찰이 생기는 것은 불가피하다. 마츠시다는 상대방과의 의사소통에 소비되는 시간을 최대한 단축시켜 대화의 효율성을 높이기 위해 노력했다. 하지만 아무리 노력해도 상대방과 자신의 의견이 완전히 일치할 수는 없었고, 의견을 교환하는데 적잖은 시간을 들여야 했다. 서로가 호의적이어도 마찬가지였다.

23세가 되던 해, 그는 누군가에게서 들은 '죄수의 권리'라는 이야기에서 그 해답과 인생의 철학을 깨달을 수 있었다. 이 원칙에 따라 대화하고 협상하자, 그의 사업은 나날이 발전할 수 있었고, 그와 함께 사업을 하겠다는 사람들이 줄을 섰다. 초등학교도 졸업하지 못한 이 시골 청년이 자그마한 회사를 설립하여 세계적인 기업으로 성장시킨 데에는 바로 이 인생철학의 역할이 결정적인 역할을 했다. 그것은 바로 상대방의 입장에서 문제를 바라보라는 간단한 원칙이었다.

* * *

한 죄수가 독방에 갇히게 되었다. 그는 수감되면서 신발끈과 허리띠를 압수당했다. 교도관들은 그가 이것으로 자살을 하거나 자신들을 해칠 지도 모른다고 생각한 것이다. 죄수는 흘러내리는 바지를 왼손으로 추켜올리며 컴컴하고 고요한 감방 안에서 힘없이 서성였다. 바지가 흘러내리는 것은 허리띠가 없어서이기도 했지만, 수감된 후 체중이 7킬로그램이나 빠졌기 때문이었다. 여느 때처럼 육중한 철문 아래의 구멍으로 식사가 들어왔다. 음식은 누가 먹다 남긴 잔반이었다. 그는 먹기를 거절했다. 외로운 독방에서 가녀린 손으로 갈비뼈가 앙상하게 드러난 몸을 쓰다듬고 있을 때, 어디선가 말보로 연기 냄새가 풍겨왔다. 말보로는 그가 가장 좋아하는 담배였다.

그는 문 위로 난 작은 문을 통해 복도를 엿보았다. 한 교도관이 담배한 모금을 깊숙이 빨아들이고 있었다. 잠시 후 그 교도관의 입에서 하얀 연기가 뿜어져 나왔다. 창문 틈으로 스며드는 담배연기가 그의 코를 강렬히 자극했다. 그는 단 한 모금만이라도 피울 수 있기를 너무도 간절히 바란 나머지 손을 들어 손가락으로 창문을 가만히 두드렸다.

교도관이 천천히 걸어오더니 거친 말투로 한 마디 던졌다.

"무슨 일이야!"

"죄송하지만, 제발 담배 한 개비만 줄 수 있겠소? 그… 말보로 말이오."

그 교도관은 어이없다는 표정으로 죄수를 한번 노려보고는 몸을 획 돌려 가버렸다. 잠시 후, 죄수는 다시 한번 용기를 내어 문을 두드렸다. 교도관이 담배연기를 내뱉으며 신경질적으로 고개를 돌렸다.

"또 무슨 일이야!"

"미안하지만 10초 안에 내게 담배 한 개비를 주시오. 그렇지 않으면 내 머리가 완전히 짓이겨질 때까지 이 콘크리트 벽에 머리를 부딪칠 것이오. 그리고 다른 교도관들이 몰려와 무슨 일이냐고 물으면 당신이 날 그렇게 만들었노라고 말하겠소. 물론 그들이 내말을 믿지는 않겠지만 어쨌든 당신은 조사를 받아야 할 것이고, 당신은 결백하다는 것을 조사관들에게 증명해야할 것이오. 똑같은 진술서를 반복해서 쓰고 있는 당신의 모습을 생각해보시오. 순전히 지금 내게 말보로 한 개비를 주지 않았다는 이유만으로 당신은 그런 일에 연루될 것이란 말이오. 담배 한 개비만 주면 그런 불편함을 겪을 필요가 없소."

그 교도관은 담배 한 개비를 감방 안으로 밀어 넣어주었을까? 물론 그렇다. 죄수의 담배에 불까지 붙여주었을까? 역시 그렇다. 그 교도관은 왜 이렇게 변한 것일까? 그가 이해득실을 명확하게 파악하도록 만든 덕분이었다.

그 죄수는 교도관의 입장과 금기사항, 아니 약점을 포착해냈기 때문에 자신의 요구사항을 관철시킬 수 있었던 것이다.

마쓰시다는 이 이야기를 듣는 순간 상대방의 입장에서 문제를 바라본다면 상대가 생각하는 것과 원하는 것, 그리고 잃고 싶지 않은 것을 알 수 있을 것이라고 생각했다.

시각을 달리해 상대방의 입장에서 문제를 바라보아야 한다는 사실을 깨닫는 순간 그는 진리를 발견한 큰 행복감을 느꼈다. 그는 훗날 이 교훈을 자신의 직원들에게도 널리 전파했다.

상대방의 입장에서 문제를 바라보면, 상대방의 마음속에 들어가 그가 생각하는 것, 원하는 것, 꺼리는 것을 모두 알 수 있다. 그렇게 된다면 그 어떤 사람과 어떤 형태로 교류하든 자신의 감정을 조절할 수 있다. 상대방이 동조와 도움의 손길을 내밀든 치명적인 공격을 가해오든 주도권은 항상 자신이 쥘 수 있다. 바둑의 고수들은 상대의 좋은 수를 자신의 기회로 만들곤 한다. 상대가 수를 이미 꿰뚫고 있다면 승리는 이미 자신의 것이 아닌가.

사업이든 직장이든 결혼생활이든 사람들은 인생에서 많은 실패를 경험하지만 이것을 깨닫지 못하는 사람은 실패의 이유를 영원히 알지 못한다. 상대방의 입장에서 문제를 바라보지 못해 수많은 기회를 날려버렸지만 이 사실을 알려주는 사람은 아무도 없기 때문이다.

상대방의 입장에서 문제를 바라보아야한다는 것은 손자병법에서 말하는 '나를 알고 적을 알면 백전백승'이라는 말을 현대적으로 바꾸어 표현한 것에 불과하다. 상대방의 입장에서 문제를 바라보는 것은 남을 이해하는 데에도 도움이 되지만, 자기 자신을 아는데도 도움이 된다.

정면충돌을 피하라

제2차 세계대전 직후의 어느 날 저녁이었다. 그날 저녁 파티에 참석한 칼은 오른쪽에 앉아있던 한 신사의 이야기를 들었는데, 그 이야기 속에 이런 말이 있었다.

"인간이 아무리 일을 벌여놓아도 최종적인 결정을 내리는 것은 신의 뜻이다."

그 신사는 이 말이 성경의 한 구절이라며 이야기했지만, 칼이 알기로 그것은 성경구절이 아니었다. 칼은 그 정확한 출처를 알고 있었지만 그 자리에 있는 어느 누구도 의문을 제기하지 않았다. 칼은 자신의 박식함을 과시하고 싶어 그 신사의 잘못을 지적했다. 그런데 그 신사는 자기의 주장을 굽히지 않았다.

"셰익스피어의 작품에 나온 말이라고요? 절대로 그럴 리 없소. 이 말은 분명 성경에 나오는 말이오." 그의 말투는 확신에 차 있었다.

그 신사는 칼의 오른편에 앉아있었고 왼편에는 그의 절친한 친구 프랭크가 앉아있었다. 프랭크는 수년 동안 셰익스피어의 작품을 연구해

온 문학도였다. 칼은 프랭크에게 누구의 말이 맞는지 물어보자고 제안했다. 둘의 말다툼을 듣고 있던 프랭크는 테이블 아래로 칼의 다리를 슬쩍 건드리더니 이렇게 말했다.

"이 신사분 말씀이 맞습니다. 성경에 그런 구절이 나옵니다."

프랭크의 말에 칼도 더 이상 할 말이 없었다. 집으로 돌아오는 길에 칼은 프랭크에게 따져 물었다.

"자네 그 말이 셰익스피어의 말이란 걸 모르는 건 아니겠지?"

"물론 알지. 햄릿의 제5막 2장에 나오는 말이지. 그런데 친구, 파티의 손님인 우리가 그 신사분의 잘못을 굳이 지적할 필요가 있었을까? 그 신사를 난처하게 하는 것이 도대체 무슨 의미가 있겠나? 그 신사가 자네에게 질문한 것도 아니지 않은가? 그가 자네의 의견을 구하지도 않았는데 굳이 그와 대립할 필요가 무엇이란 말인가? 상대가 누구든 정면충돌은 피하는 게 좋네."

정면충돌을 피하라. 이 말은 칼의 인생에 큰 영향을 미친 한 마디였다. 칼은 이 일을 계기로 그동안의 자신의 행동을 되돌아보게 되었다. 그는 무슨 일이든 자기 생각과 다른 것에는 곧바로 반대 의견을 드러내곤 했다. 대학에서 그는 논리학과 변론술에 대해 관심이 많아 여러 차례나 변론대회에 참가했다. 하지만 그 일이 있은 후, 수많은 논쟁들에 참가해 본 결과 한 가지 결론을 얻게 되었다. 그건 바로 논쟁을 피하는 것이 논쟁에서 이기는 유일한 방법이라는 것이었다.

대부분의 경우, 아무리 논쟁을 계속해도 양측은 자신의 주장에 대해 더욱 확고한 신념을 가지게 될 뿐이었다. 논쟁에서는 그 누구도 이길 수 없었다. 설령 논쟁에서 이겼다고 해도 진 것이나 다름없었다. 그 승리는 상대를 처참하게 공격해 얻은 것으로, 상대방의 자존심에 깊은 상처를 입히기 때문이었다. 설령 상대가 겉으로는 결과에 승복할지는 몰라도 속으로는 억울한 마음이 들기 마련이었다.

* * *

한 보험회사는 직원들에게 한 가지 원칙을 제시했는데, 바로 '논쟁하지 말라' 는 것이었다.

진정한 세일즈맨은 고객과 논쟁을 벌이지 않는다는 것이 이 회사의 지론이었다. 그것이 아무런 흔적을 남기지 않는 논쟁이라 할지라도 말이다. 논쟁에서 패해 자신의 입장을 바꿔야 하는 상황을 달가워할 사람은 아무도 없다.

해리라는 자동차 세일즈맨이 있었다. 그의 판매실적은 회사에서 항상 꼴찌였다. 어느 날 상사가 그와 면담을 했는데, 상사는 그가 늘 잠재고객들과 언쟁을 벌인다는 사실을 발견했다. 해리는 상대가 자신이 팔려고 하는 자동차에 대해 트집을 잡으면 얼굴이 벌겋게 달아올라 언성을 높이곤 했다. 그 언쟁에서 해리는 번번이 승리했지만, 고객을 진정으로 이기지는 못했다.

"한바탕 언쟁을 끝내고 나올 때면 얼간이 한 명을 손봐주었다는 통쾌함을 느끼죠. 하지만 그것뿐이에요. 그에게 차를 팔수는 없어요."

상사는 해리에게 감정을 통제하고 언쟁을 일으키지 말라고 충고했다.

그 후 해리는 그 회사에서 가장 실적이 우수한 세일즈맨이 되었다. 그의 판매비법은 바로 고객의 의견을 일단 인정해주는 것이었다. 고객이 그가 판매하는 자동차에 대해 트집을 잡으며 "그 자동차는 아무리 봐도 별로인 것 같소. 난 페라리를 살 거요."라고 말하면, 그는 우선 "페라리는 누가 봐도 아주 멋지죠. 페라리를 사신다면 아주 탁월한 선택이실 겁니다. 페라리는 확실히 좋은 차입니다."라고 말한다. 그러면 상대는 더 이상 반박할 여지를 찾지 못하고 잠자코 해리의 말을 듣게 되는데, 해리는 그제야 자신의 자동차의 장점에 대해 설명하였다. 예전에는 당장 핏대를 세우며 페라리의 단점을 일일이 들춰가며 반박했다. 하지만 이런 방법으로는 상대의 반감만 살뿐 언쟁이 계속될수록 고객은 페라리가 가장 좋은 차라는 믿음을 더욱 확신하게 될 뿐이었다.

* * *

벤자민 프랭클린은 "언쟁을 일삼는다면 물론 가끔은 승리할 수 있다. 하지만 그건 허황된 승리에 불과하며 결국 아무로부터 호감을 살 수 없다."고 말했다.

허울뿐인 승리에 만족할 것인지, 아니면 상대방으로부터 호감을 얻을 것인지를 선택해야 한다. 물론 언쟁을 벌일 수밖에 없는 나름대로의 이유는 있다. 하지만 언쟁으로는 상대의 생각을 변화시키고자 하는 목적을 결코 달성할 수 없다.

미국의 전 재무장관 윌리엄 맥켄로는 "언쟁으로는 무지한 사람들을 굴복시킬 수 없다."고 했다. 그의 오랜 공직생활의 경험에서 우러나온 말이다.

언쟁으로 굴복시킬 수 없는 것은 비단 '무지한 사람'들 뿐만이 아니다. 지식이 많든 적든 간에 그 누구도 언쟁을 통해 생각을 변화시키는 것은 불가능하다.

나폴레옹의 집사 콘스탄트는 나폴레옹의 사생활을 기록한 회상록에서 이렇게 회고했다. "조세핀 마님과 나는 자주 당구를 치곤했는데, 당구 실력은 내가 더 나았지만 늘 마님께 져드렸다. 그러면 마님은 아주 기뻐하셨다."

상대가 고객이든 친구든 마음을 얻으려면 상대가 자신을 이기도록 만들어야 한다는 메시지를 전하는 말이다.

석가모니도 "미움을 누그러뜨릴 수 있는 방법은 사랑밖에는 없다."고 했다. 논쟁으로는 오해를 풀 수 없으며, 화해와 관용만이 상대방의 생각을 바꿔놓을 수 있다.

링컨이 동료들과 거센 다툼을 벌인 젊은 장교를 호되게 나무란 적이 있었다. 그는 그 젊은 장교에게 "성공하려고 결심한 사람은 절대 사사로운 논쟁과 다툼으로 시간을 허비해서는 안 되네. 논쟁은 종종 감당할 수 없는 부작용을 낳는다는 걸 명심하게. 개와 싸우다가 물려 상처를 입는 것보다는 개에게 길을 양보하는 편이 낫네. 개에게 물린 상처는 그 개를 죽인다고 낫지 않는다네."라고 했다.

쉽게 흥분하고 툭하면 남들과 싸우는 사람은 어리석은 사람이다. 현명한 사람은 어떤 상황에서도 냉정함을 잃지 않는다.

남의 말을 경청하라

경청

미국에서 자동차 세일즈의 왕으로 불린 조 지라드의 이야기이다. 한번은 한 유명인사에게 자동차를 소개하면서 가장 비싼 고급차를 추천했다. 그 유명인사는 아주 흡족해하며 십만 달러의 현금을 꺼냈다. 그런데 거래가 막 성사되려는 찰나에 그는 갑자기 마음을 바꾸어 사지 않겠다고 하는 것이었다.

실망한 지라드는 그날 도무지 일이 손에 잡히지 않았다. 고객이 갑자기 마음을 바꾼 이유를 이해할 수가 없었다. 지라드는 너무나 궁금한 나머지 결국 밤 11시경 그 고객에게 전화를 했다.

"안녕하세요. 조 지라드입니다. 오늘 오후에 차 한 대를 소개했었죠. 그런데 왜 갑자기 결정을 바꾸신 거죠?"

"지금이 몇 시인지 알고나 전화한건가?"

"이렇게 늦은 시간에 대단히 죄송합니다. 하지만 아무리 생각해도 제가 무슨 실수를 한 것인지 알 수가 없어서 가르침을 청하기 위해 전화를 드렸습니다."

"진심으로 하는 말인가?"

"그렇습니다."

"내 말을 경청할 수 있는가?"

"물론입니다."

"그런데 왜 아까 오후에는 내 말에 귀를 기울이지 않았는가? 계약서에 서명하기 전에 내 아들이 미시간 대학교 의과대학에 우수한 성적으로 합격해서 내가 아주 자랑스럽게 생각한다고 말했지만 자넨 아무런 반응도 보이지 않더군."

지라드는 고객이 그런 말을 했었다는 것조차도 기억나지 않았다. 고객의 말에 전혀 주의를 기울이지 않았던 것이다. 지라드는 그제야 자신의 실수를 깨닫고 그날 오후의 일을 납득할 수 있었다. 하지만 지라드의 동료는 그 거래가 결렬된 원인을 좀 다르게 분석했다. 그 고객은 자동차를 사는 것보다는 똑똑한 아들에 대한 칭찬이 더 듣고 싶었기 때문이라는 것이다.

* * *

칼은 뉴욕에 있는 한 출판사가 주최한 파티에 참석했다가 유명한 식물학자와 합석하게 되었다. 그 식물학자는 아주 재미있는 사람이었다. 칼은 몸을 바짝 테이블에 기대고 앉아 식물학자가 말하는 대마초와 실내정원 등에 대한 이야기를 들었다. 그는 고구마에 관한 놀라운 사실을 들려주기도 했다. 칼이 집안에 실내정원을 꾸며놓고 화초들을 키우고 있다고 말하자, 그는 아주 반가워하며 화초를 잘 키우는 여러 가지 방법도 알려 주었다.

그의 이야기는 몇 시간 동안이나 이어졌고, 시계는 이미 12시를 가리키고 있었다. 시간이 너무 늦어지자 칼은 작별인사를 하고 파티장을 나왔다. 칼이 가고난 후 식물학자는 주변에 있던 사람들에게 '아주 재미있는 달변가'라며 칼을 칭찬했다.

칼은 지금까지 한 번도 이런 칭찬을 들어본 적이 없었다. 자기를 재미있는 달변가로 평가하다니…. 사실 칼은 그와 많은 대화를 하고 싶었지만 별다른 말을 하지 못했다. 칼이 식물에 대해서 그다지 아는 게 많지 않았기 때문이다. 대신 칼은 그의 말을 진지하게 경청했다. 식물학자의 이야기가 흥미로웠기 때문이다. 이것은 식물학자도 알고 있었다. 그리고 이 점이 식물학자를 매우 기쁘게 했다.

상대의 말을 경청한다는 것은 우리가 상대에게 줄 수 있는 가장 큰 칭찬이다. 한 소설가는 "남들이 자신의 말을 경청할 때 느낄 수 있는 무언의 찬사에 흔들리지 않는 사람은 거의 없다."라고 했다. 칼은 단지 상대의 말을 잘 들어줌으로서 상대에게 무언의 찬사를 보낸 것이다.

비즈니스 협상에서 성공하는 비결은 무엇일까?

"비즈니스 협상을 성공으로 이끄는 특별한 비결이 있는 것은 아니다. 상대방의 말을 진지하게 들어주는 것이 중요하다. 이것보다 효과적인 방법은 없다."

이 원칙은 일류대학을 졸업해야 알 수 있는 것이 아니다. 어떤 기업들은 거액을 들여 엄청난 광고를 하고 화려한 고급 백화점에 상품을 잔뜩 진열해 놓지만, 정작 종업원들은 고객의 말을 귓등으로도 듣지 않는 경우가 있다. 이 종업원들은 고객들의 말허리를 끊기 일쑤이고, 심지어는 손님들과 언쟁을 벌여 말문을 막아버린다. 이래서는 고객을 내쫓을 뿐이다.

* * *

잭은 뉴욕의 한 백화점에서 양복을 구입했다. 그런데 집에 와서 보니 옷이 영 마음에 들지 않았다. 윗도리에서는 염색물이 빠져 셔츠가 물들기까지 했다. 잭은 양복을 갖고 다시 백화점에 갔다. 그런데 직원은 상황을 모두 설명하기도 전에 그의 말을 자르더니, "이 양복을 수백 벌을 팔았지만 불만을 제기하는 손님은 처음입니다."라고 퉁명스럽게 쏘아붙이는 것이었다. 마치 '흥! 거짓말 하지 마시오. 한번 본때를 보여줘야겠군' 하고 말하는 것 같았다.

그와 실랑이를 벌이고 있을 때, 또 다른 직원 하나가 끼어들더니 이렇게 말했다.

"짙은 색 양복은 처음에 염색이 조금 빠질 수 있습니다. 그건 저희도 어쩔 수 없습니다. 이 가격대의 옷들은 모두 그렇습니다."

잭은 화가 머리끝까지 났다. 첫 번째 직원은 자신을 거짓말쟁이로 몰더니, 두 번째 직원은 양복을 싸구려로 치부하는 것이 아닌가. 더 이상 화를 참을 수 없었던 그가 종업원들에게 지옥이나 가버리라고 소리치려는 찰나 매장의 지배인이 다가왔다. 지배인의 몇 마디에 잭의 화는 순식간에 봄눈 녹듯 사라졌고 아주 만족한 표정으로 매장을 나올 수 있었다.

그 지배인은 잭의 말이 끝날 때까지 단 한 마디도 하지 않고 묵묵히 듣기만 했다. 잭의 이야기가 끝나자 그는 넥타이가 양복 때문에 물이 든 것이 분명한 것 같고, 어떻게 이런 일이 일어났는지는 자기도 이해할 수 없다며 자신들이 판매한 제품에 대해서는 책임질 것이라고 했다.

지배인은 "이 양복을 어떻게 해드려야 할까요? 손님이 원하시는 대로 해드리겠습니다."라고 말하며 양복을 환불 처리하려했다.

지배인의 공손한 설명에 잭의 마음도 누그러져 "난 이런 현상이 일시적인 것인지, 그리고 오염된 것을 지울 수 있는 방법이 있는지 알고 싶었을 뿐입니다."라고 답했다.

"일주일 정도 입어보시고 그래도 마음에 들지 않으시면 다른 옷으로 교환해드리거나 환불해 드리겠습니다. 불편을 끼쳐드려 죄송합니다."

잭은 편안한 마음으로 돌아올 수 있었고, 또한 일주일이 넘도록 양복은 아무런 문제가 없었기 때문에 환불하러 갈 필요도 없었다. 게다가 그 백화점에 대한 신뢰도 회복되었다.

과연 그 지배인은 매장의 책임자다웠다. 두 직원은 아마 영원히 점원밖에는 할 수 없을 것이다. 아니, 어쩌면 포장부의 하급 직원으로 좌천될 수도 있다. 포장부에서는 고객과 접촉할 일이 없기 때문이다.

* * *

미국에서 남북 전쟁이 한창이던 암울한 시기에 링컨이 일리노이 주에 사는 옛 친구를 백악관으로 초청했다. 링컨은 친구에게 편지를 보내 상의할 일이 몇 가지 있으니 백악관으로 와달라고 했다. 링컨은 그 친구와 노예 해방이 과연 가능한 일인지에 대해 여러 가지 상황을 조목조목 설명하며 이야기를 나누었다. 몇 시간 동안의 만남을 마친 후 악수를 나누고 작별인사를 했다. 그날 링컨은 친구가 돌아갈 때까지 친구의 의견은 단 한 번도 묻지 않았다고 한다. 몇 시간 동안 링컨 혼자서만 이야기를 했던 것이다. 그것만으로도 링컨은 가슴이 후련해지고 유쾌해지는 것을 느꼈다. 그 친구는 "가슴에 있던 말을 모두 털어놓은 후 링컨의 표정이 훨씬 밝아졌다."고 회고했다.

링컨은 누군가의 충고나 견해가 필요했던 것이 아니다. 그에게는 호의적이고 자신의 고충을 이해해줄 수 있는 사람이 필요했던 것이다. 어려움에 직면했을 때 우리에게 필요한 것 역시 이런 것이다. 그리고 이것은 화가 난 고객, 화가 난 직원, 그리고 상처를 입은 친구가 필요로 하는 것이기도 하다.

누군가 당신의 등 뒤에서 조소를 보내며 당신을 멸시한다면 그를 혼내주는 방법은 아주 간단하다. 상대가 세 마디 이상 하지 못하게 하는 것이다. 말을 꺼내기도 전에 말을 자르고 자신의 입장만을 늘어놓아라. 상대가 무슨 말을 하려는지 이미 알고 있다면 말이 끝날 때까지 기다리지 말라. 내가 상대보다 더 똑똑한데 상대의 말을 듣고 있는 것은 시간 낭비일 뿐이다. 언제든 상대의 말을 잘라 입을 막으라. 그러면 당신이 당한 수모를 몇 배로 되갚을 수 있다. 이렇듯 말은 무서운 것이다.

세상에서 자기 혼자만 잘난체하는 사람만큼 어리석은 사람은 없다. 자기 말만 하는 사람은 오로지 자기밖에는 생각할 줄 모른다. 콜롬비아 대학교의 니콜라스 패트스 박사는 "자기 자신만 생각하는 사람은 아무리 좋은 대학을 나왔다고 하더라도 미련하기 짝이 없는 사람이다."라고 했다.

달변가가 되기 위한 가장 기본적인 조건도 먼저 남의 말에 귀를 기울이는 것이다. 사람들의 관심을 끌고 싶다면 다른 사람들에게 관심을 가져라. 관심을 끄는 가장 효과적인 방법은 상대가 흥미를 가지고 있는 것에 대해 묻는 것이다.

훌륭한 달변가가 되기를 원한다면, 먼저 훌륭한 청중이 되어라

비웃음보다는 침묵이 낫다

침묵

러시아의 차르 니콜라이 1세가 데카브리스트의 반란을 진압하고 주도자인 릴레예프에게 사형판결을 내렸다. 릴레예프에 대한 교수형이 집행되던 날, 릴레예프의 목에 밧줄이 걸리고 드디어 밧줄이 당겨졌다. 그런데 밧줄이 끊어져 릴레예프가 바닥으로 떨어지고 말았다. 당시에는 이런 상황이 일어나면 하늘의 뜻으로 여기고 죄인을 사면해주는 것이 보통이었다.

릴레예프가 일어나더니 군중들을 향해 외쳤다.

"보시오! 이 나라는 밧줄조차 제대로 만들지 못합니다!"

릴레예프의 교수형이 실패하고, 그가 "이 나라는 밧줄조차도 제대로 만들지 못합니다!"라고 외쳤다는 소식이 니콜라이 1세에게 보고 되었다. 그러자 니콜라이 1세는 릴레예프의 말이 옳지 않다는 것을 증명하라고 신하들에게 명했다. 이튿날 릴레예프에 대한 두 번째 교수형이 집행되었고, 이번에는 목에 맨 밧줄이 끊어지지 않았다.

릴레예프의 어리석음에 아마 실소를 금치 못할 것이다. 하지만 이런 일은 그 우리에게도 충분히 일어날 수 있다. 강인함을 드러내기 위해 과격한 말을 내뱉은 경험이 한 번쯤 없는 사람이 있을까?

말로 사람의 마음을 움직이려고 한다면 적당히 아껴야 한다. 필요한 말보다 적게 하면 더 위엄 있게 보인다. 침묵은 상대를 불편하게 만들기 때문이다. 상대는 당신이 무슨 생각을 하고 있는지 알고 싶어 할 것이다.

대부분의 경우 말수가 적을수록 상대에게 신비감을 주며, 말을 적게 할수록 권력을 차지할 수 있는 기회가 많아진다.

말이란 한번 내뱉으면 다시 주워 담을 수 없음을 명심하라. 특히 상대에게 상처가 되는 말을 하지 않도록 조심하라. 말로 상대의 가슴에 비수를 꽂아서 얻을 수 있는 쾌감은 그 후 치러야할 대가와는 비교할 수 없이 작다.

옛말에도 '말이 많으면 잃는 것도 많다' '모든 화는 입에서 나온다' '말은 칼보다 더 큰 상처를 준다' 고 했다. 한순간의 장난으로 하는 말이라도 상대를 조롱하거나 바보로 만드는 것은 절대 금물이다.

* * *

프랑스의 한 미식칼럼니스트가 자신의 칼럼에서 한 레스토랑의 음식을 '꿀꿀이죽' 으로 표현했다가 그 레스토랑 사장을 단단히 화나게 했다. 얼마 후, 그 레스토랑 사장은 이 칼럼니스트를 초대해 '특별 정식' 을 대접했다. 그런데 음식을 먹던 칼럼니스트가 갑자기 안색이 변하더니 그 자리에 쓰러져 병원으로 실려 갔다. 병원에 도착했을 때는 이미 숨을 거둔 후였다. 경찰은 곧 레스토랑 주인을 살해 용의자로 체포했고,

사장은 음식에 독극물을 넣었음을 시인했다. 그는 "내 레스토랑의 음식을 꿀꿀이죽으로 표현한 사람은 죽어 마땅하다."고 진술했다고 한다.

* * *

　영화에서 죄인을 좁고 햇빛 하나 들어오지 않는 컴컴한 독방에 가두는 장면이 나오곤 한다. 독방에 갇힌 죄인은 고통보다 더 무서운 외로움과 싸워야 한다. 누구라도 이런 독방에 갇히면 하루가 일년처럼 느껴질 것이다. 인간은 본능적으로 어두움과 외로움을 두려워하기 때문이다. 아무 것에도 의지할 수 없는 외로운 상황이 때로는 사람을 미치게 만들 수도 있다.

　심리전의 고수들이 종종 '침묵'이라는 무기를 사용하는 것도 바로 이런 이유 때문이다.

　대만의 한 인쇄공장 사장이 사업을 그만둘 생각으로 미국에서 수입했던 인쇄기계를 팔려고 내놓았다. 몇 년 동안 사용한 감가상각비를 감안하더라도 250만 달러는 족히 받을 수 있는 기계였다. 그는 250만 달러 아래로는 절대 팔지 않겠다고 다짐했다. 얼마 후 기계를 사겠다는 사람이 나타났다. 그런데 그는 가격협상에서 기계의 단점과 마음에 들지 않는 점을 줄줄이 늘어놓는 것이었다. 사장은 화가 나서 상대를 쫓아버리고 싶었지만 250만 달러를 받아야 한다는 생각에 애써 마음을 가라앉히고 한 마디도 하지 않았다. 기계를 사려는 사람은 결국 혼자서만 쉬지 않고 말을 했고 더 이상 말할 기운이 없어지자 이렇게 말했다. "내가 보니 아무리 많아도 350만 달러밖에는 줄 수 없겠소. 그 이상은 절대 안 되겠소." 결국 기계주인은 예상보다 100만 달러나 비싼 가격에 기계를 팔 수 있었다.

침묵은 단순히 아무 말도 하지 않는 것이 아니라 냉정을 유지하며 칼자루를 손에 쥐고 상대를 제압하는 것이다. 이럴 경우 상대는 제풀에 자신의 속내를 먼저 드러내곤 한다. 침묵도 일종의 표현기교인 것이다.

철학자들은 침묵을 일종의 미덕이라고 했고, 교육자들은 지혜라고 했으며, 문학가들은 매력이라고 했다. 그렇다. 침묵은 사람을 더욱 성숙하게 하는 지혜요 보이지 않는 힘이다.

좌절했을 때 마음을 가라앉히고 침묵하면 자신을 반성하고 더 강인한 힘을 길러 새로운 불꽃을 탄생시킬 수 있다. 성공했을 때 침묵하면 새롭게 분투할 수 있는 목표를 설정할 수 있다.

언어가 꽃이라면 침묵은 그 씨앗이고, 언어가 나무라면 침묵은 그 뿌리다.

변화하라

구습

　　　　　　　미국 철로의 표준궤도 폭은 4피트 8.5인치다. 그
런데 5피트도 아니고 왜 하필 4피트하고도 8.5인치일까? 참으로 이상
한 기준이 아닐 수 없다.

　사실 이 기준은 영국 철로의 표준궤도 폭이었다. 미국에서 처음 철로
를 부설할 때 영국인들이 공사를 했기 때문에 영국의 표준을 그대로 따
르게 된 것이다. 그러면 영국은 왜 이렇게 이상한 기준을 세운 것일까?
그것은 철로가 기존의 전차 궤도를 그대로 모방해 설계되었기 때문이
다. 그러니까 다시 말해 이 표준은 전차 궤도의 폭이었다.

　그러면 전차 궤도의 표준은 또 어떻게 결정된 것일까?

　그건 마차를 만들던 사람들이 전차를 만들었기 때문이다. 바로 마차
의 양 바퀴 사이의 거리가 전차 궤도의 폭이 되었던 것이다.

　마차는 왜 그렇게 이상한 수치로 만들었던 것일까? 당시에는 영국의
오래된 길마다 이미 마차바퀴 자국이 깊이 패여 있어, 그 궤적대로 마
차를 몰지 않으면 얼마 가지 못해 마차바퀴가 부서져버렸기 때문이다.

그리고 이 궤적의 간격이 바로 4피트 8.5인치였다.

그러면 이 궤적은 언제부터 어떻게 생기게 된 것일까? 그 해답은 바로 로마인들에게서 찾을 수 있다. 영국의 오래된 길을 포함해 유럽의 모든 길은 로마인들이 군대의 행군을 위해 닦은 길이다. 그들이 전차의 폭에 맞추어 길을 닦았으니, 로마 전차의 폭이 바로 4피트 8.5인치였다는 결론이 나온다. 바퀴 간격을 여기에 맞추지 않으면 바퀴의 수명이 크게 단축되었다.

그런데 아직도 의문이 풀리지 않는다. 로마인들은 왜 전차 바퀴와 간격을 굳이 4피트 8.5인치로 정했던 것일까?

그 이유는 생각 외로 간단하다. 바로 전차를 끄는 말 두 필의 엉덩이 간격을 합치면 4피트 8.5인치였던 것이다.

이렇게 본다면 결국 철로의 폭이 말 두 필의 엉덩이 너비에 의해 결정되었다고 할 수 있다. 하지만 이야기는 여기에서 그치지 않는다.

TV를 통해 미국의 로켓 발사대에 장착된 웅장한 모습의 우주선을 본 적이 있는가. 어느 정도 관찰력을 가진 사람이라면 우주선의 연료통 양쪽에 두 개의 로켓추진기가 달려있는 것을 보았을 것이다. 이 추진기는 티오콜(THIOKOL)이라는 회사가 유타 주에 있는 공장에서 제조한 것이다. 이 추진기를 설계할 당시 엔지니어들은 용량을 늘리기 위해 추진기를 조금 더 크게 만들려고 했지만 그럴 수 없었다. 왜냐하면 완성된 추진기를 실어 발사대까지 운반하려면 기차를 이용해야했는데, 중간에 터널이 있었기 때문이다. 추진기가 철로보다 약간 넓은 터널을 통과하자면 철로의 폭 정도로밖에는 만들 수 없다는 결론이었다. 이렇게 본다면 결국 철로의 폭이 말 두 필의 엉덩이 너비에 의해 결정되었다고 할 수 있다.

오늘날 세계 최첨단 운송 시스템의 설계가 2천 년 전 말 두 필의 엉덩이 너비에 의해 좌우되었다는 말이다. 그런데 정작 말 엉덩이의 너비는 수천 년을 거치고도 여전히 그 너비 그대로 유지되고 있을까?

지금 우리를 둘러싸고 있는 것들 가운데 과연 2천 년 전의 모습을 그대로 지키고 있는 것이 얼마나 될까?

* * *

산업사회는 직원들이 모두 제시간에 출퇴근할 것을 강요한다. 컨베이어 벨트가 쉬지 않고 돌아가는 공장에서는 모든 직원들이 제자리에 앉은 후에야 생산이 시작될 수 있기 때문이다. 이 요구사항은 영업사원들에게도 물론 일률적으로 적용된다. 하지만 사무실에 단정히 앉아있는 영업사원이 그 어떤 생산력을 발휘할 수 있을까?

"많이 일하고 적게 말하라." "남의 일에 관여하지 말라. 자기 일만 잘하면 된다." 산업화가 세상의 모든 기준을 지배하던 시기에 각 공장의 생산라인마다 걸려있던 표어들이다. 단체의 협동이 가장 중요하게 생각되는 조직 내부에서 대세를 거스르거나 개인적으로 튀는 행동을 하는 것은 거의 독약과도 같은 것이었기 때문이다.

지난 2004년 카타르 축구협회가 브라질 출신의 축구스타인 아일톤 등의 카타르 귀화를 추진하자 국제축구연맹은 비상회의를 소집해 해당 국가에서 2년 이상 거주하지 않은 선수는 귀화한다 해도 A매치에 출전할 수 없다는 새로운 규정을 추가해 카타르의 이런 시도를 사전에 차단한 일이 있었다.

하지만 우리가 매일 하는 일들 가운데 과연 얼마나 많은 일들이 오늘날의 현대 사회에서 이미 의미를 잃었는지 생각해보았는가? 여러 가지 보고서와 회의, 격식, 그리고 업무 방식 등을 모두 포함해서 말이다.

현대 사회를 살고 있는 우리들은 시시때때로 자신을 돌아보아야할 필요가 있다. 지금까지 당연한 것으로 받아들여져 온 인식, 습관, 행동, 방식 등이 이미 오래 전에 우리 앞길을 막는 구태의연한 구습으로 변해버리지 않았는지 곰곰이 짚어보자.

도미와 소라

변화

도미와 소라가 바다 속에서 살고 있었다. 도미는 소라의 단단한 껍데기를 부러워하며 말했다.

"소라야, 정말 멋지구나! 그렇게 단단한 껍데기가 있으니 아무도 널 해치지 못할 거야."

도미의 칭찬에 우쭐해진 소라가 자신의 껍데기를 바라보며 의기양양해 하고 있을 때, 갑자기 어디선가 불쑥 적이 나타났다. 도미가 외쳤다.

"넌 단단한 껍데기가 있지만 난 그렇지 않아. 내겐 큰 두 눈이 전부야. 그러니 적이 어느 방향에서 오는지 재빨리 알아챈 후 반대쪽으로 재빨리 도망치는 게 상책이야."

말이 떨어지기가 무섭게 도미는 '쉭' 하고 헤엄쳐 도망쳐버렸다.

하지만 소라는 여전히 태평했다. 단단한 껍데기가 온몸을 감싸고 있으니 제 아무리 강한 적이라도 자신을 해칠 수는 없을 것이라고 생각했기 때문이다. 소라는 두려울 것이 없다는 표정으로 그 자리에서 가만히 적이 다가오기를 기다렸다.

그런데 아무리 기다려도 적이 공격할 생각을 하지 않자 소라는 그만 깜박 잠이 들고 말았다. 시간이 얼마나 흘렀을까. 문득 잠에서 깬 소라는 주변이 조용한 것을 보고 이제 적이 가버렸다고 생각하고 고개를 껍데기 밖으로 슬그머니 내밀었다. 그런데 이게 웬일인가. 소라가 갑자기 비명을 지르기 시작했다.

"소라 살려! 소라 살려!"

알고 보니 소라가 잠든 사이 이미 수족관으로 옮겨졌던 것이다. 수족관 밖에는 행인들이 지나는 큰길이 보였고, 수족관에는 '소라 1kg ○○원' 이라는 종이가 붙어있었다.

마음의 문을 닫아걸고 자기 독선에 빠지면 성장할 수 있는 기회를 놓쳐버리고, 정작 위험에 처했을 때 스스로를 지킬 수 없다.

* * *

비슷한 이야기가 또 하나 있다. 개구리를 물이 펄펄 끓는 솥 안에 넣으면 개구리는 곧장 밖으로 뛰쳐나온다. 하지만 개구리를 먼저 미지근한 물이 담긴 솥에 넣은 다음 밑바닥에 불을 지펴 물을 서서히 데우면 개구리는 물이 뜨거워지는 것도 눈치 채지 못하고 편안한 물속에서 여유자적 유영한다. 이윽고 물이 뜨거워 고통을 느낀 개구리가 뛰쳐나오려고 할 때는 이미 뒷다리가 도약할 힘을 잃어 빠져나올 수 없게 된다.

변화가 생겼을 때 사람들은 대부분 부자연스러운 느낌 때문에 스트레스를 받고 때로는 두려움을 느끼기도 한다. 그런데 자신 있게 이야기하지만 그건 바로 자신을 성장시킬 수 있는 소중한 기회이다.

이런 불편함과 스트레스를 감수하고 싶지 않다면 변화를 거부하고 오랫동안 해 와서 이미 습관이 되어버린 방식을 그대로 따르면 된다. 하지만 자신 역시 옛날 그대로의 상태에 머무를 수밖에 없다. 진정으로 성장과 발전을 꿈꾼다면 편안하고 익숙한 곳을 벗어나라. 그를 경우 일시적으로 안정감을 잃는 것은 감수해야만 한다. 스스로 서툴고 긴장되고 스트레스를 받고 심지어 두려움이 느껴지는 상황에 있다면, 최소한 그것이 자신이 성장하고 있다는 증거라는 사실을 기억해라.

* * *

한 여자가 책상에서 일어나 자료 한 부를 복사했다. 그런데 그 짧은 동안에 막 사온 치즈케이크 위로 개미가 올라가 있었다. 개미가 그녀의 오후 티타임 간식을 망쳐버린 것이었다.

그녀는 치즈크림에 빠져 허우적거리고 있는 개미를 포크로 가만히 들어올리더니 왜 자신의 기분을 망쳐놓았느냐며 나무랐다. 그러자 온통 크림으로 뒤범벅된 개미는 조리 있는 말투로 또박또박 이렇게 대답했다.

"마침 배가 고프던 차에 달콤한 케이크 냄새가 절 이리로 불렀어요. 제가 먹어봐야 얼마나 먹겠어요. 제게 케이크의 한 귀퉁이만 잘라 주세요."

하지만 개미의 말에 그녀는 화가 치밀어 올라 소리쳤다.

"나더러 너 같은 개미 따위와 간식을 나눠먹으라는 거야? 허튼 생각하지 말고 어디 가서 과자부스러기나 찾아 봐!"

하지만 개미는 쉽게 포기하지 않았다.

"아무리 작아도 인격은 있다고요. 그렇게 비굴하게 살고 싶지 않아요. 저도 보란 듯이 출세하고 싶었지만 개미로 태어난 것부터가 불공평한 일이었어요. 전 눈여겨 봐주는 사람이 하나도 없었지만 어영부영 살고 싶지 않아 큰맘 먹고 이렇게 낯설고 위험한 도시로 온 거랍니다."

개미의 애원에 마음이 약해진 여자가 측은한 듯 물었다.

"적응하지 못할까봐 두렵진 않니?"

"일단 부딪혀봐야 어떤지 알 수 있잖아요. 두렵다고 아무 것도 하지 않으면 아무 소용없어요. 인생에는 오로지 한 가지 길밖에 없다고 생각 하지는 않아요. 제게도 분명 무한한 가능성이 있을 거라고 믿어요."

여자는 굳게 입을 다문 채 아무 말도 하지 않았다. 갑자기 머릿속이 복잡해졌다. 그녀는 최근 몇 년간 심한 어려움에 처해있었다. 무엇을 어떻게 해야 하는지는 알고 있었지만, 그걸 정작 실행으로 옮긴 적은 단 한 번도 없었다. 무얼 망설이고 있느냐고 묻는다면 아마도 대답은 '변화하는 것이 두렵기 때문' 이었다.

소심하고 겁 많은 사람은 인생의 수많은 즐거움과 아름다움을 포기 할 수밖에 없다. 생각을 행동으로 옮기지 않는 한 그녀는 늘 그 자리에 서 맴돌 수밖에 없다. 그러면 더 나빠지지는 않겠지만 지금보다 나아질 가능성은 손톱만큼도 없다.

가만히 생각에 잠겼던 그녀의 눈동자가 갑자기 반짝였다. 그러더니 무 언가를 결심한 듯 케이크를 모두 개미에게 내밀었다. 하지만 개미는 그렇 게 큰 케이크는 모두 먹을 수 없다며 그녀의 호의를 완곡하게 거절했다.

빙그레 웃는 그녀의 머릿속엔 이미 앞으로의 인생이 그려져 있었다. 이제 온 힘을 다해 행동으로 실천할 차례였다.

자신의 생활을 바꾸고 싶다면 먼저 변해야 한다. 현실을 과감하게 타파하지 못 하면 늘 그 자리에 머물러 있을 뿐이다.

꿀벌과 파리

혼란

꿀벌 여섯 마리와 파리 여섯 마리를 한 유리병에 담아 놓고, 병을 가로로 눕힌 후 병의 아랫부분을 환한 창 쪽으로 향하게 해놓으면 병 속에서 어떤 일이 벌어질까?

꿀벌들은 병의 아랫부분에서 출구를 찾기 위해 윙윙거리며 날아다니다가 병에 부딪혀 죽거나 굶어 죽지만, 파리들은 채 1분도 지나지 않아 병의 주둥이를 통해 밖으로 빠져나온다. 이것은 꿀벌이 밝은 곳을 좋아하기 때문이다. 밝은 빛을 좋아하는 습성이 꿀벌들을 죽음으로 몰아넣은 것이다.

꿀벌들은 통제된 공간에서 출구는 늘 밝은 쪽에 있다고 여기기 때문에 이 논리에 따라 행동한다. 꿀벌들에게 있어 유리는 초자연적인 물건이다. 그들이 아는 세계에는 보이지도 않으면서 뚫을 수 없는 것이란 존재하지 않는다. 지능이 높은 꿀벌일수록 이 이상한 장애물이 점점 더 이해할 수 없는 물건으로 느껴질 것이다.

그러나 꿀벌들보다 지능이 낮은 파리는 사물의 일정한 논리와 대자연의 섭리에 큰 주의를 기울이지 않기 때문에 밝은 곳이든 어두운 곳이든 마구잡이로 날아다니다가 운 좋게 출구를 찾아 밖으로 빠져나온다.

* * *

이렇게 생각이 단순한 사람들은 똑똑한 사람들을 몰락시키는 환경 속에서도 살아남을 수 있다.

이 이야기는 지어낸 우화가 아니다. 미국의 미시건 대학교에서 실제로 행해진 실험을 결과이다.

실험을 주도했던 베이크 박사는 이 실험을 토대로 이런 논리를 도출해냈다.

"모험과 끊임없는 도전, 시행착오, 즉흥적인 시도, 지름길, 우회적인 전진, 혼란, 임기응변 등 이 모든 것들이 변화에 적응하는 비결이다."

성공적인 시도는 언제나 실험과 임기응변의 결과이다. 고정관념과 경직된 상황을 탈피해 자유롭고 개방적인 두뇌를 유지하는 것은 훌륭한 경영자가 반드시 갖추어야 할 덕목이기도 하다. IDEO는 세계에서 가장 훌륭한 디자인회사 중 하나이다. IDEO의 사장인 토머스 켈리는 "IDEO는 생동감 넘치는 실험실이며, 항상 실험이 진행된다. 우리의 프로젝트와 업무환경, 그리고 기업문화는 새로운 시도가 넘쳐난다."라고 말했다.

또 그는 "내가 대기업들을 보며 깨달은 가장 중요한 일은, 모든 사람들이 규율을 준수할 때 창의력은 점점 고갈되어버린다는 사실이다."라고 강조했다. 여기에서 규율이란 바로 유리병 속의 꿀벌들이 끝까지 포기하지 않았던 '논리'이다. 하지만 이 논리를 고수한 결과는 '죽음'이었다. 토머스 켈리는 대기업들의 여러 사례를 바탕으로 어떻게 하면 활력과 창의성을 잃지 않을 수 있을지 연구했다.

모호하고 불확실한 관리, 그리고 변화를 거부하는 정체성이 이미 기업들의 고질적인 문제로 대두된 상황에서 그 비결을 연구하는 것은 매우 시급했다. 이미 수많은 기업들이 조직구성도를 발표하지 않고 있다. 얼마 되지 않아 곧 시대의 조류에 뒤처져버리기 때문이다. 과학기술의 빠른 발전으로 인해 일부 하이테크를 기반으로 하고 있는 기업들은 단지 몇 개월 앞을 내다보는 기술 예측은 시간낭비일 뿐이다. 카오스 이론에 대해 조금이라도 알고 있는 사람이라면 세상 모든 것이 한 치 앞도 예측하기 힘들다는 사실을 알 것이다. 과거의 기업들이 유유자적 바다 위를 떠나기는 호화 유람선과 같았다면, 지금의 기업들은 거센 풍랑 위에 떠있는 외로운 돛단배와 같다.

그렇다고 세상을 너무 비관적으로 대할 필요는 없다. 베이크 박사는 불확실성에 대처하는 방법은 유리병 속의 파리처럼 순간순간 사물에 적응하는 유연함이라고 결론지었다. 복잡한 세상에서 살아남기 위해 필요한 것은 틀에 박힌 고루한 지혜가 아니라 임기응변에 능한 지혜라는 사실이다.

* * *

인디언들은 사슴 뼈를 태워 사냥을 나갈 방향을 결정했다고 한다. 이 방법이 원시적인 것 같지만 사실은 이것이야말로 진정한 지혜다. 인디언들은 수천 년 동안 사냥을 해오면서 사냥감과 사냥감의 이동노선, 날씨와 지형 등에 대한 풍부한 노하우를 축적했다. 일반적인 경우에는 인디언들도 경험이 가장 풍부한 사람의 의견에 따라 사냥의 방향을 판단했을 것이다. 하지만 외부 환경의 변수와 기타 특수한 상황이 발생하면 인디언들은 경험보다는 비논리적인 '주술'로써 상황을 타개했다. 현대적인 논리로 보면 황당무계하기 이를 데 없는 방법이지만, 인디언들은 이 방법으로 경험을 초월하는 새로운 지혜를 얻고 결국 사냥에 성공할 수 있었다. 주술은 고정적인 사냥 방식을 초월한 변수이다. 따라서 주술을 사용하면 사냥도 그만큼 융통성을 가지게 되고, 경험에만 의존한 틀에 박힌 사냥에 융통성을 부여하게 되므로 소위 '성공한 경험에 사로잡혀 행하게 되는 오류'를 피할 수 있는 것이다. 지혜로운 사람들이 오히려 꿀벌처럼 경험에 사로잡혀 스스로를 사지로 몰아가곤 한다.

오래된 틀과 과거의 경험에 사로잡혀서는 안 된다. 시시각각 변화하는 세상에서는 혼란스러워 보이는 행동이 정체된 질서보다 나을 수 있다.

물을 긷는 스님

나태

두 스님이 두 산에 각각 암자를 짓고 살고 있었다. 두 산 사이에는 작은 시내가 있었다. 두 스님은 매일 같은 시각에 이곳으로 물을 길러 왔다가 만나곤 했다. 그렇게 하루 이틀 지나다보니 둘은 친한 벗이 되었다. 둘이 매일 같은 시간에 만나 물을 길은 지도 어언 3년이 흘렀다.

그런데 어느 날 갑자기 왼쪽 산에 사는 스님이 물을 길으러 오지 않는 것이었다. 오른쪽 산의 스님은 이상한 예감이 들었지만 그저 늦잠이 자고 있으려니 생각했다. 다음날, 그 다음날이 지나도 왼쪽 산의 스님은 여전히 모습을 드러내지 않았다. 그렇게 일주일이 지나도록 나타나지 않자 오른쪽 산의 스님은 초조함을 참을 수 없었다.

"이 친구가 병이 난 것이 분명해. 가서 병간호라도 해줘야겠어."

오른쪽 산의 스님은 친구를 찾아 왼쪽 산을 올랐다.

암자에 거의 다다랐을 때쯤 오른쪽 산의 스님은 깜짝 놀라고 말았다. 왼쪽 산의 스님이 암자 앞에서 태연하게 태극권을 연마하고 있는 것이 아닌가. 일주일 동안 물을 마시지 못한 사람이라고는 생각할 수 없을 정도로 건강한 모습이었다. 오른쪽 산의 스님이 물었다.

"일주일이 다 되도록 물 한 번 길으러 오지 않더군. 자네는 물을 마시지 않고도 괜찮은가?"

왼쪽 산의 스님이 대답했다.

"이리 와보게. 자네에게 보여줄 것이 있다네."

왼쪽 산의 스님은 오른쪽 산의 스님을 데리고 암자 뒤뜰로 갔다. 거기에는 우물이 하나 있었다.

스님은 우물을 가리키며 말했다.

"내가 3년 동안 애를 쓴 끝에 드디어 우물을 만들지 않았는가. 그동안 땅을 조금씩 파내려 갔지. 그랬더니 부처님의 은덕인지 과연 수맥이 있지 않겠나. 우물이 생겼는데 더 이상 물을 길으러 산을 내려갈 필요가 없지 않은가? 그 대신 내가 좋아하는 태극권을 실컷 연마할 수 있었지."

일을 하고 보수를 받는 것은 물을 긷는 것과 같다. 퇴근 후의 자투리 시간을 이용해 자기계발에 투자한다면 자기만의 우물을 만드는 것이나 마찬가지다. 비록 지금 당장은 힘이 들고 피곤하겠지만 그것이 쌓이면 직접 물을 긷지 않아도 풍족하게 물을 마실 수 있다.

* * *

우리는 매일 달력을 한 장씩 뜯어가며 생활한다. 어느 날 얇아진 달력을 보며 세월의 빠름을 새삼 느끼고 놀라곤 한다. 수십 년 동안 뜯어낸 일력을 한데 모으면 그것이 바로 한 사람의 인생이자 역사가 된다. 그렇게 생각하면 하루하루 달력을 뜯는 일이 결코 작은 일이 아닌 셈이다.

볼테르는 풍자소설《캉디드》에서 "세상에서 가장 길고도 짧은 것, 잘게 쪼갤 수도 있지만 길게 이을 수도 있는 것, 가장 소홀히 하기 쉬우면서도 가장 아까운 것, 또 그것이 없으면 아무 것도 할 수 없는 것, 모든 것을 사라지게 만들 수 있는 것, 모든 위대한 것들의 생명을 영원하게 만들 수 있는 것, 이것은 과연 무엇일까?"라고 자문한다.

그리고 캉디드는 이렇게 대답한다. "세상에서 가장 긴 것은 시간이다. 시간만큼 써도 써도 영원한 것은 없다. 세상에서 가장 짧은 것도 역시 시간이다. 사람들의 계획은 언제나 제 시간에 맞추어 완성되는 일이 없기 때문이다. 무언가를 기다리는 사람들에게는 시간이 가장 더디게 느껴지고, 즐거운 일을 하고 있는 사람들은 시간이 가장 빠르다고 느낀다. 시간은 무한대로 확장될 수 있지만, 아주 잘게 쪼갤 수도 있고, 누구도 중요하게 생각하지 않았던 시간이 지나고 나면 너무도 아쉽게 느껴진다. 시간이 없으면 그 어떤 것도 이루어질 수 없고, 가치 없는 것들은 시간에 의해 사라져버리지만, 위대한 것들은 시간 속에 고정되어 영원히 사라지지 않는다."

시간이 있으면 모든 것을 얻을 수 있다. 매 시간, 매 분을 충분히 이용하면 상상을 초월하는 수확을 얻을 수 있다. 사람들이여 시간을 소중히 여기라!

시간은 무한하지만 아쉽게도 우리의 생명은 유한하다. 정해진 생명 속에서 남들보다 시간을 길게 사용할 수 있는 사람은 남들보다 더 많은 자산을 가진 셈이다. 모든 위대한 사람들이 높은 경지에 다다를 수 있었던 것도 하루아침에 이루어진 것이 아니라 남들이 편히 자고 있는 밤에 홀로 분투한 결과이다.

"조심하세요. 경찰이 있습니다."

신용

"고객은 왕이다."

이 말은 왕을 대하듯 공손하게 고객에게 서비스해야 한다는 말이다. 하지만 이것은 생존경쟁에서 살아남기 위한 방법이지 결코 인간의 본성은 아니다. 질 좋은 서비스가 없이는 고객을 불러들일 수 없고, 고객이 없는 상점이나 회사는 생존할 수 없다. 특히 미국과 같은 경쟁이 치열한 나라에서는 상점마다 고객을 끌기 위해 갖가지 수단과 방법을 가리지 않는다.

미국의 상점들은 어떤 상품이든 구매한지 60일 이내에는 환불할 수 있다. 심지어 일부 장기여행자들은 집을 빌린 다음 TV와 오디오, 가구, 주방용품 등 각종 가재도구를 구입한 후 한 달 남짓 사용하다가 여행이 끝날 때쯤 한꺼번에 트럭에 실어다가 환불하곤 한다. 그래도 상점은 두 말도 하지 않고 고스란히 환불해주기 때문에 결국 한 달 동안 무료로 사용한 셈이 된다. 상점 주인이 환불 이유를 묻는다 해도 그저 "마음에 들지 않아요."라는 한 마디면 그만이지만, 사실 이유를 묻는 상점도 거의 없다.

* * *

한 남자가 일본산 카메라를 700여 달러를 주고 구입했다. 그런데 그의 부주의로 인한 고장 때문인지 아니면 기계적인 문제인지는 몰라도 찍는 사진마다 모두 화질이 선명하지 않은 것이었다. 그 후 10달이 지난 후 여행을 하면서 그 카메라로 사진을 찍었지만 역시 모두 희미한 사진들뿐이었다. 화가 난 남자는 카메라를 샀던 상점에 가서 환불을 요구했고, 상점 주인은 아무런 이유도 묻지 않고 그 자리에서 환불해주었다. 이런 경우는 아주 흔하게 볼 수 있다.

K-MART에서 한 노부인이 쓴 지 오래되어 이미 낡아버린 가위를 가지고 와서 환불을 요구한 적도 있었다. 노부인은 그 가위를 산 지 20년이 되었는데, 구입 당시 20년 후에도 영수증과 제품보증서만 있다면 샀던 금액 그대로 환불해주고, 또 새 가위를 주겠다고 했다며 당시 구입 금액인 2달러를 돌려달라는 것이었다. 그러자 지배인은 노부인이 제시한 영수증이 가위를 샀던 영수증이 아니라는 것을 알면서도 노부인의 요구대로 2달러와 함께 새 가위를 주었다.

* * *

한번은 이런 경우도 있었다. 하버드대학에 다니는 밥은 전형적인 영국계 귀족이어서 무슨 일을 하든 느긋함과 매너를 잃지 않았지만 치명적인 버릇이 하나 있었다. 바로 과속을 하는 습관이었다. 스피드광인 그는 운전대만 잡으면 속도규정 같은 건 아랑곳하지 않고 무조건 과속을 했기 때문에 법규를 어겨 딱지를 떼기 일쑤였다. 고민 끝에 밥은 근처에 경찰차나 과속단속기가 있을 경우 미리 경보음이 울리는 감지기를 사서 자동차에 장착했다. 감지기에는 모두 6개의 레이더가 달려있어 전후방과 양쪽 측면은 물론, 공중에서 순찰 중인 경찰 헬리콥터가 있는지도 감지할 수 있었다. 일단 이 감지기에 경찰이 사용하는 레이더 주파수가 잡히기만 하면 '조심하세요. 경찰이 있습니다.' 라는 경보음이 울렸다. 밥은 이 감지기를 장착한 덕분에 몇 년 동안 경찰의 단속을 피할 수 있었다.

그러던 어느 날, 가족들과 휴가를 떠나던 밥은 도로가 한산한 것을 보고 또 다시 가속페달을 마음껏 밟으며 스피드를 만끽했다. 그런데 한 작은 마을을 지날 때쯤, 제한속도 60킬로미터의 도로에서 무려 120킬로미터로 달리고 있는데 경찰차가 사이렌을 울리며 뒤를 쫓아오는 것이었다. 경찰차를 발견한 밥은 서둘러 자동차를 길가에 세웠다. 경찰이 다가와 말했다.

"속도를 위반하셨습니다."

하지만 밥에게도 믿는 구석이 있었다. 그의 레이더감지기가 경보음을 울리지 않은 것을 보면 경찰이 속도측정기를 작동시키지 않았다는 것을 의미했다. 경찰은 그저 육안으로만 과속이라고 판단한 것이고, 그러면 그가 과속을 했다는 증거는 전혀 없을 것이었다. 밥이 물었다.

"제가 시속 몇 킬로미터로 달렸죠?"

"122킬로미터입니다."

"속도측정기의 기록을 제게 보여줄 수 있습니까?" 밥이 미심쩍은 듯 물었다.

"물론입니다."

경찰은 밥을 데리고 경찰차로 가더니 그에게 측정된 기록을 보여주었다. '122km' 라는 숫자가 정확히 찍혀있었다.

하지만 밥은 이상한 느낌을 지울 수 없었다. 감지기에서 아무런 소리도 나지 않았는데 어떻게 단속에 잡힌 것일까? 하지만 증거가 있는 이상 발뺌할 도리가 없었기에 벌금영수증을 받을 수밖에 없었다. 벌금영수증을 받아보니 벌금이 무려 600달러나 되었다. 그 지역의 과속범칙금은 제한속도를 1킬로미터 초과할 때마다 10달러씩 가산된다는 규정이 있었다. 비싼 벌금을 물게 된 밥은 속이 부글부글 끓었지만 제대로 작동하지 않은 감지기를 탓할 수밖에 별 다른 도리가 없었다.

밥은 여행에서 돌아오자마자 감지기를 구입했던 상점으로 달려가서 상점 주인에게 따졌다.

"이 감지기만 있으면 미국 어느 곳을 가도 단속에 걸리지 않을 거라고 했죠? 그런데 이번에 경찰의 과속 단속에 걸렸단 말입니다. 어떻게 할 겁니까?"

상점 주인이 고개를 갸웃거리며 말했다.

"그럴 리가 없습니다. 제가 이걸 수만 대나 팔았는데 단 한 번도 그런 경우는 없었습니다. 감지기가 고장 난 것이 분명합니다.

"구입할 때 5년간 아무 문제가 없을 것이라고 장담하지 않았습니까? 아직 5년이 지나지 않았으니 만약 고장이라면 과속 범칙금을 대신 내시오."

상점 주인이 감지기를 검사했지만 기계에는 아무런 문제가 없었다. 기계에 문제가 없는 것을 확인한 주인은 태도가 강경해졌다.

"손님이 자동차를 너무 세게 운전하는 바람에 감지기에서 나는 경보음을 듣지 못한 것이 분명합니다. 이 감지기의 주파수는 미국 전역의 경찰이 사용하는 레이더 주파수에 맞춰져있기 때문에 착오가 생길 리 없습니다. 기계에는 전혀 문제가 없습니다."

주인의 말을 수긍할 수 없었던 밥은 홧김에 주인을 법원에 고소해버렸다.

석 달 후, 밥은 재판에서 승소했다. 그 이유는 매우 간단했다. 상점에서 판매한 제품의 성능이 표시된 것에 못 미치기 때문에 사기 행위라는 판결이었다. 그 덕분에 밥은 감지기 구입비용과 과속 범칙금을 고스란히 되돌려 받았을 뿐 아니라 상점 주인으로부터 2만 달러의 손해배상금까지 받게 되었다.

하지만 이번에는 상점 주인이 재판의 판결을 받아들일 수 없었다. 똑같은 감지기를 수만 대나 판매했지만 아직까지 이런 경우는 단 한 번도 없었던 것이다. 그래서 그는 사설탐정을 고용해 밥의 과속 단속 사건을 조사하기로 했다. 얼마 후, 사설탐정으로부터 조사결과를 통보받았다. 알고 보니 그 마을의 경찰은 일본에서 수입한 속도측정기를 사용했기 때문에 정부에서 규정한 레이더 주파수를 사용하지 않았던 것이다. 그러니 밥의 감지기가 작동할 리 없었다. 억울한 생각이 든 주인은 홧김에 변호사를 찾아가 그 마을의 경찰서를 상대로 소송을 제기했다.

그리고 2년여에 걸친 긴 재판 끝에 법원은 상점 주인의 손을 들어주었다. 이유는 바로 경찰이 적법하지 않은 장비를 사용해서 행사한 권력은 합법적인 권력이 아니라는 것이었다. 하지만 그 판결로 경찰서에 비상이 걸렸다. 판결대로라면 그 경찰서에서 적발한 속도위반은 모두 무효가 되어 이미 납부된 범칙금을 전액 환불해주는 것은 물론 배상금에 이자까지 물어주어야 했기 때문이다. 결국 2만 건이 넘는 과속단속 건에 대해 1건당 1천 달러가 넘는 돈을 지불해야 했으니, 총 2천 만 달러가 넘는 손실을 안게 된 것이다. 한 해 예산이 수백만 달러에 불과한 경찰서에서 이런 어마어마한 돈을 어떻게 감당할 수 있단 말인가?

얼마 후, 결국 경찰서는 법원에 파산신청을 했고, 배상금으로 인해 그 도시 시민들의 세금부담이 늘어나 경찰서장은 물론 시장까지도 시민들의 요구에 의해 불명예 퇴진을 하게 되었다.

'고객은 왕이다.' 이 말은 회사의 신용도를 높일 수 있는 비결이기도 하지만 때로는 회사를 파산으로 이끄는 지름길이 되기도 한다. 왕들이여, 손 안의 권력을 휘두르는데 신중하도록 하라!

창문과 거울

돈

한 아버지가 아들에게 이렇게 물었다.

"돈은 어떻게 버는 것이라고 생각하느냐?"

갑작스런 질문에 아들이 주섬주섬 생각나는 대로 대답했지만 아버지를 만족시킬 수는 없었다. 그러자 아버지는 아들에게 한 가지 이야기를 들려주었다.

* * *

게으르고 먹는 것만 밝히는 한 아이가 있었다. 아이의 아버지는 나쁜 버릇을 고치기 위해 쉴 새 없이 잔소리를 했지만 아이의 행동은 조금도 달라지지 않았다. 아버지는 그런 아들이 집안의 값나가는 물건들을 몰래 훔쳐다 팔까봐 걱정하면서 그런 근심을 하는 자신이 처량하게 느껴졌다. 하지만 이상하게도 아들은 게으르고 먹을 것만 밝히는 버릇은 고쳐지지 않았지만, 돈을 훔치거나 물건을 훔치는 일은 단 한 번도 저지르지 않았다. 아들이 쓰는 돈은 모두 자기 딴에는 정당한 방법을 통해 얻은 것이었다. 술을 사오라고 심부름을 시키면 술을 조금 덜 사고 돈을 남겨서 그 돈으로 자신이 먹고 싶은 것을 사는 식이었다. 소금을 사오라고 시키든 기름을 사오라고 시키든 모두 마찬가지였다.

아버지는 아이의 나쁜 습관이 더 심각해지지 않도록 그가 할 수 있는 일을 시키기로 마음먹었다. 하지만 아버지가 아무리 일을 시켜도 아들은 아버지의 말은 듣는 둥 마는 둥 흘려버릴 뿐 고치려는 노력을 전혀 하지 않았다.

한번은 참다못한 아버지가 버럭 화를 내며 아들에게 1전을 던져주며 기름을 사오라고 시켰다. 1전밖에 안 되는 돈으로 무얼 할 수 있겠느냐는 생각이었다. 아들은 기름병을 들고 상점에 가서 기름을 달라고 했다. 주인이 병에 기름을 가득 담아 건네며 돈을 달라고 손을 내밀었다. 그러자 아들은 돈을 찾는 듯 주머니를 뒤적이더니 갑자기 얼굴을 찡그리며 오는 길에 돈을 잃어버렸다고 하는 것이었다. 상점 주인은 어쩔 수 없이 병에 넣었던 기름을 도로 쏟아내고는 빈 병을 아들에게 돌려주었다.

아들은 입에 사탕을 문 채, 손에는 빈 기름병을 들고 희희낙락하며 집으로 돌아왔다. 빈 병만 덜렁거리며 대문을 들어서는 아들을 보고 아버지가 대뜸 소리쳤다.

"기름은 어디에 있느냐?"

아들이 기름병을 불쑥 내밀었다. 병 안에는 상점주인이 기름을 쏟아낼 때 묻었던 약간의 기름이 바닥에 고여 있었다. 겨우 작은 숟가락으로 한 스푼 정도 될까 말까한 양이었다. 화가 머리끝까지 난 아버지가 "이렇게 적은 기름을 뭐에다 쓰겠느냐?"라고 소리치자 아들은 천연덕스럽게 이렇게 대답했다.

"1전으로는 이것밖에 살 수가 없었어요."

* * *

이야기를 끝낸 아버지가 잔뜩 기대 섞인 눈빛으로 아들을 바라보았다. 곰곰이 무언가를 생각하던 아들이 드디어 입을 열었다.

"그 아들은 사업가로서는 치명적인 약점을 가지고 있지만, 사업수완만은 탁월하네요."

아버지는 흐뭇한 미소와 함께 고개를 끄덕이며 이렇게 말했다.

"그래, 돈은 이렇게 벌어서 이렇게 쓰는 것이란다."

* * *

돈은 어떻게 오는 것일까? 누구나 돈을 버는 방법에 대해서는 관심이 많지만 돈이 어디로 어떻게 오는지에 대해서는 진지하게 생각하지 않는 듯 하다. 비즈니스의 본질은 바로 이런 것이다. 이익을 낼 수 있을 때 그것을 손에 넣는 것은 누구나 할 수 있다. 하지만 이익을 낼 수 없는 상황에서 손실과 이익의 균형점을 유지하는 것은 쉬운 일이 아니다.

현대 사회에서는 무엇을 하든 반드시 돈이 필요하다. 지출이 수입보다 적어야 한다는 것은 생활의 중요한 원칙이다. 우리는 정당한 방법으로 돈을 벌고, 또 그것을 아껴 쓸 줄 알아야 한다. 물질에 대한 욕구는 아무리 채워도 다 채울 수 없는 것이다. 욕심과 허영을 부리지 않는다면 생활은 저절로 여유롭고 편안해질 것이다.

유태인들 사이에서 예로부터 전해 내려오는 다음과 같은 이야기가 있다.

돈이 아주 많고 인색하기 이를 데 없는 구두쇠가 있었다. 하루는 그가 랍비를 찾아가 복을 내려줄 것을 기도했다. 랍비는 그를 창문 앞에 앉도록 한 후 밖을 보라고 했다. 랍비가 물었다.

"무엇이 보입니까?"

"사람들이 보입니다."

랍비는 다시 그를 거울 앞으로 데려가 물었다.

"무엇이 보입니까?"

"제가 보입니다."

랍비가 말했다. "창과 거울은 모두 유리로 만들어졌죠. 거울은 뒷면이 은색으로 도금이 되어있다는 사실만 다를 뿐입니다. 그냥 유리는 우리에게 다른 사람을 보여주지만, 은으로 도금된 유리는 우리에게 자기 자신을 보여줍니다."

재물로 행복을 가늠하지 마라. 진정한 행복은 비단 옷과 귀한 음식이 아니라 마음의 여유와 그 어떤 것에도 얽매이지 않는 즐거움이다. 돈을 좋아하는 사람은 돈의 노예가 되지 않을 수 없다. 돈이 생기고 나면 이미 가지고 있는 돈을 지키고, 또 더 많은 돈을 모으기 위해 노심초사한다. 큰 사업을 하고 있는 사람일수록 걱정거리가 많아 마음의 여유를 찾기가 힘든 법이다.

3 부

사랑

> 만약 **완벽한** 사랑이 있다고 여기는 사람이 있다면
> 그는 시인이 아니라 바보이다.

너는 사전을 찾아보았니?

사랑

당신은 이런 이야기를 들어본 적 있는가?

한 청년이 깊이 사랑하는 여자가 있었지만 용기가 없어 고백하지 못하고 있었다. 그녀도 그 청년에게 호감이 있었지만 입을 열기 힘들어했다. 두 사람은 상대방을 떠보다가 주춤하기도 하고, 사이가 좋아졌다가 소원해졌다가 했다. 그들을 비웃지 말라. 아마도 첫사랑을 하는 사람들은 모두 이렇게 거절당하고 실패할까봐 두려워하고 있을 것이다.

어느 날 저녁, 청년은 정성들여 카드를 한 장 만들어 오랫동안 마음속에 숨겨왔던 말들을 썼다. 그러나 아무리 생각해봐도 직접 그녀에게 카드를 건네주지 못할 것 같았다. 근심 끝에 그는 술을 조금 마셨다. 술기운에 약간의 용기가 나자 그녀를 찾아갔다.

여자가 문을 열자 술 냄새가 코를 찔렀다. 취한 것 같지는 않았지만 술기운이 있는 얼굴을 보자 불쾌한 기분이 들었다.

"이런 시간에 무슨 일 이니?"

"널 보러 왔지."

"내가 뭐 볼게 있다고."

그녀는 별로 내키지 않은 기색으로 그를 들어오게 했다.

주머니에 손을 넣은 채 카드를 만지작거렸지만, 여전히 그는 꺼낼 용기가 나지 않았다. 그녀의 뾰로통한 얼굴에도 그의 마음에 따스하고 부드러운 물결이 가득 넘쳐흘렀다.

그들은 한참을 침묵하고 있었다. 그녀는 기분이 별로 안 좋았는지 말수가 아주 적었다.

테이블 위의 작은 시계가 11시를 가리키고 있었다.

"아, 피곤해." 여자는 천천히 허리를 펴면서 탁자 위의 책들을 정리하며 이만 가달라는 뜻을 나타냈다.

그 때 청년의 머리 속에서 한 가지 방법이 떠올랐다. 그는 따분한 척하며 큰 사전을 펼쳤다가 닫고는 한쪽에 놓았다. 잠시 후, 그는 종이 위에 '嚲' 자를 쓰고는 그녀에게 물었다. "참, 너 이 글자 어떻게 읽는 줄 아니?"

"'잉(ying)'이라고 읽지." 그녀는 의아해하며 그를 바라보았다. "왜?"

"'야오(yao)'라고 읽는 거 아냐?" 그가 말했다.

"'잉'이 맞아."

"나는 '야오'라고 기억하는데…. 지금까지 나는 이 글자를 그렇게 알고 있었어."

"분명 네가 잘못 알고 있는 거야." 그녀는 쌀쌀하게 말했다. 그녀는 그가 취했다고 생각했다.

청년은 어찌할 바를 몰랐다. 그는 다시 한번 "나는 분명 '야오'로 알고 있어. 못 믿겠다면 사전을 찾아 확인해 봐. 자, 사전."

그는 말을 약간 더듬고 있었다.

"필요 없어! 내일 다시 얘기하자. 이제 너도 집에 가서 쉬어."라고 말하며 일어섰다.

청년은 움직이지 않고 앉아 있었다.

"사전 찾아봐 응?" 작은 소리로 말하는 그의 말투엔 간청의 느낌이 있었다.

그녀의 마음이 흔들렸다. 하지만 생각해 보니 그가 정말 많이 취한 것 같았다. 그녀는 부드러운 목소리로 달래면서 말했다. "그래 '야오'라고 읽는 거야. 네 말이 맞아. 이제 집에 돌아가서 쉬는 게 어때?"

"네가 틀렸어, 네가 틀렸다고!" 청년은 거의 눈물이 날 정도로 다급하게 말했다. "부탁이야. 사전을 찾아봐 응?"

여자는 터무니없이 구는 그의 모습을 보면서 그가 정말로 수습할 수 없을 정도로 취했다고 생각했다. 그녀는 화난 표정을 지으며 말했다. "이제 집으로 돌아가지 않으면 화낼 거야. 그리고 오늘 이후로 널 다시 보지 않을 거야!"

"알았어. 갈게. 갈게." 청년은 급히 일어나 문으로 걸어가며 말했다. "내가 간 뒤에 사전을 찾아봐, 알았지?"

"알았어." 그녀는 정말 웃음이 나올 것 같았다.

청년은 문을 나섰다.

여자는 자려고 불을 껐다.

잠에 들려는데 누군가가 창문을 두드리는 소리가 들렸다. 가볍게 규칙적으로 두드리고 있었다.

"누구세요?" 여자는 어둠 속에서 일어나 앉았다.

"사전 찾아 봤니?" 창문 밖에서 들리는 것은 그의 목소리였다.

"정말 미쳤구나!" 여자는 중얼중얼 욕 한 뒤 아무 말도 하지 않았다.

"사전 찾아 봤니?" 그가 또 물었다.

"집에 돌아가, 너는 어쩜 이렇게 고집스럽니!"

"사전 찾아 봤니?" 청년은 여전히 멈추지 않고 물었다.

"찾아 봤어!" 여자는 큰 소리로 말했다.

"당연히 네가 틀렸어. 처음부터 끝까지 모두 네가 틀렸어!"

"나를 속이는 건 아니지?"

"아니야. 귀신이나 너를 속이지."

"잘 자." 이것이 그녀가 들은 그의 마지막 말이었다.

그녀는 그의 발소리가 사라진 후에도 여전히 앉아 있었다. 잠이 오지 않았다. "사전 찾아 봤니?" 그녀의 귓등에 맴도는 그의 말이 머릿속에서 떠나지 않았다.

불을 켜고 사전을 펼쳐 보았다.

'嚸' 자가 있는 그 페이지에는 귀여운 카드가 한 장 놓여 있었다. 카드 위에는 매우 친숙한 글씨로 '나는 온 인생을 바쳐 너를 사랑하고 싶어. 허락해 주겠니?' 라고 써있었다. 그녀는 이제야 모든 것이 이해가 됐다.

"내일 그를 찾아가 봐야지." 그 날 밤 그녀는 잠을 이룰 수 없었다.

다음 날, 아침 일찍 집을 나섰지만 청년을 볼 수 없었다. 그는 영안실에 누워 있었다. 그는 그녀에게 거절당했다고 여기고는 많은 술을 마셨다. 결국 진짜로 술에 취해 교통사고로 목숨을 잃은 것이다.

그녀는 눈물을 쏟아 냈지만 이미 늦은 일이었다.

그녀는 집에 돌아와 사전을 펴고 '罌' 자를 찾았다. 사전의 주석은 이러했다. '양귀비: 열매는 공같이 둥근 모양, 덜 익었을 때 열매 속에 석회 장액(漿液)이 있는데, 이것은 아편을 만드는 원료이다.'

양귀비는 매우 아름다운 꽃이면서 좋은 약이 되기도 한다. 그러나 잘못 사용하면 목숨을 잃게 할 수 있는 독약이 되기도 한다.

"사전을 찾아 봤니?"

누군가가 당신에게 이렇게 묻는다면 꼭 사전을 찾아봐라. 어쩌면 당신이 줄곧 맞는다고 여기던 어떤 글자에 대해 사실은 틀린 것이었거나, 아니면 알고 있던 것과 다른 뜻이 있다는 것을 발견하게 될지도 모른다.

삶에는 매우 아름답고 소중한 것들이 있다. 한순간의 부주의는 눈앞에 있는 기회를 잃을 수도 있다. 그리고 평생 다시는 만나지 못할 수도 있다. 부주의함으로 당신의 인생에서 가장 중요한 것일지도 모르는 것을 놓치지 마라.

사랑＋지혜＝기적

기적

밤늦은 시간에 한 노부부가 호텔에 들어왔다. 그들은 방 하나를 필요로 했다. "죄송합니다. 이미 객실이 다 차서, 방이 하나도 남지 않았습니다." 프런트의 직원이 대답했다. 하지만 직원은 이 노부부의 지친 기색을 보고 다시 말했다. "그러나 제가 방법을 생각해 보죠."

여기까지 이야기를 들었을 때, 당신은 다음에 나올 내용이 수학적 계산의 결말이기를 바라는가, 아니면 문학의 결말이길 기대하는가? 수학과 문학은 여기서부터 나누어지게 된다.

수학 이야기는 이렇게 전개된다.

이 친절한 직원은 노부부의 방 문제를 해결하기 위해 손을 쓰기 시작했다. 그는 잠든 손님들을 깨워 방을 좀 바꿔달라고 부탁했다. 1호실 손님은 2호실로 옮기고, 2호실 손님은 3호실로 옮겼다. 이로써 모든 방의 손님들이 자기 방에서 다음 호실로 하나씩 쭉 옮겨 갔다. 이 때 기적이 일어났다. 1호실이 갑자기 비어버린 것이다. 직원은 기뻐하며 이 노부부를 1호실 방에 들어가도록 했다. 방이 늘어난 것도 아니고 손님이 줄어든 것도 아닌데 손님으로 가득 찼던 방이 단지 모든 손님들을 다음 방으로 하나씩 옮기자, 결과적으로 하나의 방이 비었다. 왜 그런 것일까? 두 노부부가 들어온 호텔은 수학에서 유명한 힐버트 호텔, 즉 무한한 방을 가진 호텔이다. 이 이야기는 위대한 수학자 데이비즈 힐버트가 제시했던 명제로, 그는 이 패러독스에 의거해 수학의 '무한대' 개념을 이끌어냈다. 만약 이 개념이 없었다면 수학이 어떻게 존재할지 상상하기 어려울 정도로 중요한 개념이다. 수를 셀 수 있는 사람이라면 수는 무한하게 확장될 수 있다는 사실을 알 것이다. 그러므로 힐버트 호텔에서도 모든 방 뒤에 무한히 많은 방이 있을 수 있었던 것이다. 수학은 곧 무한대에 관한 과학이다.

다시 직원이 "제가 방법을 생각해 보죠."라고 말한 곳으로 돌아가 보자. 문학적 결말은 이렇게 이어진다.

이 직원은 마음씨 착한 청년이었기에 밤늦은 시간에 이 노부부를 모질게 다른 숙소를 찾아 돌아가게 할 수 없었다. 게다가 다른 호텔도 마찬가지로 손님이 다 차버렸을 텐데 어찌 피곤해 보이는 노인들을 야밤에 길거리를 헤매게 할 수 있겠는가? 마음씨 좋은 직원은 이 부부를 한 방으로 안내하였다. "아마도 이 방이 가장 좋은 방은 아닙니다만, 지금은 이렇게 밖에 할 수 없습니다." 노부부가 보기에는 말끔하고 깨끗한 방이었으므로 기뻐하며 머물렀다.

다음날, 노부부가 프런트에 와서 계산하려고 하자, 직원은 그들에게 "저는 제 방을 하룻밤 빌려 드린 것뿐이니 계산할 필요는 없습니다. 즐거운 여행되세요!" 직원은 자지 않고 프런트에서 밤을 지새운 것이었다. 두 노부부는 매우 감동했다. 노인이 말했다.

"이보시오, 당신은 내가 지금까지 만났던 호텔 직원 중에서 가장 친절한 사람이오. 틀림없이 좋은 보답을 받을 것이오."

직원은 웃으며 별 일도 아니라고 말했다. 그는 노인들을 문까지 배웅하고 바쁘게 몸을 돌려 자기 일을 하러 갔다. 어느 날, 이 직원은 한통의 편지를 받았다. 열어보니 안에는 뉴욕으로 가는 비행기 표와 간단한 메모가 들어있었다. 그에게 다른 일을 하러 오면 어떻겠냐는 편지였다. 그는 비행기를 타고 뉴욕으로 가, 편지 안에 적어놓은 길을 따라갔다. 그곳에 도착해 보니 휘황찬란한 거대한 호텔이 그의 눈앞에 우뚝 솟아 있었다. 그들은 엄청난 재산을 가진 노부부였다. 그 노부부는 이 직원을 위해 큰 호텔을 샀고, 그가 이 호텔을 잘 경영할 수 있을 거라고 굳게 믿었다. 이것이 바로 세계적으로 유명한 힐튼 호텔의 초대 경영자의 이야기다.

사건은 모두 동정심 많고 자애심이 가득한 한 직원의 지혜로운 머리에서 시작한다.

"제가 방법을 생각해 보죠."가 수학 분야에 들어가면, 필요한 것은 엄격한 논리와 합리적인 추론이다. 반대로 문학의 세계에서는 사람을 감동시키는 줄거리와 의외이면서 원만한 결말이다. 그러나 문학이든 수학이든 결말은 모두 신기하게도 사랑에 지혜를 더하면 기적을 만들 수 있다는 것이다.

사랑하는 마음을 항상 잃지 말아야 한다. 진실한 사랑이 있어야만 지혜와 결합되어 기적이 일어나도록 할 수 있다. 이러한 기적은 어느 날 당신에게도 일어날 수 있다.

사랑이 있는 곳에
부와 성공이 있다

사랑2

이 글을 읽으면서 선택해 보라. 당신의 선택은 무엇인가?

어느 부인이 쓰레기를 버리러 집에서 나오는데 흰 수염을 한 세 명의 노인이 앞마당에 앉아 있었다. 그들은 그녀가 처음 보는 사람들이었다.

"처음 보는 분들 같은데 당신들은 배가 고픈 것 같군요. 들어와서 뭐라도 좀 드세요."

"집안에 남편 분이 계십니까?" 노인들은 물었다.

"없는데요." 부인이 말했다.

"그럼 우리들은 들어갈 수 없습니다." 노인들이 대답했다.

해질 무렵 남편이 집에 돌아오자, 부인은 남편에게 낮에 있었던 일을 얘기해 주었다.

"내가 집에 돌아왔으니 가서 들어오시라고 해요."

부인은 밖으로 나가 세 명의 노인들에게 들어오라고 청했다.

"우리들은 같은 집에 함께 들어갈 수 없습니다." 노인들이 대답했다.

"왜지요?" 부인은 이유를 물었다.

한 노인이 다른 노인을 가리키며 대답했다. "이 사람은 부(富)입니다." 그런 뒤 또 다른 한 노인을 가리키며 말했다. "저 사람은 성공이고 저는 사랑입니다."

노인은 계속해서 설명했다. "이제 들어가서 우리 중의 누구를 초대할 것인지 남편과 잘 상의해 보십시오."

부인은 안으로 들어와 방금 나눈 이야기를 남편에게 들려주었다.

남편을 매우 기뻐하며 말했다.

"그렇게 된 일이었구려. 우리 부를 들어오라고 합시다!"

그러자 부인은 반대하며 말했다. "여보, 성공을 들어오게 해야 하지 않을까요?"

그때 며느리가 그들의 대화를 가만히 듣고 있다가 끼어들었다.

"사랑을 들어오게 하는 것이 더 좋지 않을까요?"

한참을 고심하던 남편은 부인에게 말했다.

"우리 며느리의 의견을 한번 따라봅시다!"

부인은 밖으로 나가 세 명의 노인들에게 물었다.

"잠깐 여쭙겠습니다. 누가 사랑이신가요?"

사랑이 일어나 집을 향해 걸어갔다. 그러자 다른 두 명도 사랑을 따라 들어왔다. 부인은 의아해하며 부와 성공에게 물었다.

"저는 사랑을 들어오라 했는데, 왜 당신들도 함께 들어오십니까?"

노인들은 이구동성으로 대답했다.

"만약 당신이 부나 성공 중의 한 명을 초대했다면, 우리 두 명은 같이 들어갈 수 없었을 것입니다. 하지만 당신은 사랑을 들어오라 했습니다.

사랑이 어디를 가든지 우리는 따라갑니다."

지금 당신에게 시간이 있다면 마음을 가라앉히고 음미해 보기 바란다.

* * *

독신은 자유로울 수 있지만 자유에는 외로움이라 불리는 노인이 따라다닌다. 혼자 사는 것이 항상 좋은 것은 아니다. 때로는 좋은 것은 다른 사람과 함께 나누고 싶어 하고, 힘든 일이 있을 때는 위로 받고 싶어 한다. 독신의 탄생 원인은 경제적인 독립과 인격의 독립, 그리고 감정의 독립을 원하기 때문이다. 독립은 무엇인가? 독립은 필요로는 하지만 의존하지는 않는 것을 말한다. 독립된 사람은 이성을 필요로 하지만 이성에게 의존하지는 않는다.

어떤 이는 이성과의 교제를 해변에서 돌을 줍는 것과 같다고 묘사한다. 모든 사람들이 가장 좋아하는 돌을 주울 수 있다. 마음에 드는 돌을 주웠으면 그 돌을 집으로 가져가 조심스럽게 잘 다뤄야한다. 그것은 당신의 유일한 돌이기 때문이다. 이제부터 다시는 해변에 가서는 안 된다. 이제 당신은 가장 크고, 가장 아름답고, 가장 나에게 잘 어울리는 돌을 찾았다고 믿어야한다.

이성과의 교제에서 가장 중요한 것은 그가 얼마나 좋은 것을 가졌느냐가 아니고 그가 당신에게 얼마나 잘 해주냐이다. 만약 가지고 있는 100중에서 단지 20만을 당신에게 주는 사람과, 가지고 있는 것은 50뿐이지만 그것을 모두 당신에게 주는 사람이 있다면 당신은 누구를 택하겠는가?

모든 사람의 조건은 다 똑같다. 당신이 아무리 좋은 것을 가지고 있어도 항상 당신보다 더 좋은 것을 가진 누군가가 있게 마련이다. 누구든 '가장 좋은 사람'은 될 수 없어도 '누군가에게 가장 잘 해주는 사람'은 될 수 있다.

모든 남자들은 이렇게 말할 수 있다. "내가 비록 세상에서 가장 좋은 남자는 아닐지라도 당신에게만은 세상에서 가장 잘 해주는 남자가 되겠소." 여자들도 마찬가지다. 이것은 모든 사람들이 가능한 것이다.

애정에서 가장 중요한 것은 그가 당신에게 잘해주는 것이지, 그가 얼마나 좋은 것을 가지고 있느냐가 아니다. 만약 그가 당신을 진심으로 사랑해 준다면 당신은 일생을 그에게 의지해도 된다. 결혼할 때 고려해야 할 유일한 조건은 당신이 그를 사랑하는지, 그가 당신을 사랑하는지, 성심성의로 당신을 대해 주는지, 그와 있으면 즐거운지를 따져야 한다. 그가 무엇을 가지고 있느냐는 결코 고려의 대상이 아니다.

진실한 사랑을 얻기란 쉬운 일이 아니다. 당신과 한 평생을 보낼 수 있는 진정한 사랑을 나눌 수 있는 사람을 찾기란 매우 어렵다. 만약 당신의 감정을 표현하기가 두려워서 일생에 단 한번 뿐일 수도 있는 사랑을 놓친다면 얼마나 안타까운가. 두려움을 떨치고 마음속의 감정을 표현하라. 행복은 한순간의 체면보다 훨씬 중요하다. 잠깐의 체면을 희생하여 평생의 행복과 바꿀 수 있다면 이 얼마나 가치 있는 것인가. 마음속에 있는 진심을 숨기지 말고 용감하게 표현하라.

인연이 아직 오지 않았다고 말하지 마라. 인연은 곳곳에 있지만 당신을 기다리지는 않는다. 당신의 행동이 없으면 인연은 흔적도 없이 가버린다.

* * *

남자는 여자를 자상하게 돌보는 것 외에도 여자를 책임지는 것도 배워야 하며, 세상의 모든 여자들에게 줄 자상함을 한 여자에게 쏟아야만 한다. 의지가 굳세어도 말재주가 없으면 여자의 환심을 살 수 없다. 여자에게 해줄 달콤한 말들을 배워라.

유쾌함을 유지하는 애정은 오랫동안 지속된다. 반면에 고난과 고통을 동반하는 애정은 오래가기 힘들다. 우리는 모두 평범한 사람들이다. 우리가 원하는 것은 단지 평범하면서도 행복하고 즐거운 사랑이다. 사랑에 있어서 과정은 결과보다 중요하다.

결혼 후 행복하고 즐거운 나날을 보내고 있는가? 알다시피 우리들은 결과로써 애정의 가치를 판단하지 않으며, 또한 길이로써 시간의 가치를 논하지도 않는다.

결혼은 인생에서 가장 큰 도박판이다. 당신은 가장 추한 일면을 상대방에게 드러내 보여줘야 한다. 이것이 결혼과 연애의 다른 점이다. 연애를 할 때에는 한 시간을 들여서라도 자신을 치장할 수 있고, 상대방을 자상하게 보살피며 임무를 완성할 수 있다. 하지만 결혼을 하면 언제나 고고한 상태를 유지할 수 없다. 결혼은 도박판에 건 큰돈이라 할 수 있다. 건 돈을 모두 잃을 수 있다 해도 후회하지 않을 완전한 믿음이 있어야 한다. 그러므로 내기를 걸기 전에 신중해야 한다. 그를 사랑하는 것이 아니라면, 그와 평생을 함께 하는 것이 미심쩍다면, 자신이 기꺼이 원하는 것이 아니라면 자신의 모든 것을 도박에 걸지 말아야 한다.

절대로 사랑 이외의 다른 이유 때문에 결혼을 하지 마라. 사랑의 소중한 점은 상대방에게서 무엇을 얻어 낼 수 있다는데 있는 것이 아니다. 중요한 것은 누군가가 자신을 의지하고 필요로 한다는 느낌이다. 누군가가 나를 의지하고 나를 필요로 한다면 행복을 얻을 수 있다.

사랑에 직면한 우리가 취해야 할 것은 바로 삼불정책(三不政策)이다.

첫째는 서두르지 않는 것이다. 급하게 결혼하지 마라. 결혼은 비록 매우 아름다운 일이지만 조급해 할 필요는 없다. 마땅히 당신의 사랑이라면 당신 것이 될 것이다.

두 번째는 두려워 말라는 것이다. 주는 것을 두려워하지 마라. 한평생을 서로 노력해야만 사랑과 행복을 유지할 수 있다. 아름답고 행복한 사랑을 한 번에 얻기는 불가능하지만, 그 사랑을 완성할 수는 있다. 당신이 좋은 남자가 되기로 결심하지 않는다면 좋은 여성을 만날 수 없다. 세상에서 나쁜 남자가 좋은 여자를 만나는 경우는 없다. 나쁜 남자는 단지 볼품없는 여자만 만날 수 있을 뿐이다. 마찬가지로 나쁜 여자가 좋은 남자를 만나는 경우도 없다.

사랑이란 사업의 성공기회는 매우 크다. 관건은 당신이 상대방을 위해 노력하고 모든 것을 바치는 것을 원하는지 원하지 않는지에 있다.

세 번째는 포기하지 말라는 것이다. 당신이 좌절하고 상처 받았을 때 누군가는 아무런 조건도 없이 당신을 지지해주고 격려해주면서 당신이 다시 이 세상과 맞설 수 있도록 일으켜 준다. 이러한 능력은 부모님도, 절친한 친구도 줄 수 없는 능력이다. 그것은 오직 진심으로 사랑하는 동반자만이 줄 수 있는 것이다. 실로 사랑은 인생에서 하나밖에 없는 가장 귀중한 것이다. 진심으로 사랑하는 사람과 함께 한다면, 당신은 온 세상을 헤쳐 나갈 수 있다.

사랑의 감정은 무릇 생겨난 것은 모두 존재하는 것이고, 존재하는 것은 모두 가치 있는 것이다. 세상에 존재하는 사랑의 감정은 매 순간이 모두 소중히 여길 만하다.

달콤하면서도 쌉싸래한 것

사랑3

대만의 여류작가 장 샤오평은 《애정관》이라는 글에서 "누군가를 사랑한다는 것은 그와 함께 만족스러운 나날을 보내는 것이다. 누군가를 사랑한다는 것은 냉장고 안에 그를 위해 사과를 하나 남겨 두고 그가 돌아오기를 기다리는 것이다. 누군가를 사랑한다는 것은 추운 밤 그의 잔이 비지 않도록 따끈한 물을 계속 따라주는 것이다. 누군가를 사랑한다는 것은 둘이 함께 식탁의 음식을 먹고, 그가 설거지하는 소리를 듣고, 또 잠시 후에 그가 채 닦지 못한 곳을 몰래 닦는 것이다."라고 했다.

장샤오평의 사랑은 달콤함이 가득하고 감동적인 사랑이다. 하지만 이 세상에 그렇게 행복이 넘치는 사랑은 그리 흔하지 않다. 가슴 아픈 사랑을 경험한 사람들에게 그녀의 사랑은 신화처럼 느껴진다.

누군가를 사랑한다는 것은 두 영혼이 서로 부딪히며 불꽃이 튈 때, 마음속으로 이런 기도를 되뇌는 것이다. 이것이 환상이 아니기를, 한 순간이 아니기를, 그리고 유일한 예외이기를, 진정으로 영원하기를….

누군가를 사랑한다는 것은 그가 깊은 눈동자로 날 바라볼 때 한없이 자신 없어지는 것이다. 그래서 시간이 거꾸로 흘러 내일 아침 일어나면 20년 전으로 되돌아갈 수 있기를 소망하는 것이다. 그 때 그 어린 소녀의 마음속에는 아름다운 것에 대한 동경과 갈망 이외에는 아무 것도 없었으므로.

　누군가를 사랑한다는 것은 그의 두 어깨, 그의 두 눈, 그의 자명종이 되고 싶은 것이다. 추악한 현실이 그를 엄습해올 때 그의 가슴속에서 날카로운 비명을 질러 그로 하여금 미리 도망치게 하고 싶은 것이다.

　누군가를 사랑한다는 것은 시라고는 한 번도 쓰지 않던 사람으로 하여금 이런 시를 쓰게 만드는 것이다. 하늘 저편에서 당신의 전화가 오기를 얼마나 기다리는지 아시나요? 당신의 안부가 적힌 꽃다발을 얼마나 원하는지 아시나요? 폭풍우가 치는 한밤중에 당신의 든든한 팔이 얼마나 그리운지, 함께 호숫가를 거닐던 그날 밤을 얼마나 사무치게 그리운지 아시나요? 늙고 병들어도 당신과 마주보며 웃을 수 있기를 얼마나 바라는지, 우울한 밤 당신이 갑자기 찾아와주기를 얼마나 기다리는지 아시나요?

　누군가를 사랑한다는 것은 그에게 점점 모성애를 느끼고 그의 장점을 사랑하고 단점을 용서하며 편지 쓰기 싫어하던 사람도 자신의 감정과 느낌을 끊임없이 글에 담아 그에게 편지를 보내고, 또 장문의 편지가 그를 기쁘게 할 수 있기를 바라는 것이다.

　누군가를 사랑한다는 것은 커다란 영혼을 만나고도 못 본 척하는 것이다. 이 세상 그 무엇보다도 쉽게 사라지는 그 진심을 영원히 자기 손안에 꽉 붙잡아둘 수 있다고 믿고, 새벽별을 보며 미소 짓고, 저녁노을

이 지면 고개를 들어 하늘을 바라보고, 추운 겨울에도 다시는 어깨를 움츠리지 않는 것이다. 사랑하면 모든 것을 미소로 대할 수 있다. 이 세상을 다 합친 것보다도 더 강하고 큰 영혼을 가지게 되기 때문이다.

누군가를 사랑한다는 것은 뻔히 알면서도 똑같은 잘못을 되풀이 하는 것이다. 자신의 감정과 그리움, 그를 향한 연민을 아낌없이 털어놓고 그만은 다른 남자들처럼 경박하고 따분하지 않을 것이라고 무작정 믿는 것이다.

누군가를 사랑한다는 것은 극도의 실망감을 느낀 후에도 마음을 옭아매고 있던 자물쇠가 녹아 사라져, 그의 아주 작은 배려와 관심에도 너무 쉽게 또다시 불길 속으로 뛰어드는 것이다.

누군가를 사랑한다는 것은 그를 원망하면서도 그리워하고 또 그를 비난하면서도 동경하는 것이다. 영원히 다시 만나는 일이 없을 것이라는 그의 통보를 듣고서도 그의 전화를 기다리며 밤을 하얗게 새우는 것이다.

누군가를 사랑한다는 것은 언젠가는 환상이 철저히 환상으로 끝나고 진실이 그 냉혹함을 드러낼 것임을 예감하면서도 아무런 손도 쓰지 않는 것이다. 마음에 경련이 일고 머릿속이 온통 하얗게 변해도 그것이 진실이라는 것을 믿지 않고, 가장 소중히 여기던 것이 사실은 허상이었다는 사실을 믿으려하지 않는 것이다.

누군가를 사랑한다는 것은 그날부터 다시는 벙어리를 불쌍하게 여기지 않는 것이다. 말할 수 없는 사람은 거짓말을 듣지 않아도 되고 또 믿지 않아도 된다는 걸 알게 되므로. 말할 수 없는 사람은 차디찬 말에 상처받지 않아도 된다는 걸 알게 되므로. 영혼이 영혼만을 깊이 바라볼 수 있으므로.

누군가를 사랑한다는 것은 커다란 떨림 후 비로소 마음이 텅 비어 버리는 것이다. 마음이 텅 비면 다시는 사랑하지 않고 또 다시는 미워하지도 않으며, 다시는 노여워하지도 슬퍼하지도 않는다. 그런 후에 마음속에 점차 연민이 싹트는데 뼛속 깊이 사무치는 연민을 느꼈던 사람은 자신이 사랑했던 사람에게 더욱 큰 연민을 느끼게 된다.

사랑은 할 때는 이끼처럼 부드럽지만 결국에는 가시밭길 같은 고통이 되고 마는 것이다.

사랑은 달콤하면서도 쌉싸래한 것이다. 대부분의 문학작품이 사랑을 완벽하고 로맨틱하고 신성한 것으로 묘사해놓았지만, 현실 속의 사랑은 고통스럽고 자신의 힘으로는 어쩔 도리가 없는 것들이 훨씬 더 많다.

함께 나눌 수 없는 것

사랑4

골프를 매우 좋아하는 어느 유태인 장로에 대한 이야기가 있다.

어느 안식일 날, 그는 골프를 하고 싶어 손이 근질근질해 견딜 수 없었다. 하지만 유대교의 교리에는 안식일에는 반드시 쉬어야 하며 어떤 일도 해서는 안 된다고 정해져 있었다.

그러나 장로는 결국 참지 못하고 9홀만 치고 오면 괜찮을 거라 생각하며 몰래 골프장에 가기로 결심했다.

안식일에 유대교도들은 모두 외출할 수 없었기 때문에 골프장에는 한 사람도 없었다. 그러므로 장로는 아무도 그가 교리를 위반한 것을 모를 것이라고 생각했다. 장로가 두 번째 홀을 치고 있을 때 천사가 그를 발견했다. 천사는 화가 나서 하나님에게 달려가 아무개 장로가 안식일에 골프를 치고 있다고 일러바쳤다. 하나님은 그 말을 듣고 그 장로에게 벌을 주겠다고 말씀하셨다.

세 번째 홀이 시작되었다. 그때부터 장로는 모든 홀에서 홀인원을 기록하며 완벽한 성적을 내었다. 장로는 말로 표현하지 못할 정도로 흥분되었다. 일곱 번째 홀을 치려고 할 때 천사는 또 다시 하나님을 찾아갔다.

"하나님, 하나님은 저 장로에게 벌을 주지 않으실 건가요? 어째서 아직도 벌을 받는 것을 볼 수 없지요?"

하나님이 말했다.

"나는 이미 그에게 벌을 주고 있는 중이니라."

아홉 번째 홀을 다 칠 때까지 장로는 모두 홀인원을 했다. 장로는 너무나 감격하여 9개의 홀을 더 치기로 했다. 천사는 또 다시 하나님에게 달려갔다.

"도대체 무슨 벌을 주고 있다는 겁니까?"

하나님은 그저 웃으며 대답하지 않았다.

18홀을 다 친 성적은 세계의 어느 골프 선수도 하지 못한 완벽함 그 자체였다. 장로는 기뻐서 어쩔 줄을 몰랐다. 천사는 화가 나서 하나님께 물었다.

"이게 말씀하신 벌입니까?"

하나님이 말했다.

"그렇다. 그가 이 놀랄만한 성적을 어느 누구에게도 말할 수 없다고 생각해 보거라. 이 얼마나 큰 벌이 아니냐?"

* * *

삶에는 즐거움과 고통을 함께 나눌 동반자가 필요하다. 함께 나눌 사람이 없는 인생은 내가 겪는 것이 즐거움이든 고통이든 상관없이 모두가 다 벌이다.

본래 즐거움도 나누지 않는다면 결국 벌로 바뀌는 것이다.

유명한 물리학의 공식 중에 이런 공식이 있다. '압력은 P=F/A로, 압력의 크기는 외부의 힘에 비례하고 접촉한 면적에 반비례한다.' 쉽게 말하자면 외부의 힘이 같은 경우 접촉의 면적에 비례해 압력은 작아진다.

우리 마음속에도 우리를 괴롭히고 있는 어떠한 일에 의해 압력을 받을 수 있다. 우리는 이러한 일 자체를 바꿀 수는 없지만 다른 사람들에게 마음을 털어놓으면서 힘을 받는 면적을 넓게 하여 마음속의 압력을 작게 할 수 있다. 물론 다른 사람과 괴로움만 나누지 말고 즐거움도 나눠야 한다. 괴로움만 나눈다면 나중에는 모두들 당신을 보면 멀리 도망쳐 숨어버릴 것이다. 만약 당신이 다른 사람의 즐거움과 괴로움을 함께 나누는 사람이 되고 싶다면, 나는 당신도 행복한 사람이 될 수 있다고 믿는다. 그 이유는 많은 사람들이 당신에게 감사할 것이기 때문이다.

아름다운 풍경을 보았더라도 다른 사람에게 말해줄 기회가 없다면 그는 결코 즐거움을 느낄 수 없을 것이다. 사람은 결국 같은 무리를 떠날 수 없는 존재이다. 다른 사람과 함께 나누지 않는 즐거움은 결코 즐거움이 될 수 없으며, 다른 사람과 함께 나눌 수 없는 괴로움은 가장 끔찍한 고통이다. 함께 나눈다고 하는 것은 반드시 누군가가 그 자리에 있을 필요는 없지만, 적어도 누군가가 알아야 한다는 것을 의미한다. 아무도 모르는 고독과 고통은 절망이 될 것이고 즐거움마저도 똑같이 절망으로 변할 것이다!

즐거움은 일종의 기분으로 감정상의 기쁨이며, 속마음의 유쾌함을 표출하는 것이다. 즐거움은 마음의 나뭇가지에서 구성지고 우아한 노래를 부를 수 있는 한 마리의 상서로운 새이며, 마음 속 깊은 곳에서 느릿느릿하게 흐르는 은은한 선율이다.

　즐거움은 간단한 것인가? 즐거움을 추구한다고 말하기 보다는 차라리 즐거움을 가진다고 말하는 것이 낫다. 즐거움이란 본래 우리 곁에 있는 것이기 때문이다. 즐거움이란 생각의 소유이지만 반드시 함께 나눈다는 조건을 가지고 있어야만 한다.

백만 번을 산 고양이

백만 번을 산 고양이가 한 마리 있었다. 그 고양이는 백만 번을 죽었고, 또 백만 번을 살았다.

한번은 그 고양이가 국왕의 고양이로 태어났다. 국왕은 고양이를 매우 좋아해서 예쁜 바구니를 만들어 고양이를 안에다 넣고 다녔다. 심지어 국왕은 전쟁터에도 고양이를 데리고 다녔다. 그러나 고양이는 행복하지 않았다. 어느 날 고양이는 싸움터에서 화살에 맞아 죽었다. 국왕은 고양이를 안고 매우 가슴 아파했다. 그러나 고양이는 울지 않았다. 고양이는 국왕을 좋아하지 않았다.

한번은 고양이가 어부의 고양이로 태어났다. 어부는 고양이를 매우 좋아해서 고기를 잡으러 바다로 나갈 때마다 매번 고양이를 데리고 다녔다. 하지만 고양이는 행복하지 않았다. 어느 날 물고기를 잡는데 고양이가 바다 속으로 떨어졌다. 어부가 서둘러 고양이를 건졌지만 고양이는 이미 죽어 있었다. 어부는 고양이를 안고 슬퍼했지만 고양이는 울지 않았다. 고양이는 어부를 좋아하지 않았다.

한번은 고양이가 서커스단의 고양이로 태어났다. 서커스단의 마술사는 한 가지 마술을 공연하기 좋아했는데, 그것은 바로 고양이를 상자 안에 넣고 칼로 잘랐다가 상자를 다시 합치면 다시 활기차게 뛰어다니는 고양이로 돌아오는 마술이었다. 그러나 고양이는 행복하지 않았다. 그러던 어느 날, 마술사가 실수로 고양이를 진짜로 반으로 잘라서 고양이가 죽게 됐다. 마술사는 반으로 잘린 고양이를 안고 매우 슬퍼했지만 고양이는 울지 않았다. 고양이는 서커스단을 좋아하지 않았다.

한번은 고양이가 늙은 할머니의 고양이로 태어났다. 고양이는 전혀 행복하지 않았다. 왜냐하면, 할머니는 조용히 고양이를 안고 창문 앞에 앉아 지나다니는 행인들을 보는 것을 좋아해, 이렇게 하루하루를 보내고 또 한해를 보냈기 때문이었다. 어느 날, 고양이는 할머니의 품 안에서 움직이지 않았다. 고양이는 또 다시 죽은 것이었다. 할머니는 고양이를 안고 매우 상심했지만 고양이는 울지 않았다. 고양이는 할머니를 좋아하지 않았다.

한번은 고양이가 어느 누구의 고양이도 아닌 한 마리의 들 고양이로 태어났다. 고양이는 매우 행복했다. 그의 곁에는 한 무리의 아름다운 암고양이들이 항상 다 먹지도 못할 만큼 많은 생선을 가져다주었다. 고양이는 매번 거만하게 말했다.

"나는 백만 번을 산 고양이야!"

어느 날, 고양이는 흰 고양이 한 마리와 마주쳤는데 그 흰 고양이는 그에게 눈길 한 번 주지 않았다. 고양이는 화가 나서 흰 고양이에게 다가가 말했다. "나는 백만 번을 산 고양이야!" 흰 고양이는 단지 "그래?"하고 가볍게 대답하고는 곧 고개를 돌렸다. 그 후 고양이는 매번 흰 고양이를 만날 때마다 일부러 흰 고양이 앞에 가서 말했다. "나는 백만 번을 산 고양이야!" 그러나 흰 고양이는 항상 단지 "응" 하고 가볍게 대답하고는 고개를 돌릴 뿐이었다.

고양이가 또 다시 흰 고양이를 만났다. 처음에는 흰 고양이 곁에서 혼자 놀던 고양이가 점점 흰 고양이의 옆으로 가서 가볍게 물어보았다. "우리 같이 있자, 어때?" 흰 고양이도 가볍게 고개를 끄덕이며 "응" 하고 대답했다. 고양이는 너무 기뻤다. 그들은 항상 같이 지냈다. 흰 고양이는 많은 새끼 고양이들을 낳았고, 고양이는 정성껏 새끼 고양이들을 돌보았다. 세월이 흘러 새끼 고양이들은 다 자라서 한 마리씩 떠나갔다. 고양이는 매우 자랑스러웠다. 흰 고양이는 늙었고, 고양이는 세심하게 흰 고양이를 돌보았다. 고양이는 매일 흰 고양이를 안고서는 잠들 때까지 이야기를 들려주었다.

어느 날, 흰 고양이가 고양이의 품에서 움직이지 않았다. 흰 고양이가 죽은 것이다. 고양이는 흰 고양이를 안고 다음 날이 될 때까지 끊임없이 울고 또 울었다. 고양이는 더 이상 울지 않았고 움직이지도 않았다. 고양이는 흰 고양이와 함께 죽었고 다시 살아나지 않았다.

* * *

사랑을 하며 한 평생을 사는 것은 정 없이 백만 번을 사는 것 보다 낫고, 온 삶을 바쳐 사랑하며 사는 한 평생은 삶을 이해하지 못 하면서 백만 번을 사는 것 보다 훨씬 낫다.

모든 사람들의 삶 속에는 인상 깊게 남는 일, 그리고 지금 이 순간 이 세상에 살고 있다는 것을 행복으로 여기게 만들고, 삶의 아름다움을 분명하게 이해할 수 있게 해주는 일들이 있기 마련이다.

인생에는 아직도 당신의 마음속에 더욱 깊게 새겨질 체험들이 당신을 기다리고 있다. 그것은 바로 당신이 사랑을 바치고 싶어 하는 일이다. 만약 당신이 그런 것은 없다고 여긴다면 그것은 아마 당신이 흰 고양이를 아직 만나지 못했기 때문이다.

사랑을 시작하게 되면 필연적으로 일어나는 일이 하나 있다. 바로 연인들이 서로 만나기 전 각자의 생활에 있었던 모든 일들이 사랑을 하면서부터 모두 사라져 버린다는 것이다. 하지만 이것은 조금도 이상한 일이 아니다. 그들은 상대방을 발견한 뒤에 새롭게 태어나기 때문이다. 그리고 그들은 새로운 역사를 시작하게 된다. 이때부터 그들은 함께 생활하면서 있었던 모든 일들을 역사책에 싣고, 모든 사소한 부분들까지도 오래도록 회상하면서 서로 만나게 된 이 행운을 기념하기 위해 자신들이 처음 만나고, 처음 키스한 곳에 상상 속의 액자를 걸어 놓을 것이다. 그리고 지난 일들을 회상할 때마다 "내가 그 일을 하고 있을 때 너는 뭐하고 있었니?"라고 말할 것이다.

고양이는 비록 백만 번을 살았지만 진정한 삶을 살았던 적은 없었다. 고양이는 줄곧 사람들의 사랑을 받았지만 자신만의 사랑과 인생을 체험하고, 그 스스로 다른 이에게 사랑을 바치기 전까지는 조금도 행복하지 않았다. 마음속에 근심이 있어 설령 부담이 되더라도 그것이 달콤한 부담이라면 만족스럽게 일생을 살 수 있다.

우리가 끊임없이 사랑한다면 죽어도 완전히 사라지지 않을 것이다. 사랑하면서 했던 행동들이 이미 우리 자신의 일부분을 사랑하는 사람이나 물건 속에 섞어놓았기 때문이다.

오빠의 크리스마스 선물

선물

그해 크리스마스, 폴은 형에게서 자동차를 선물로 받았다. 크리스마스 저녁, 사무실에서 나와 보니 한 소년이 자신의 새 자동차 주변을 돌며 이리저리 만져보고 있는 것이었다. 차를 보며 부러워하고 있다는 것을 단번에 알 수 있었다. 폴은 흥미로운 듯 그 소년을 가만히 훑어보았다. 옷차림으로 짐작하건대 그리 넉넉한 가정의 소년은 아닌 듯 했다. 이때 폴을 발견한 소년이 물었다.

"이 차의 주인이세요?"

"그래, 크리스마스 선물로 형이 준 거란다."

소년은 눈을 휘둥그레 뜨며 물었다.

"형이 선물로 준 거라고요? 그럼 돈을 한 푼도 들이지 않고 이런 차를 갖게 되었다는 말씀이세요?"

폴이 고개를 끄덕이자 소년이 큰소리로 말했다.

"와! 나도 그런…"

폴은 소년이 당연히 자기도 그런 형이 있었으면 좋겠다고 말할 것이라고 예상했다. 하지만 뜻밖에도 "나도 그런 형이 될 수 있으면 얼마나 좋을까?"라는 것이었다.

소년의 말에 감동한 폴이 제안했다.

"내 차를 타고 드라이브를 해보지 않으련?"

소년은 뛸 듯이 기뻐하며 폴의 차에 탔다. 한동안 드라이브를 하다가 소년이 물었다.

"저희 집으로 가주실 수 있으세요?"

폴은 빙그레 웃으며 그러겠다고 대답했다. 아마도 멋진 차를 탄 모습을 동네 친구들에게 보여주며 자랑하고 싶어서 그러는 것이라고 추측했다. 하지만 이번에도 그의 짐작은 보기 좋게 빗나갔다.

"죄송하지만 저 계단 앞에서 잠시만 기다려주시겠어요?"

소년은 차에서 뛰어내려 두 계단씩 성큼성큼 올라가더니 집으로 들어갔다. 그리고 잠시 후 소년은 동생인 듯한 아이를 부축해서 나왔다. 그 아이는 소아마비를 앓았는지 한쪽 다리를 심하게 절고 있었다. 소년은 그 아이를 계단 아래까지 데리고 내려와 앉게 하더니 폴의 자동차를 가리키며 말했다.

"저것 좀 봐. 내 말이 맞지? 아주 멋진 자동차지? 저게 저 아저씨 형이 크리스마스 선물로 사준 자동차래. 저 아저씨 돈은 한 푼도 들지 않았대. 나중에 크면 내가 저거랑 똑같은 자동차를 사줄게. 그러면 너도 내가 말했던 백화점 쇼룸 안에 있는 멋진 크리스마스 선물들을 볼 수 있을 거야."

폴의 코끝이 찡해왔다. 그는 차에서 내려 그 어린 아이를 안아 앞좌석에 태웠다. 소년도 기대와 설렘이 가득 찬 눈으로 뒤따라 차에 올랐다. 그렇게 그들은 평생 잊지 못할 크리스마스 나들이를 시작했다.

그해 크리스마스는 폴에게 한 가지 아주 귀중한 사실을 깨닫게 해주었다. 바로 받는 것보다 주는 것이 훨씬 더 즐겁다는 사실이다.

베푸는 법을 배워야 한다. 진실한 마음과 사랑을 베풀어야만 인생이 의미를 갖게 된다. 수많은 사람들이 모여 사는 비좁은 세상이지만 사랑과 관용을 더 베풀 수 있다면 더 넓은 세상을 발견하게 될 것이다.

카네기는 이렇게 말했다. "누군가 필요한 것을 얻을 수 있도록 도움을 주어 그가 그것을 얻게 된다면, 도와준 사람이 많을수록 당신이 얻는 것도 많아질 것이다."

* * *

"오늘은 그들의 요구를 단호하게 거절하고 말겠어."

집을 나서기 전, 노부인이 중얼거렸다.

그날은 비가 억수같이 쏟아졌다. 이런 날씨에도 아랑곳하지 않고 노부인이 외출을 서둘렀다.

노부인은 자선사업가로 적잖은 명성을 얻고 있었다. 지금까지 자연재해나 사고를 당한 사람들에게 먹을 것과 입을 것을 나눠주거나 빈민가 사람들에게 옷을 사서 보내는 일을 해왔던 그녀이지만 이번 부탁만큼은 들어줄 수 없었다. 아무리 오갈 데 없는 고아들을 위해서라지만 조상 대대로 물려받은 땅을 고아원 부지로 기탁해 달라는 것에는 동의할 수 없었다. 그 땅은 조상 대대로 내려오는 땅으로 그녀에게 특별한 의미가 있을 뿐 아니라, 그녀의 노후생활을 보장해줄 수입원이기도 했다. 그 땅이 없어지면 그녀의 생활도 당장 타격을 입을 것이 뻔했다.

'아무리 애원한다 해도 이것만은 안 돼. 그러지 않으면…'

그녀의 발걸음이 점점 더 빨라졌다.

빗발이 거세지고 바람도 더 세차게 불었다. 얼마 후 그녀는 목적지에 도착했다. 고색창연한 자선단체의 건물이 눈에 들어왔다. 정문을 열고 성큼성큼 발걸음을 옮겼다. 큰 비가 오는 탓에 복도에는 물기가 홍건했다. 현관에서 신발을 바꿔 신으려 슬리퍼를 찾았지만 하나도 남아있지 않았다.

"어서오세요."

고개를 들어보니 한 여직원이 눈앞에 서있었다. 그녀는 슬리퍼가 남아있지 않다는 것을 확인하더니 망설임 없이 자신이 신고 있는 슬리퍼를 벗어주었다.

"죄송해요. 손님이 많이 오셔서 슬리퍼가 없네요."

그녀는 부인을 사무실까지 친절히 안내해 주었다.

여직원의 양말이 부인의 눈에 들어왔다. 슬리퍼를 벗어주고 맨발로 걸은 탓에 그녀의 양말은 홍건히 젖어있었다.

양말을 보는 순간 부인은 '자선'의 의미를 새로이 깨달았다.

'평소 자선가로 사람들의 존경을 받고 있지만, 내가 한 자선행위는 어떤 것들이었는가. 내가 내놓은 것은 모두 나에게 더 이상 쓸모가 없는 낡은 물건들이거나 쓰고 남은 여윳돈들뿐이었어. 그래, 자신에게 가장 중요한 물건을 내놓는 것이야말로 진정한 자선이지.'

부인의 생각은 이 일로 인해 달라져버렸다. 그녀는 조상 대대로 내려오던 그 땅을 자선단체에 기증하기로 결심했다.

부인이 여직원에게 말했다.

"슬리퍼가 아주 따뜻하네요."

여직원이 얼굴을 붉히더니 미안한 듯 말했다.

"죄송해요. 제가 신고 있던 거라…."

부인은 황급히 그녀의 말을 가로막으며 말했다.

"아니에요, 탓하려는 게 아니에요. 아가씨의 마음이 따뜻하다는 뜻이었어요."

부인은 그녀에게 미소를 지어보이며 사무실을 향해 잰걸음을 옮겼다.

아직 불씨가 남아있는 잿더미는 깜깜한 밤에 또 다른 누군가가 있다는 사실을 알려준다. 나뭇가지를 넣어 불씨에 불을 붙이면, 뒤에 오는 누군가도 따뜻한 불에 몸을 녹일 수 있다. 이 사실을 아는 것만으로도 충분하다. 가슴속에 남을 배려하고 위하는 마음이 있는 사람만이 자신의 영혼을 충만하게 할 수 있다.

손을 펴려고 하지 않는 아이

감정

엄마는 주방에서 설거지 하고 있었다. 그녀에게는 4살 된 아이가 하나 있었는데 소파에서 혼자 즐겁게 놀고 있었다.

그때, 아이의 우는 소리가 들렸다. 무슨 일인지 깜짝 놀라 엄마는 물기도 닦지 않은 채 거실로 뛰어갔다.

탁자 위에 놓여 있던 꽃병 안에 아이의 손이 끼어 있는 것이었다. 주둥이는 폭이 좁고 아래는 넓은 꽃병이어서인지 손이 들어가지는 했지만 잘 빠지지 않았다. 엄마는 온갖 방법으로 손을 빼내려고 하였지만 잘 되지 않았다.

엄마는 조급해지기 시작했고 아이는 울음을 터뜨리며 고통을 호소했다. 마땅한 방법이 더는 생각나지 않자 마지막으로 엄마는 꽃병을 깨는 방법을 생각해 냈다. 그녀는 잠시 망설였다. 왜냐하면 그 꽃병은 보통 꽃병이 아니라 매우 귀중한 골동품이었기 때문이었다. 하지만 아이의 손을 빼내려면 이것은 유일한 방법이었다. 결국 그녀는 꽃병을 깨뜨렸다.

아까웠지만 아이는 울음을 멈췄다. 그녀는 아이에게 상처가 없는지 살펴보기 위해 손을 내밀어 보라고 했다. 아무런 외상도 없었지만 아이의 손은 펼 수 없는 것처럼 단단히 쥐어져 있었다. 쥐가 난 것이 아닐까? 엄마는 또다시 놀라서 어찌할 바를 몰랐다.

아이의 손은 쥐가 난 것이 아니었다. 아이가 주먹을 펴지 않았던 것은 그가 동전을 꽉 쥐고 있었기 때문이었다. 아이는 동전을 주우려다가 손이 꽃병에 낀 것이었다. 손이 빠지지 않은 것도 꽃병의 주둥이가 좁아서가 아니라 아이가 손을 펴려고 하지 않았기 때문이었다.

* * *

감정은 종종 맹목적인 경향을 보인다.

영원히 변하지 않을 절대적인 진리라고 여겼던 일도 시간이 흐른 뒤에 생각해보면 지극히 터무니없는 일일 때가 있다.

문제를 해결할 수 있는 방법을 찾으려고 온갖 애를 쓰지만 아무런 성과도 없을 때, 누군가가 당신에게 말한다. "그 문제는 당신이 생각하는 것처럼 그리 복잡하지 않다. 단지 손을 폄으로써 해결할 수도 있다."고 말이다. 하지만 당신은 기어코 손을 펴려고 하지 않는다.

당신은 "이렇게 하는 것이 과연 가치가 있을까?"라는 생각은 하지 못하고 자신에게 이렇게 묻는다. "나는 여전히 사랑하는가, 사랑하지 않는가?" 사랑한다면 당신은 더 이상 망설일 것이 없다고 느낄 것이다. 그리고는 서로의 문제를 해결하기 위해 갖은 방법을 동원하지만 손을 펴려고는 하지 않을 것이다.

손을 펴면 당장 문제를 해결할 수 있지만 모두들 이 사실을 애써 외면하려고 한다. 차라리 속박의 고통을 받을지언정 벗어나고 싶어 하지는 않는다. "과연 그런 고통을 참을 만큼 가치가 있는 감정일까?" 당신의 친구는 포기하라고 충고할 것이다.

당신은 이 사랑이 단지 꽃병속의 동전일 뿐이라는 것을 믿지 않는다. 당신은 고통을 참아내고 감정에 집착하며 그 어떤 대가도 기꺼이 지불하려고 한다. 또한 많은 눈물을 소모하면서 적지 않은 세월을 헛되이 보낸다.

사소한 동전 하나를 위해 귀한 꽃병을 깨뜨리는 것이 얼마나 어리석은 일인지, 아이는 당시에는 이해할 수 없고 또 후회하지도 않는다. 아이에게는 그로 인해 얻을 수 있는 동전의 가치가 너무도 크기 때문이다. 하지만 자라면서 꽃병의 가치를 이해하고나면 비로소 자신이 어리석었다는 것을 깨달을 것이다.

감정은 인생의 중요한 부분이다. 감정을 해결하는 방법은 인생의 성패에 영향을 미칠 수 있다. 또한 감정은 인생의 즐거움의 근원이지만 통제가 필요하다. 어떤 사람들은 이성적으로 쓸데없는 감정을 털어내고, 또 어떤 사람들은 예술을 이용해 격정을 아름답게 순화하고 정화시킨다.

어떤 사람들의 감정은 시처럼 생동감 있고 아름답다. 반면에 어떤 사람들은 음침하고 격이 낮은 욕망으로 가득 차 있다. 이것이 바로 인격의 차이다.

연애가 순조로울 때는 감정을 아름답게 해야 하고, 좌절을 겪을 때는 감정의 돌파구를 찾아야 한다. 이성을 너무 적게 사용하면 문제를 대처하는데 어려움을 겪고, 감정을 너무 적게 사용하면 생활이 무미건조하고 다채로움이 부족하게 된다.

감정을 승화시키는 가장 간단한 해법은 필요한 때에 자신을 비워내고 방관자의 편안한 마음을 유지하는 것이다.

우리는 성공을 위해 모든 것을 아끼지 않는다. 그러나 실패를 피할 수는 없다. 만약 균형을 유지할 수 있다면 우리는 평안을 얻고 그 경험을 바탕으로 성장할 수 있다. 꽉 쥔 주먹을 푸는 것처럼 우리는 자유로움과 활력을 느낄 수 있다.

완벽한 사랑이 있다고 여기는 사람이 있다면
그는 시인이 아니라 바보이다

습관

어느 한 심리학자의 강좌를 들은 적이 있었는데 그는 한 가지 실험에 대해서 얘기했다. 실험의 내용은 이러했다. 원숭이 한 마리를 철망으로 된 우리 안에 넣고 절연체를 이용해 우리의 반에만 전기를 통하게 하면 원숭이는 재빨리 전기가 통하지 않는 다른 편으로 도망간다. 그리고 나서 절연체를 빼고 우리 전체에 전기를 통하게 하면, 처음에는 원숭이가 처음처럼 다른 반대편으로 도망가지만 몇 번 반복하고 나면 원숭이도 우리 전체에 전기가 흐른다는 것을 알게 된다. 원숭이는 더 이상 도망갈 곳을 찾아 뛰지 않고 절망한 듯 얌전하게 우리의 구석에 머물러 있다. 원숭이는 이미 고통에 익숙해졌기 때문이다.

* * *

이와 같은 일이 있었다.

부드럽고 상냥한 그녀는 연애시절부터 결혼할 때까지 항상 너그러운 마음으로 그를 사랑했다. 그녀는 오직 자신만이 그를 이해할 수 있다고 여기며 그의 거친 성미와 변덕스러움을 용서해 주었다. 그녀는 매번 눈물로 자기가 받은 상처를 씻어내곤 했다. 그 날도 그들은 심한 말다툼을 벌였다. 마침내 참지 못한 그녀는 아수라장인 방 가운데 서서 눈물을 머금고 말했다.

"우리 이혼해요."

이튿날, 그들은 법원에 가서 이혼 수속을 했다. 그 뒤, 그녀는 그리 멀지 않은 곳에 있는 어머니의 집으로 이사를 했다. 오직 어머니만이 그녀의 산산조각 난 마음을 받아주셨다. 그녀는 마치 중요한 무언가를 잊어버린 사람처럼 흐리멍덩하게 변해있는 자신을 발견했다. 일주일을 그렇게 보냈지만 아무것도 생각나지 않았다. 하루는 퇴근해서 돌아오는 길에 무의식적으로 자전거를 타고 남편과 살던 집으로 갔다. 그리고는 문을 밀고 들어갔다. 남편의 놀라는 눈빛 속에서 그녀는 문득 깨달았다. 그녀가 집을 그리워하고 남편을 그리워하고 있었다는 것을.

하지만 그녀는 산산조각 난 것은 다시 돌이킬 수 없다고 스스로에게 말하며 강하고 냉담해질 수 있도록 노력했다. 그녀는 '그는 나의 사랑을 받을 가치가 없는 사람이야' 라며 자기 자신에게 경고했다. 하지만 집을 잘못 찾아간 지 얼마 지나지 않은 어느 주말, 시장에 갔던 그녀는 어머니의 집으로 돌아오는 길에 깊은 생각에 빠졌고 또 다시 익숙한 그 문을 밀고 들어가고 말았다. 그리고는 익숙한 사람이 문 앞에서 울적하게 담배를 물고 있는 것을 보게 되었다. 그는 초췌해서 꼴이 말이 아니었다. 그 날 오후, 그녀는 어머니의 집으로 다시 돌아가지 않고 그를 위해 한 상 가득히 음식을 차려주었다. 다음날 그들은 재결합 하였다.

지금 그들은 많은 평범한 부부들처럼 여전히 예전처럼 생활하고 있

다. 그의 나쁜 버릇도 바뀌지 않았다. 그렇다면 그녀는? 그녀 역시 전
과 다름없이 그를 사랑하고 있다. 그녀는 습관이 되어 있었다. 사랑이
습관이 되어 어떠한 불공평한 대우도 그녀에겐 단지 의미 없는 시련일
뿐이었다. 마치 어디로 피하든 고통을 피할 수 없으니 제자리에 머무는
것이 낫다는 것을 알고 더는 피하지 않는 원숭이와 같았다.

* * *

만약 한 사람을 사랑하는 것이 습관이 되었다면 그는 당신 맘속의 가
장 연약한 부분이고 치명상이다. 당신이 피할 수도 없고 피하고 싶어
하지도 않는 속박이 된 것이다. 때론 당신의 맘속에 희망이 없음과 무
고함으로 가득 찰 때가 있겠지만, 이미 당신의 맘속엔 '헌신'이라 불리
는 감정이 가득 넘치고 있을 것이다. 헌신이란 아름다우면서도 또한 고
통스러운 것이다. 당신이 이미 이러한 감정에 의지하기 시작했다면 빠
져나갈 모든 구멍은 이미 이러한 감정에 의해 폐쇄되었을 것이다. 당신
이 유일하게 할 수 있는 것은 바로 물을 마시고 밥을 먹는 것과 같은 습
관처럼, 보답을 바라지 말고 그를 사랑하는 것이다. 당신은 마약을 끊
을 수 있을 만큼의 끈기가 있어야만 비로소 그만둘 수 있다.

마음에 드는 한 구절이 있다. "당신이 최고는 아니지만, 나는 당신만
을 사랑합니다." 세심하게 잘 음미해보라. 이 얼마나 낙관적이며 너그
럽고 고집스러운 사랑의 표현인가.

당신에겐 태어날 때부터 당신을 위해 태어난, 하늘이 정해준 인연이
있다고 말한다. 하지만 세상에는 수많은 사람들이 살고 있고 인생은 매
우 짧은데 어떻게 당신에게 속한 완벽한 반려자를 찾을 수 있겠는가?

요즘 사람들은 이렇게 하늘이 맺어준 인연을 지키지도 못하고, 또 쉽게 지나가는 청춘과 조급한 마음에 숨죽이고 조용히 기다리지도 못한다.

그들은 종종 닥치는 대로 만나게 되는 이성을 억지로 자신의 맘속에 있는 완벽한 이상형과 대조해보면서 실망하곤 한다.

그들은 어떻게 해야 주위에 있는 것들과 이미 가지고 있는 것들을 소중히 여기는 것인지 모르고 있다. 또한 그들은 자신이 이미 가지고 있는 것이 진짜로 가장 큰 행복이며 가장 진실한 사랑임을 알지 못하고 있다.

사랑이란 무엇인가? 철학자는 말하길, 사랑이란 그가 결점을 가지고 있다는 것을 잘 알면서도 여전히 그를 선택하고 또한 그의 결점 때문에 그의 전부를 포기하거나 그의 전부를 부정하지 않는 것이라고 했다.

사랑이란 그가 촌스럽게 옷을 입었다는 것을 알면서도 대중이 모인 공개적인 장소에 기꺼이 그를 데리고 나타나는 것이며, 그에게 결점이 있다는 것을 알면서도 그를 집으로 데려가 엄마에게 보여주는 것이다. 당신이 가장 경시하는 것이 동물을 죽이는 것이라도 기꺼이 도축자의 아내가 되는 것이 바로 사랑이며, 당신에게 원래 결벽증이 있다고 해도 그를 위해 지저분한 그릇을 닦아주는 것이 사랑이다.

* * *

예쁘고 총명한 한 여자 아이가 있었다. 대학을 졸업한 후, 수많은 우수한 남자들의 구애를 거절하던 그녀는 결국엔 볼품없고 키도 작은 동료를 선택했다. 주위의 많은 사람들은 정말 상상할 수 없는 일이라고 생각했고, 그녀의 매우 친한 친구조차도 이해하지 못하겠다는 반응이었다. 그러나 그녀는 사람들의 의혹어린 시선 속에서 그와 결혼했다.

몇 년 후, 동창회가 열렸다. 그녀의 친구들은 모두 자기의 보금자리를 만드는데 지치고 처음의 환상들이 깨져 실망하고 있었다. 그러나 그녀는 평범하고 포부가 없는 무위적인 굴레 안에 갇혀서 매우 초췌할 것이라는 친구들의 처음 생각과는 달리, 전과 다름없이 아름답고 눈이 부셔서 사람들의 눈길을 끌었다. 오히려 예전보다도 더 성숙한 온화함과 점잖음을 가지고 있었다. 그들은 다정하게 손을 잡고 친구들에게 다가와 그 자리에 있는 모든 사람들의 가슴을 두근거리게 했다. 그녀는 모두에게, 그녀의 남편은 최고도 아니고 많은 결점들을 가지고 있는 사람이지만 이런 것들은 그와 사귀기 전부터 이미 알고 있던 것이라고 말했다. 그리고 그녀가 좌절했을 때 묵묵히 그녀를 도와주고 일이 뜻대로 되지 않을 때 열심히 그녀를 격려해 주면서도 아무런 대가도 바라지 않는 남편과 평생을 함께 하고 싶다고 했다.

변함없이 오래 지속되는 사랑과 빛 좋은 개살구 같이 순간에 사라지는 사랑이 있다면 무엇을 선택해야 할지를 생각해 보라.

세상에는 특출한 남성들과 아름다운 여성들이 매우 많지만, 진정한 당신의 사랑은 오직 하나만 있을 뿐이다. 남의 시선 때문에 자신의 진실한 사랑을 바꿔서는 절대로 안 되며, 남의 시선 속에서 자신을 잃고 살아서도 안 된다!

사랑은 욕심낼 수도 없는 것이며 몽상도 아니다.

만약 완벽한 사랑이 있다고 여기는 사람이 있다면 그는 시인이 아니라 바보이다. 우리는 결코 세상을 크게 놀라게 할 사랑이 아닌, 자신만의 사랑을 마음을 다해 지켜야 한다.

그렇다. 세상에 완벽한 연인은 한 명도 없고 흠이 없는 사랑도 없다. 사랑과 연인은 단지 진실할 수 있을 뿐이다. 우리가 과연 마음을 가라앉히고 감정에 좌지우지 되지 않으면서 이러한 일들을 할 수 있을까? 당시에는 세상 그 무엇보다도 중요하게 생각하며 우리가 행했던 수많은 우습고 유치한 행동들을 생각해보라.

당신은 최고는 아니지만, 나는 당신만을 사랑합니다. 이 문장을 읽는 느낌은 항상 온갖 세상일을 다 겪은 노인 한 쌍이 따뜻한 햇살 아래서 손을 잡고 한가롭게 거닐며 만면에 행복이 가득한 표정으로 지난 일을 회상하는 것만 같은 느낌이다. 지난 일은 이미 먼 일이 되었지만 추억은 영원히 살아있다.

행복의 원칙

다툼

　　　　　나폴레옹 3세가 세계 제일의 미모를 지닌 유제 니와 사랑에 빠져 그녀를 아내로 맞이했다.

신하들은 유제니가 몰락한 스페인 귀족 집안의 딸이라는 이유로 반대했지만 나폴레옹은 대수롭지 않게 생각하며 혼사를 강행했다.

그녀의 우아함과 젊음, 아름다움이 나폴레옹을 단단히 매료시켰다. 그는 행복에 도취되어 흥분된 어조로 백성들에게 아내를 소개했다.

"짐이 사랑하는 여인을 아내로 골랐노라. 짐은 생전 처음 보는 낯선 여자와 결혼할 수는 없다."

나폴레옹과 그의 아내는 건강, 명망, 부, 권력, 미모, 그리고 사랑을 모두 갖추고 있었다. 그 어떤 불꽃도 그들의 사랑만큼 뜨겁고 환할 수는 없을 것 같았다.

하지만 행복은 너무도 짧게 끝이 났다. 영원할 것 같던 불꽃도 점점 꺼져가더니 재만 남게 되었다. 나폴레옹은 유제니를 황후로 삼을 수는 있었지만, 사랑의 힘으로도 또 국왕의 권력으로도 그녀의 쉬지 않는 잔소리를 막을 수는 없었다.

　질투와 의심이 그녀로 하여금 그의 명령을 거역하게 했고, 심지어 그와의 부부 관계 또한 거부했다. 그녀는 나폴레옹이 국사를 처리하는 곳으로 당당히 쳐들어가 그와 신하들의 비밀회의를 방해했다. 그녀는 절대로 그를 혼자 내버려두지 않았고, 그가 다른 여자에게 한눈을 팔까봐 불안해했다. 유제니는 매일 언니를 불러다가 남편을 원망하며 울고 푸념했다. 나중에는 나폴레옹의 집무실에 들어가 폭언을 퍼붓고 난동을 부리기에 이르렀다. 프랑스의 통치자인 나폴레옹 3세는 10여 개의 화려한 궁전을 가지고 있음에도 불구하고 조용히 있을 수 있는 곳은 단한 구석도 없었다.

　그런데 이렇게 쉴 새 없이 잔소리를 해서 유제니 황후가 얻은 것이 무엇일까?

　역사서는 이렇게 기록하고 있다.

　"나폴레옹 3세는 한밤중에 모자를 눈까지 푹 눌러쓴 채 시종 한 명만을 데리고 궁전의 작은 문으로 몰래 나가 자신을 기다리고 있는 아름다운 여인에게 가서 밀회를 즐기거나 파리 시내를 돌며 궁에서는 볼 수 없는 것들을 구경하곤 했다."

　이것이 유제니가 끊임없는 잔소리로 얻어낸 '성과'이다. 그녀는 프랑스 황후라는 최고의 지위와 유럽에서 둘째가라면 서러운 미모를 지녔지만, 그녀의 잔소리는 사랑이 변함없이 지속되도록 할 수 없었다.

　유제니는 서럽게 울면서 "내가 가장 두려워하던 일이 눈앞의 현실로 다가오고 말았어!"라고 넋두리한 적이 있다고 한다.

　하지만 이런 상황을 초래한 것은 어디까지나 그녀였다. 이 가련한 여인은 질투와 잔소리로 결혼생활을 완전히 망쳐버렸다.

잔소리와 다툼은 사랑의 불꽃을 얼음처럼 얼어붙게 만드는 가장 무서운 요인이다. 마치 독사에게 한번 물리면 살아남을 가망이 전혀 없는 것처럼 다툼은 사랑을 점점 식게 만든다.

* * *

러시아의 대문호 톨스토이의 부인이 이 사실을 깨달았을 때에는 이미 너무 늦어버린 후였다. 그녀는 죽기 전 딸에게 이런 통한의 말을 남겼다.

"네 아버지가 돌아가신 건 내 잘못이다."

그녀의 딸들은 소리 없이 숨죽여 울었다. 그들은 아버지의 사인이 어머니의 끝없는 잔소리와 불평이라는 것을 알고 있었다. 하지만 톨스토이와 그의 부인은 그 누구보다도 행복할 수 있었다. 톨스토이는 세계적인 소설가였다. 그는 자신의 불후의 명작 《전쟁과 평화》와 《안나 카레리나》로 문학계의 큰 별로 여전히 빛을 발하고 있었다.

당시 그를 존경하는 사람들이 밤낮을 가리지 않고 그를 따라다니며 그가 내뱉는 말을 한 마디도 빠뜨리지 않고 기록할 정도였다.

톨스토이 부부는 명예 외에도 부, 지위, 자녀, 이 모든 것을 가지고 있었다. 세상에 그들만큼 아름다운 부부는 없을 것 같았다. 그들이 막 결혼했을 때 그들의 사랑은 정열적이고 아름다웠다. 그들은 매일 밤 무릎을 꿇고 이 행복이 영원히 지속될 수 있도록 해달라며 기도하곤 했다.

그런데 예상치 못했던 일이 일어났다. 톨스토이가 점점 변해가기 시작한 것이다. 아니, 그는 완전히 다른 사람으로 변해버렸다. 자기 자신은 물론 자신이 쓴 작품까지도 모두 부끄럽게 생각하게 되었다. 그때부터 그는 평화를 추구하고 전쟁에 반대하며 빈곤 퇴치를 주장하는 글들을 쓰는데 여생을 바쳤다.

그는 젊은 시절 상상할 수 없이 많은 죄악과 잘못, 살인까지 저지른 것을 참회하며 진정으로 회개하고, 자신이 가진 모든 땅을 사람들에게 나누어주고 가난하게 살기를 자처했다.

그는 직접 논밭을 일구고 장작을 패고, 직접 신발을 만들어 신었으며, 나무그릇에 밥을 먹었다. 또 적들을 사랑하려고 애썼다.

톨스토이의 일생은 비극이었다. 그리고 그 비극을 초래한 원인은 바로 그의 결혼이었다.

그의 아내는 사치스러웠지만 그는 사치를 경멸했고, 그녀는 명예를 뽐내고 사회적인 찬사를 한 몸에 받고 싶어 했지만 그는 명예 따위는 거들떠보지도 않았다. 그녀는 많은 부와 재산을 원했지만 그는 개인적으로 무언가를 소유하는 것을 죄악으로 치부했다.

그렇게 몇 년이 흐르자, 아내의 잔소리와 불평, 불만, 비난은 점점 더 거세어졌다. 톨스토이는 누구든 자신의 작품을 책으로 만들어 출간할 수 있도록 하고 인세는 한 푼도 받지 않았지만, 아내는 당연히 대가를 챙겨야 한다고 주장했다. 그가 그녀의 그런 행동을 저지할수록 그녀의 행동은 점점 더 거칠어졌다. 닥치는 대로 부수며 자살하겠다고 위협도 했다.

결혼할 당시에 남들의 부러움을 한 몸에 사던 그들이었지만, 48년 후 톨스토이는 단 한 순간도 아내를 처다보지 않으려 했다.

어느 날 밤, 이 나이든 아내는 사랑을 갈구하며 남편 앞에 무릎을 꿇고 50년 전 남편이 자신을 위해 지었던 가장 아름다운 시를 읊어달라고 애원했다. 그리고 그가 읊은 가장 달콤한 구절이 이미 아스라진 꿈이 되어버렸다는 사실을 깨달은 그들은 그 자리에서 부둥켜안고 울음을 터뜨렸다. 아름다운 추억과는 너무도 다른 현실이 야속했기 때문이다.

1910년 여든두 살이 되었을 때, 그는 더 이상 아내의 잔소리를 참을 수 없다며 거센 눈보라가 치던 날 집을 떠나 추위와 어둠 속으로 사라져버렸고, 그 후로는 생사를 알 길이 없었다.

11일 후, 톨스토이는 한 기차역에서 폐렴으로 쓰러진 채 발견되었다. 잔소리와 소란이 과연 그녀에게 무엇을 가져다주었는가?

"난 완전히 미쳤었어." 그녀는 참회의 눈물을 흘렸지만 너무 늦은 후였다.

* * *

링컨의 가장 큰 비극 역시 결혼이었다.

그는 존 위키스 부스가 쏜 총알에 치명적인 상처를 입고 숨을 거두기 전에도 이미 고통의 나락 속에서 하루하루를 살아가고 있었다.

그의 변호사 동료 역시 "링컨은 불행한 결혼으로 인한 고통 속에서 23년간을 살았다."고 증언했다.

'불행한 결혼'이란 말은 최대한 완곡한 표현이었다. 링컨은 결혼생활 내내 아내의 잔소리와 불평 속에서 보내야만 했다.

그녀는 끝없이 불평하고 남편을 비난했다. 그녀는 링컨의 모든 것이 틀렸다고 생각했다. 링컨의 등이 굽어 걷는 모습이 흉하고 마치 인디언처럼 딱딱하다고 불만을 터뜨렸다. 심지어 링컨의 걷는 모습을 흉내 내

보이며 걷는 모습을 고치라고 잔소리를 했다.

링컨의 큰 귀가 머리와 직각이 되는 것, 콧날이 오똑하지 못한 것, 아랫입술이 튀어나온 것, 손발은 큰데 머리는 너무 작은 것, 이 모든 것이 그녀의 불만사항이었다.

한 마디로 링컨과 그의 아내는 사사건건 충돌할 수밖에 없었다. 환경, 성격, 취미, 외모에 이르기까지 그들은 영원히 평행선을 달렸다.

당시의 한 국회의원이 쓴 회고록을 보면, '링컨 부인의 날카로운 목소리는 집 밖에서도 다 들릴 정도였다. 근방에 사는 이웃들은 그녀의 끊임없는 불평을 들어야만 했다. 그녀는 언제나 불평과 잔소리를 늘어놓았는데, 그녀의 성격이 얼마나 히스테릭했는지는 말로 설명하기도 힘들다.'라는 대목이 나온다.

이런 잔소리와 비난, 불평불만이 과연 링컨을 변화시켰을까? 변화시킨 것이 맞기는 하다. 하지만 변한 것은 그녀를 대하는 링컨의 태도였다. 그는 자신의 불행한 결혼을 후회하며 아내와 최대한 마주치지 않으려 했다.

그가 스프링필드에서 변호사로 있을 때, 당시 동료 변호사들 11명과 함께 대법관을 따라 이곳저곳을 돌며 변호를 하곤 했다.

그런데 다른 동료들은 주말이 되면 모두 집으로 돌아가 가족들과 함께 휴일을 보냈지만, 링컨은 주말에도 스프링필드로 돌아가지 않았다. 아니, 집에 가는 것을 두려워했다고 하는 편이 더 정확할 것이다. 게다가 그는 봄과 가을에 3개월씩 재판이 열리지 않을 때에도 줄곧 타지에 머물며 집에 가지 않았다.

혼자 객지 생활을 하다보니 생활이 불편했지만 그래도 집에 돌아가 아내에게 심한 잔소리와 욕설을 듣는 것보다는 백번 나았다.

* * *

한 여자가 남편에게 고장 난 물건을 고쳐달라고 아무리 잔소리를 해도 남편은 늘 미루기만 한다고 친구에게 푸념을 했다. 게다가 수리공을 불러 고치는 것도 반대한다는 것이었다. 첫째는 돈이 아깝기 때문이고, 둘째는 아무도 자신보다 잘 고치지 못한다고 생각하기 때문이었다. 친구는 그녀에게 수리해야할 물건이 있을 때에는 남편에게 보름간의 시간을 주고 보름이 지나면 수리공을 부르기로 약속하라고 했다. 또 잊어버렸다는 핑계를 대지 못하도록 날짜를 달력에 표시해두라고 조언했다. 한 달 후, 그 여자는 즐거워하며 처음으로 수리공을 불러 물건을 수리했다고 말했다.

대부분의 경우 부부간의 충돌은 일정한 규칙을 세우는 것만으로도 해결될 수 있다.

한 부부가 주말에 무엇을 할 것인가를 놓고 노상 다투었다. 아내는 늘 집안에만 있는 생활에 싫증이 난다며 밖에 나가서 외식도 하고 영화도 보자고 했지만, 남편은 매일 밖에서 일과 접대에 신물이 나서 주말만이라도 집에서 편히 쉬고 싶다고 했다. 그 둘은 벌써 몇 년째 이 일로 부딪혔다. 그러던 어느 날 남편이 한 가지 제안을 했다. 각자 한 주씩 원하는 대로 주말을 보내자는 것이었다. 한 주는 아내가 바라는 대로 바깥나들이를 하고, 한 주는 남편의 말대로 집에서 음악을 듣고 TV를 보며 편히 지내는 것이었다. 과연 이 방법은 매우 효과적이었다. 그 후로 둘은 싸우지 않았을 뿐 아니라 다른 문제들까지 한꺼번에 해결되었다. 집에 있는 주말에는 아내가 남편에게 더욱 살갑게 대하며, 평일 동안 남편이 받았던 스트레스를 풀어주려고 노력하고, 그 다음 주말에는 남편이 아내를 즐겁게 해주기 위해 이벤트를 마련하곤 했다.

다툼을 해결하는 두 번째 방법은 둘 사이의 다툼을 일으키는 불만들이 과연 다툴만한 가치가 있는 일인지 곰곰이 생각해보는 것이다. 그리 중요한 일이 아니라면 서로 개의치 않기로 하고, 중요한 일이라면 규칙을 정해 해결하면 된다. 예를 들어 부부 중 누군가 늘 불만을 제기할 경우 상대가 직접 규칙을 정해 나쁜 행동을 고치도록 하는 것이다.

그 다음 단계는 대화법을 수정하는 것이다. 대화는 반드시 구체적으로 이루어져야 한다. 상대방이 무언가를 요구했을 때, "나중에 할게.", 혹은 "시간이 나면 할게."라는 식의 대답은 다툼을 일으키는 가장 흔한 대답이다. 집안일에 대해서 이야기를 한다면 언제까지 해야 하는지, 그리고 하지 않을 경우 어떤 부작용이 있는지 등을 구체적으로 이야기해야 한다.

수시로 가족회의를 열어 서로의 의견을 교환하는 것도 좋은 방법이다. 부부나 부모, 자식 간의 관계가 잔소리와 다툼으로 악화되지 않도록 사전에 예방하는 것이 최선이다.

가정의 행복을 유지하고 싶다면 이 원칙은 반드시 지켜야 한다. 절대로 불평불만을 늘어놓거나 잔소리 하지 말라!

4부

행복

순간순간을 소중히 여겨라.
하루 종일 아무 일도 하지 않는 것은 천천히 자살하는 것과 같다.

간단한 한마디 말

행복

어느 부부가 결혼한 지 11년 만에 아들을 낳았다. 금슬 좋은 부부에게 이 아이는 귀중한 보물이었다. 아들이 두 살이 되던 해 어느 날, 남편이 출근하려고 집을 나서려는데 탁자 위에 약병 하나가 열려있는 것이 보였다. 남편은 시간이 쫓겨 큰 소리로 아내에게 약병을 잘 간수하라는 말만 하고는 출근했다. 아내는 바빠서 주방에서 허둥지둥하다가 남편의 당부를 잊고 말았다.

약병을 보고 호기심을 느낀 아들은 약물의 색에 매료되어 병 속의 약물을 한 번에 다 마셔버렸다. 약물의 성분은 독한 것이어서 어른이 복용할 때도 소량만 먹어야 하는 것이었다. 너무 많은 양의 약을 마신 아들은 병원에 실려 갔지만 다시 살릴 방법이 없었다. 너무나 놀란 아내는 남편에게 이 사실을 어떻게 설명해야 할지 몰랐다. 놀란 남편이 병원에 도착했을 때 아들은 이미 죽은 뒤였다. 아들의 시체를 보고 아내를 바라본 뒤 그는 한 마디의 말을 했다.

남편이 어떤 말을 했을까?

바로 "여보, 사랑해."였다.

어떤 사람은 이 남편을 인간관계의 천재라고 크게 칭송한다. 아들의 죽음은 이미 벌어진 일이므로 아무리 욕설을 퍼부으며 말다툼을 한다 해도 다시 살려낼 수는 없다. 오히려 더 많은 상심을 야기할 뿐이다. 더 구나 아들을 잃은 것이 자신만이 아니라 아내도 아들을 잃었다.

불행한 일에 대해 당신은 하늘을 원망하고 남을 탓하면서 사회에 욕설을 퍼붓고, 심지어 끝없이 자책할 수도 있지만 이로 인해 상황이 바뀌지는 않는다. 이러한 행동들은 당신의 마음속에 흉터를 남길 뿐이다. 반대로 원한과 두려움을 내려놓고 용감하게 대처한다면 어쩌면 상황은 생각했던 것처럼 그리 나쁘지 않을 수도 있다.

지나간 것은 다시 돌아오지 않는다. 삶 속에서 겪게 되는 모든 상황들은 돌이킬 수 없는 것이다. 제 아무리 잘난 사람이라도 지나간 것을 돌이키지는 못한다. 이 사실을 기억하며 다른 사람과 나 자신을 속이며 알면서도 모르는 척 하는 일이 없도록 해야 한다.

매우 간단한 얘기지만 이것을 실천할 수 있는 사람이 몇 명이나 될까? 이 말은 아주 짧은 말이지만 큰 포용과 깊은 인생의 지혜가 있어야만 비로소 내 뱉을 수 있는 한 마디이다. 모든 사람들에게 닥칠 수 있는 뜻밖의 불행에 대해 당신이 어떤 방법을 선택할 것인지, 또 어떻게 당신의 미래와 주변 사람들을 대할 것인지는 모두 당신의 결정에 달려 있다!

* * *

당신이 진심으로 사랑하는 사람을 만난다면 그와 일생을 함께할 수 있는 기회를 얻기 위해 힘껏 노력해야 한다. 그가 떠나면 이미 늦는다.

믿을 수 있는 친구를 만난다면 그와 잘 지내도록 해라. 일생동안 자신을 알아주는 친구를 만나기는 정말로 쉽지 않다. 인생의 귀인을 만난다면 감사해야 한다. 그는 당신 인생의 전환점이다. 전에 사랑했던 사람을 만난다면 미소 지으며 감사해라. 그는 당신에게 사랑을 알게 해준 사람이다. 전에 증오했던 사람을 만난다면 미소 지으며 인사해라. 그는 당신을 더욱 강하게 만들어준 사람이다. 전에 당신을 배신했던 사람을 만난다면 그와 대화해 보도록 해라. 그가 없었다면 오늘 당신은 이 세상에 대해 잘 몰랐을 것이다. 전에 남몰래 좋아했던 사람을 만난다면 그의 행복을 빌어줘야 한다. 당신이 그를 좋아했을 때도 그가 행복하고 즐겁기를 바라지 않았는가. 황급히 당신의 삶에서 사라진 사람을 만난다면 그에게 당신의 인생에 왔었던 것을 감사해야 한다. 그는 당신의 근사한 추억의 일부분이기 때문이다. 당신과 오해가 있었던 사람을 만난다면 오늘의 만남을 통해 오해를 풀어라. 당신에게 오해를 풀 수 있는 기회는 지금밖에 없다.

지금 당신과 인생을 함께 하고 있는 사람을 만난다면 그에게 감사하라. 그가 있기에 당신은 지금 행복과 사랑 모두를 가지고 있다.

인생을 아름답게 하는 비결

행복2

행복은 어디에 있을까? 이 질문의 대답은 아주 간단하다.

어떤 사람이 입사면접장 밖에서 무심코 바닥에 떨어진 휴지조각을 주워 휴지통에 버렸다. 그런데 때마침 그곳을 지나던 면접관이 그의 이런 행동을 보게 되었고, 그는 그 덕분에 면접에 합격해 입사의 영광을 누릴 수 있었다.

이 일화에서도 알 수 있듯이 누군가에게 인정받는 것은 그리 어려운 일이 아니다. 좋은 습관을 기르기만 하면 된다.

자전거 수리점에서 점원으로 일하는 청년이 있었다. 어느 날 손님이 고장 난 자전거를 가져와서 수리를 맡겼다. 이 청년은 자전거를 말끔히 고쳐주었을 뿐 아니라, 자전거를 아주 깨끗이 닦고 나사에 기름칠까지 했다. 다른 점원들은 그런 그를 비웃었다. 그런데 알고 보니 자전거를 맡긴 손님은 큰 회사의 사장이었고, 이튿날 자전거를 찾으러 왔다가 그의 배려에 감동한 나머지 그를 자기 회사에 취직시켜주었다.

많은 사람들 사이에서 두각을 나타내는 비결은 매우 간단하다. 남들보다 조금만 더 일하는 것이다.

한 아이가 엄마에게 말했다.

"오늘은 엄마 얼굴이 너무 예뻐 보여요."

"그래? 무슨 이유일까?"

아이가 또랑또랑한 눈망울을 굴리며 대답했다.

"오늘은 엄마가 화를 내지 않으시잖아요."

예뻐지는 일도 역시 아주 쉬운 것 같다. 화만 내지 않으면 되니까 말이다.

한 목장 주인이 아들에게 매일 목장에서 열심히 일하라고 시켰다. 그러자 친구가 그를 타이르며 말했다.

"아들까지 그렇게 힘들게 일을 시킬 필요는 없지 않은가? 그렇게 하지 않아도 가축들은 잘 자랄 텐데…."

목장 주인은 이렇게 대답했다.

"난 가축을 키우려는 것이 아니라 내 아들을 키우려는 걸세."

자식을 교육시키는 것도 사실 아주 간단한 일이다. 고된 일을 시키면 된다.

언제나 환하게 전등 빛을 밝혀놓는 한 상점이 있었다. 이 상점의 전등은 시간이 흘러도 밝기가 약해지지 않았고, 또 단 한 번도 수명이 다해 깜박거린 적이 없었다. 이상하게 여긴 사람이 상점주인에게 물었다.

"당신 상점에선 도대체 어떤 전구를 쓰기에 그렇게 늘 환한 겁니까?"

상점주인이 대답했다. "남들과 똑같은 전구를 씁니다. 자주 고장이

나는 것은 다른 곳과 마찬가지입니다. 단지 고장이 나면 즉시 새것으로 교환하는 것뿐입니다."

알고 보니 밝은 실내 분위기를 유지하는 것도 특별한 비결이 있는 것은 아니다. 전구를 자주 갈아 끼우기만 하면 그만이니 말이다.

밭두렁에 사는 개구리가 길가에 사는 개구리에게 물었다.

"거긴 차들이 많이 다녀서 위험하니 이곳으로 이사 오는 게 어떻겠니?"

길가에 사는 개구리가 대답했다.

"이미 습관이 되어서 난 괜찮아. 거기까지 집을 옮겨가는 것도 귀찮아."

며칠 후 길가에 살던 개구리는 길 한가운데에서 차에 깔려죽은 채 발견됐다.

오래 사는 방법도 매우 간단하다. 게으름을 부리지 않으면 된다.

달걀 껍데기를 깨고 갓 세상에 나온 병아리가 있었다. 그런데 때마침 달팽이 한 마리가 그 옆을 지나고 있었다. 달팽이를 유심히 쳐다보던 병아리는 그 후로 죽을 때까지 달걀 껍데기를 등에 지고 살았다.

무거운 짐을 벗어버리는 방법 역시 아주 간단하다. 고집스러운 선입견을 떨쳐내는 것이다.

아이들이 천사가 되게 해달라고 하나님께 기도했다. 그러자 하나님은 아이들 모두에게 촛대를 하나씩 주며 매일 윤이 나게 닦으라고 시켰다. 처음에는 열심히 촛대를 닦던 아이들은 며칠이 지나도록 하나님이 찾아오지 않자 하나둘 촛대 닦는 것을 그만두기 시작했다. 어느 날 하나님이 갑자기 아이들을 찾아왔을 때는 아이들 중 단 한 명의 촛대만 여전히 반짝반짝 윤이 나고 있었다. 그것은 바로 다른 아이들에게 바보라고 놀림을 당하던 아이의 촛대였다. 결국 유일하게 그 아이만 천사가 될 수 있었다.

천사가 되는 것도 아주 간단한가 보다. 성실하게 일하기만 하면 되니까 말이다.

한 아기 돼지가 하나님을 찾아가 자신을 제자로 삼아달라고 애원하자, 하나님이 돼지의 소원을 들어주었다. 그런데 그때 늪에서 겨우 빠져나와 온몸이 진흙투성이가 된 송아지 한 마리가 걸어오고 있었다. 하나님이 아기 돼지에게 말했다.

"어서 가서 송아지의 몸을 닦아 주거라!"

아기돼지가 난처하다는 듯이 되물었다.

"명색이 하나님의 제자인 제게 어떻게 저 더러운 송아지를 닦아주라고 하시는 거예요?

하나님이 말했다.

"그러지 않으면 네가 나의 제자라는 것을 남들이 어떻게 알 수 있겠느냐?"

남들에게 존경받는 방법도 매우 간단하다. 진심으로 베풀면 남들도 나를 존경할 것이다.

금광을 찾는 사람들이 사막을 가로지르고 있었다. 내리쬐는 햇볕을 피할 수 있는 그늘도 전혀 없었고, 걸음을 내딛을 때마다 발은 모래 속으로 깊이 빠져들었다. 한 걸음 한 걸음 내딛는 것 자체가 고통이었고 목은 점점 타들어갔다. 그런데 유독 한 사람만은 얼굴에 미소를 잃지 않았다. 누군가 물었다.

"당신은 뭐가 그렇게 기분이 좋소?"

그는 여전히 미소를 머금은 채 대답했다.

"제가 짊어진 짐이 제일 적으니까요."

기분이 좋아지는 비결도 별다를 것이 없다. 적게 가지면 곧 행복해진다.

인생을 아름답게 만드는 비결은 결코 어려운 것이 아니다. 이른 아침에 일어나면 미소가 가득한 얼굴로 새로운 하루를 시작하고, 정오가 되면 허리를 쭉 펴고 활기차게 일하고, 저녁에는 힘차게 걸어 따뜻한 집으로 돌아가는 것, 그것이 바로 행복으로 충만한 삶을 사는 최고의 비결이다.

인생은 그리 힘들고 복잡한 것이 아니다. 자신에게 있는 것을 소중히 여기고, 불평하지 않고, 또 감사하게 여긴다면 인생은 곧 찬란한 빛으로 가득 차게 될 것이다.

이미 곁에 있는 행복

행복3

한 청년이 있었다. 그는 늘 자신이 때를 잘못 타고난 탓에 가난한 것이라고 불평했다. 그의 얼굴은 항상 불만과 짜증으로 잔뜩 일그러져 있었다. 어느 날 백발이 성성한 노인이 그의 집 앞을 지나가다가 그를 보고는 다가와 물었다.

"젊은이, 왜 그리 얼굴을 찡그리고 있나?"

"전 왜 이렇게 가난한지 모르겠습니다."

"가난하다고? 내가 보기엔 아주 부자인 걸." 노인은 진지한 표정으로 말했다.

"제가 부자라고요?" 젊은이의 두 눈이 휘둥그레졌다.

노인이 반문했다.

"내가 자네의 손가락 하나를 자르고 1천 위안을 준다고 하면 승낙하겠는가?"

"네? 싫습니다."

"그럼 한쪽 손을 자르고 1만 위안을 주지. 어떤가?"

"안 됩니다."

"자네의 두 눈을 10만 위안에 팔게나."

"다른 데 가서 알아보세요."

"자네가 지금 당장 죽는다면 1천만 위안을 주겠네. 어쩌겠는가?"

"말도 안 되는 소리 마세요!"

"그렇다면 자네에겐 이미 1천만 위안어치의 재산이 있는 셈이네. 이런데도 가난하다고 어깨를 축 늘어뜨리고 있을 텐가?" 노인이 빙그레 웃으며 말했다.

청년은 노인을 물끄러미 바라보며 아무 말도 하지 못했다.

* * *

아침에 눈을 떴을 때 자유롭게 숨을 쉴 수 있다면, 당신은 어제 세상을 떠난 사람보다는 훨씬 행복한 셈이다.

살면서 전쟁의 위험에 처하거나 누군가에 의해 감금되어 고통을 받거나, 혹은 굶주림을 견뎌야 하는 일을 겪지 않아도 된다면 당신은 이미 지구상에 살고 있는 5억 명의 사람들보다는 훨씬 운이 좋은 것이다. 또 종교모임에 참석한다는 이유로 처벌을 받거나 심지어 사형에 처해지지 않는다면 이미 30억 명의 사람들보다 행운아라고 할 수 있다. 그리고 지금 냉장고 안에 먹을 것이 있고, 입을 옷과 살 집이 있다면 적어도 세계 인구의 70%보다는 부유한 것이다.

유엔이 세계 식량의 날에 발표한 자료에 따르면, 세계적으로 36개 나라가 현재 식량 부족의 위기에 처해있으며, 8억 명이 기아로 고통 받고 있고, 제3세계 국가들의 대부분은 심각한 식량 부족으로 어려움을 겪고 있다. 개발도상국 국민들 가운데 20%는 충분한 식량을 확보하지 못하고 있으며, 아프리카 대륙에서는 어린 아이 3명 중 1명이 영양실조인 상태로 방치되어 있다. 게다가 해마다 세계적으로 굶어죽은 어린 아이의 수가 6백만 명에 이른다.

지금 은행에 저축된 돈이 있다면, 아니 주머니 속에 동전 몇 닢이라도 있다면 당신은 이미 세계에서 부유한 18% 안에 드는 셈이다. 게다가 양친 부모가 살아있고 별거나 이혼도 하지 않았다면 당신은 아주 드물게 운이 좋은 축에 든다고 할 수 있다. 지금 고개를 들어 거울을 보았을 때 자기 얼굴에 미소가 걸려 있다면 당신은 세상에서 가장 행복한 사람이다. 대부분의 사람들이 모두 그렇게 할 수 있지만, 실제로는 실천하지 못하고 있기 때문이다. 지금 누군가의 손을 잡고 있거나 혹은 웃으며 그의 어깨를 한번 툭 칠 수 있다면 당신은 행복한 사람임이 분명하다. 그건 하나님만이 할 수 있는 일이기 때문이다.

지금 이 글을 읽고 있는 당신은 축복 받은 사람임에 틀림없다. 지구상에는 글을 읽지 못하는 사람이 20억에 달한다는 사실을 기억하자.

책을 가만히 내려놓고 아주 진지하게 자신에게 이렇게 말해보는 건 어떨까?

"아, 난 이미 아주 부자였군!"

아직도 마음속에 어떤 불만이 남아있는가?

* * *

한 선생님이 학생들에게 자신의 인생을 바꾸어놓은 한 가지 일에 대해 들려주었다.

"난 걱정이 아주 많은 사람이었단다. 그런데 1934년의 어느 봄날, 길을 걷다가 겪은 일로 인해 그때까지 머릿속을 떠나지 않던 쓸데없는 고민들이 싹 사라져버렸지. 단 10여 초 동안의 일이었지만, 그 순간 난 태어나서 그때까지 배운 모든 것을 다 합친 것보다 더 많은 것을 깨달았단다. 당시 난 작은 잡화점을 경영하고 있었는데 장사가 잘 되지 않아 빚더미에 깔려 숨조차 쉴 수 없었다. 빚을 다 갚자면 7년은 족히 걸릴 것 같았지. 그런데 바로 그날, 여느 때보다 일찍 가게를 닫은 후 대출을 신청하기 위해 은행에 가고 있었단다. 빌린 돈으로 캔자스에 가서 일자리를 구해볼 요량이었지. 난 당시 싸움에 진 수탉처럼 의욕과 투지를 완전히 상실한 상태였기 때문에 발걸음은 천근만근 무거웠단다. 그런데 터벅터벅 길을 걷고 있던 내 눈 앞에 누군가 오고 있는 것이 보였어. 그 사람은 두 다리가 없어서 롤러스케이트 바퀴를 단 작은 나무판자에 몸을 얹은 채, 양손에는 나무막대기를 하나씩 들고 마치 썰매를 타 듯 앞으로 조금씩 이동하고 있었어. 순간 그와 눈빛이 마주쳤단다. 그런데 놀랍게도 그가 빙그레 웃으며 날 향해 '안녕하세요. 오늘은 날씨가 아주 좋군요' 라고 인사를 건네는 것이 아니겠니. 게다가 아주 기운이 넘치는 목소리로 말이야. 난 뒤통수를 한 대 얻어맞은 것 같았어. 그리고 내가 너무나 행복한 사람이라는 사실을 깨달았단다.

'난 두 다리가 있고, 또 이렇게 멀쩡히 걸을 수도 있는데 왜 좌절하려고 하는 거지? 이 사람은 두 다리를 잃고도 이렇게 자신감에 차 있는데 사지가 멀쩡한 나에게 과연 불가능한 일이 있을까?'

이런 생각이 들자 난 은행에 가서 원래 계획보다 많은 2백 달러를 빌리기로 했단다. 또 은행 직원에게 '캔자스로 가서 일자리를 찾고 싶습니다'라고 말하려던 것을 '일자리를 구하러 캔자스로 갈 것입니다'라고 바꿔 말했지. 물론 자신감에 가득 찬 표정과 목소리로 말이야. 은행 직원은 내게 돈을 빌려주었고, 난 곧장 캔자스로 가서 일자리를 구할 수 있었단다."

선생님은 아이들의 얼굴을 하나씩 둘러보고는 다시 말을 이었다.

"난 지금도 이런 말이 적힌 종이를 욕실 거울에 붙여놓고 매일 아침 면도를 할 때마다 한 번씩 되뇐단다. 그건 바로 '내가 신발이 낡았다고 불평하고 있을 때, 누군가는 두 다리도 없이 길을 건너고 있다'라는 말이란다."

살아가면서 누구나 이런저런 불행을 겪게 되지만 행복한 사람들은 이런 것들을 마음속에 담아두고 고민하지 않는다. 행복이란 과연 무엇일까? 그건 바로 지금 자신이 가진 모든 것을 소중히 여기는 것이다.

행복한 삶을 원한다면 현재에 만족할 줄 알아야 한다. 현재에 만족하고 감사하는 것, 바로 행복으로 가는 유일한 길이다.

단순하게 살기

단순함

　　　　　　단순함은 모든 이의 삶의 원칙이 될 만하다. 이 단순함의 원칙을 지키면 잘못된 길로 들어서지 않고 성숙해질 수 있다.

인간관계나 사회구조는 갈수록 복잡해지고 있다. 그러나 사람들은 약속이나 한 듯이 간단한 공식으로 이러한 관계들을 풀어나가고 있다. '단순함'으로 일을 처리한다면 힘을 적게 들이고도 좋은 효과를 볼 수 있을 뿐만 아니라 즐겁고 생동적인 삶을 누릴 수 있다.

사물을 복잡하게 만드는 것은 쉬운 일이지만, 간략화 시켜서 질서정연하게 만드는 것은 머리를 많이 써야 하는 일이다.

복잡한 문제를 단순하게 보는 사람과 단순한 문제를 복잡하게 보는 사람, 이 둘 중에 누가 더 어리석은 것일까? 혹자는 거리낌 없이 두 사람 다 어리석다고 말한다. 단순한 문제는 단순하게 보고, 복잡한 문제는 복잡하게 봐야 한다고 말이다.

《돈키호테》에 이러한 이야기가 있다.

산초가 사촌동생에게 "이 세상에서 가장 먼저 공중회전을 한 사람은 누구일까?"라고 물었다. 사촌동생은 "지금은 대답을 못하겠으니 서재에 가서 좀 찾아보고 다음에 만났을 때 대답할게요."라고 대답했다. 산초는 그에게 말했다. "이 문제에 대한 답을 나는 이미 생각해 냈다네. 세상에서 제일 먼저 공중회전을 한 것은 마귀야. 마귀는 하늘에서 떨어져 계속 공중회전을 하며 지옥으로 떨어졌기 때문이지."

산초의 너무나 간단한 대답에 당신은 어떠한가? 여기에도 지극히 소박한 지혜가 담겨 있다. "산초야, 네가 하는 말들은 너의 지혜를 늘 앞서는구나."라고 주인이 칭찬하는 것처럼 말이다. 어떤 이들은 많은 고심 끝에 어떤 문제의 결론을 내린다. 하지만 견문을 넓힐 수도 상식을 늘리지도 못하는 결론은 참으로 의미 없는 일이다.

일상생활과 일을 하며 생기는 많은 문제들은 참으로 단순하기 때문에 그리 많은 노력을 쏟으며 골치 아파할 이유가 없다. 인생과 사랑, 이상도 마찬가지이다. 대부분의 경우는 단지 초등학교의 수학 수준이며, 학교라고는 다녀본 적이 없거나 낫 놓고 기역자도 모르는 사람이 닭과 토끼의 수를 맞히는 문제를 풀 때처럼 단순하게 생각할 수 있는 일들이다. 그냥 닭장의 문을 열고 세어 보면 바로 알 수 있지 않은가? 군이 힘을 들여 방정식을 나열해 가며 계산할 필요가 있을까? 더 중요한 것은 왜 닭과 토끼를 같은 곳에 넣고 키우느냐는 것이다. 사람들은 종종 너무 많은 길, 너무 먼 길, 너무 힘든 길을 가곤 하지만, 그 중 어떤 길이 갈 필요가 있는 길인지는 인식하지 못하고 있다. 어떤 사람들은 다른 이가 가는 것을 보고 자신도 필사적으로 그 길을 좇으며 힘겨운 길이 다 지나면 천국이 나올 것이라 기대한다. 그러나 천국이 그가 원래 있던 곳인지 아니면 그가 걸어 온 길에 있었는지 혹은 원래부터 없는 것인지 누가 알 수 있겠는가?

* * *

한 어부가 있었다. 그는 매일 물고기를 딱 한 마리만 잡았다. 그 물고기 한 마리면 하루 먹을 곡식과 물과 담배를 얻을 수 있었다. 물고기를 잡은 후에 그는 모래사장에 누워 담배를 물고는 햇볕을 쬐며 파란 하늘과 흰 구름을 바라보며 유유자적 했다. 어느 날 한 상인이 다가와서는 그에게 말했다.

"노형, 내 생각에 당신은 더 많은 물고기를 잡아야 합니다. 그것들을 팔아서 지금보다 더 많은 돈을 벌고, 그 돈으로 배를 한 척 사서 이곳저곳을 몰고 다니며 사업을 해야…."

"그 다음에는?" 어부가 물었다.

"그 다음엔 훨씬 더 많은 돈을 벌 수 있지요. 그러면 매일같이 해변에 와서 햇볕을 쬐고 바다 소리를 들으며…."

"나는 지금도 햇볕을 쬐고 바다 소리를 듣고 있지 않습니까? 내가 그 일들을 해서 지금보다 더 많은 돈을 벌게 되면 더 이상 햇볕을 쬐고 바다 소리를 들으러 이곳에 올 시간이 없을 것 같은데요."

세상에는 복잡한 일이란 없다고 봐도 좋다. 단지 복잡한 마음과 블랙홀처럼 끝없고 그 깊이를 알 수 없는 욕망만이 있을 뿐이다. 이것은 마치 한 그루의 나무를 보는 것과도 같다. 조금 더 자세히 들여다보면 많은 나뭇가지가 보이고, 더 자세히 들여다보면 수많은 나뭇잎이 보이며, 더 자세히 들여다보면 셀 수 없이 많은 세포들이 보인다. 사실 그것은 그저 나무이다. 한 그루의 나무일뿐이다. 모든 문제는 간단해질 수 있다. 마치 계산기 속의 모든 문제가 '예' '아니오'라는 두 개의 답뿐인 것처럼 말이다.

단순함은 적극적이고 긍정적이며 발전적인 생활태도이다. 사랑하면 사랑하고, 미우면 미워하면 되는 것이다. 우스우면 웃고 울고 싶으면 울면 되는 것이다. 고민하고 비교해가며 복잡해 할 필요가 뭐 있겠는가. 인생은 너무나 짧다. 길어 봐야 백 년에 불과한데 의미 없는 고민을 할 여유가 어디 있는가.

단순해지려면 포기하는 법을 배워야 한다. 이것도 가지려 하고 저것도 가지려 들면 우리의 양 어깨는 그 많은 돈, 명예, 지위, 감정, 슬픔, 근심 그리고 원망으로 가득 차 움직일 수조차 없게 된다. 모두 내던져 버려라. 모두 버리고 홀가분한 마음으로 길을 가며 꽃이 피고 지는 소리를 듣고, 해가 뜨고 지는 것을 보며 마음속의 먼 곳을 향해 나아가자.

단순함은 일종의 속도이다. 우리의 영혼과 자유를 구속하는 모든 족쇄를 내던지고, 보이지 않는 것들이 당신의 심신을 피곤하고 힘들게 하지 않도록 해야 한다. 잘 드는 칼로 헝클어진 매듭을 단숨에 잘라내듯이 재빠르게 해치워야 한다!

단순함은 이렇게 간단한 것이다.

단순함의 원칙을 실행한다면 당신의 영혼은 본래의 순수한 모습으로 돌아갈 수 있다. 뒤엉키고 복잡해져 생기는 생활의 분노로부터도 벗어날 수 있다. 또 단순함은 한 번에 하나의 목표를 세우는 것, 더 이상 다른 사람을 원망하지 않는 다는 것, 그리고 자기 능력으로 해낼 수 있는 일을 하는 것이다.

한 번에 조금씩
꾸준히 베풀어라

은혜

고대 로마의 신들이 미덕을 주관하는 신들을 불러 연회를 열기로 했다. 진실, 선함, 아름다움, 성실함 등 여러 가지 미덕을 주관하는 신들이 모두 연회에 참석했다. 그들은 화기애애한 분위기에서 환담을 나누며 즐거운 시간을 보냈다.

그런데 주신 주피터는 그 중 두 명의 신이 서로 눈을 마주치지 않고 서로 가까이 가지도 않으려고 한다는 사실을 발견했다. 주피터는 사신을 불러 그 둘 사이에 어떤 사연이 있는지 알아보도록 했다. 사신은 은밀히 그들 사이로 가서 물었다.

"두 분께서는 예전에 만나신 적이 없나요?"

"만난 적이 없습니다. 전 남에게 베푸는 마음을 관장하는 신입니다."
앞에 있던 신이 말했다.

"말씀은 많이 들었습니다. 전 은혜에 감사하는 마음을 관장하고 있습니다."

이 이야기가 말하고자 하는 것은 남에게 후하게 베풀어도 상대방으로부터 진심 어린 감사를 받기란 매우 어렵다는 것이다. 남의 헌신과 도움을 바라지만 정작 도움을 받은 후 진심으로 감사의 뜻을 전하는 사람들은 그리 많지 않다.

세상에서 가장 슬픈 일은 살면서 어느 누구에게도 무언가를 받은 적이 없다며 자랑스럽게 이야기하는 것이다. 그런 사람들은 돈이 많고 적고를 떠나서 그 영혼은 언제나 메마르고 굶주려있다.

지혜로운 사람들은 삶이 풍족해질수록 더욱 겸손해지고, 남들로부터 많은 도움을 받았다며 감사하게 생각한다. 자신감과 희망, 꿈이 자신을 계속 살아가게 하는 이유라는 것을 알아야 비로소 겸손해질 수 있다. 자신의 성공이 자랑스럽게 느껴진다면 그 성공을 이루기까지 수많은 사람들로부터 도움을 받았다는 사실을 잊지 말아야 한다.

감사할 줄 아는 마음은 노력을 통해 기를 수 있다. 하지만 이 사실에 주의를 기울이는 사람은 아주 적다. 사람들은 자신에게 필요한 것이 무엇인지에만 주의를 기울이고, 그것이 어디에서 왔는지에 대해서는 그다지 관심을 두지 않는다. 그러나 인생을 아름답게 만들고 싶다면 반드시 은혜에 감사할 줄 아는 마음을 길러야 한다.

의를 보고 행하는 것은 단순히 남에게 은혜를 베푸는 것보다 훨씬 더 광범위한 개념이다. 의를 보고 행하기 위해 가장 먼저 필요한 것은 바로 자기 자신을 바로 세우는 일이다.

공자는 "악이 작다고 행하지 말며, 선이 작다고 해서 행하지 않아서는 안 된다."라고 했다. 이 말은 자신의 탐욕과 싸워 이기고, 또 남이 불의를 행하는 것을 보고 위축되거나 타협해서는 안 된다는 교훈을 담고 있다. 의를 보고 행한다는 것을 너무 형이상학적이고 심오한 것으로 여기고, 덕을 쌓지 못한 자신과는 동떨어진 개념으로 생각할 필요는 없다. 자신이 할 수 있는 방식으로 의를 행하면 된다. 자신은 먼 길을 돌아 횡단보도나 육교를 이용해 길을 건너는데 남들은 무단횡단을 하면서 자신에게 소심하고 어리석다며 손가락질을 할 때, 이에 굴하지 않고 횡단보도를 이용한다면 이 역시 의를 보고 행하는 것이라고 할 수 있다.

의를 행해야한다는 것은 오래 전부터 내려온 미덕 중 하나이다. 남들의 비아냥거림이나 환경의 장애를 극복하고 그렇게 행동한 사람에게는 반드시 찬사가 뒤따르게 된다. 어떤 의미에서는 바로 이 '의를 보면 행한다는 것' 자체가 은혜를 베푸는 것일 수도 있다. 바로 사회의 많은 사람들에게 은혜를 베푸는 것이다.

공자는 "의를 보고도 행하지 않는다면 용기가 없는 것이다. 어진 사람은 반드시 용기가 있어야 하고 용감한 사람은 반드시 어질어야 한다."라고 했다. 다시 말해, 인의와 덕을 갖춘 사람은 반드시 용기를 가져야 한다는 말이다. 그러면 어떤 것에 용기를 가져야 한다는 것일까? 바로 인의를 행하는 용기이다. 하지만 용기 있는 사람이 반드시 인의를 겸비한 것은 아니다. 용기만 있고 인의를 갖추지 못해 나쁜 일을 하는 사람들도 적지 않다.

공자는 또한 "군자는 의를 중요시해야 한다. 군자가 용기는 있으나 의가 없으면 문란해지고, 소인배가 용기가 있으나 의가 없으면 도적이 된다."라고 했다. 군자는 반드시 의를 숭상해야 한다는 말이다. 만약 용기만 있고 의는 갖추지 못한다면 범죄를 저지르고 사회를 혼란스럽게 만들 것이다. 의와 용기가 서로 결합되어야만 진정으로 의를 보고 행하는 경지에 다다를 수 있다.

* * *

묵자는 세상을 구하기 위해 의를 행해야 한다고 했다. 의가 있어야만 백성과 천하에 이로움이 되는 일을 할 수 있다는 것이다. 그는 고행승처럼 각국을 돌며 자신의 학설을 널리 알리고 전쟁을 막는데 온 힘을 다했다.

당시 뛰어난 손재주를 가진 것으로 유명한 공수반(公輸盤)이라는 이가 있었다. 그가 초나라를 위해 전쟁에서 성을 공격하는데 사용하는 구름다리를 만들자, 초나라 왕은 그것을 이용해 송나라를 치기로 하고 준비에 돌입했다. 때마침 노나라에서 이 소식을 들은 묵자는 곧장 초나라로 향했다. 열흘 밤을 꼬박 달려 초나라의 도읍 영(郢)에 당도한 묵자는 곧바로 공수반을 찾아갔다.

공수반이 묵자에게 물었다.

"어떻게 절 찾아오셨습니까?"

"북방에 날 모욕하는 사람이 있어 당신의 힘을 빌려 그를 죽이려고 하오."

"난 그런 일을 하지 않소."

공수반이 불쾌한 심기를 드러내자 묵자가 말했다.

"금괴 10개를 드리다."

공수반이 여전히 미간을 찡그리며 말했다.

"난 의를 중히 여기는 사람이라 함부로 살인을 하지 않소이다."

그러자 묵자가 그 자리에서 일어나더니 공수반에게 절을 하며 말했다.

"듣자하니 선생께서 구름다리를 만들어 그것으로 송나라를 치려고 한다고 들었소. 송나라가 무슨 잘못을 했기에 그리 하는 것이오? 초나라는 땅은 넓으나 인구가 적소. 전쟁을 벌여 안 그래도 모자란 인구를 더 적게 만들고, 이미 풍족한 영토를 더 늘리려는 것은 현명한 처사가 아니오. 또한 아주 잘못도 없는 송나라를 공격하는 것은 인(仁)이라고 할 수 없소. 지금 송나라를 공격하지 말 것을 간언하지 않는다면 결코 충(忠)이라 할 수 없을 것이오. 선생은 의를 행하여 한 사람을 죽이는 것도 꺼려하면서 어찌 송나라의 무고한 많은 백성들을 죽이려 하는 것이오? 그건 절대로 현명한 일이 아니오."

묵자의 말을 들은 공수반이 고개를 끄덕이자 묵자가 말했다.

"제 말이 옳다면 송나라 정벌을 그만두도록 간언해주시오."

"그건 안 됩니다. 전 이미 왕께 약속을 드렸습니다."

"그렇다면 저를 왕에게 데려다주시오."

그렇게 해서 공수반은 묵자를 데리고 초왕을 알현했다. 묵자가 말했다.

"폐하, 새 수레를 가진 사람이 이웃집 헌 수레를 훔치려 하고, 비단옷을 입은 사람이 이웃집 누더기를 훔치려 하고, 또 고량미에 고기를 가진 사람이 이웃집의 지게미와 죽을 훔치려 한다면 그는 어떤 사람이겠습니까?"

"도벽이 있는 사람이 분명하겠군."

묵자가 계속 말을 이었다.

"초나라는 반경 5천 리에 달하는 넓은 영토를 가지고 있으나 송나라의 영토는 반경 5백 리도 되지 않사옵니다. 그러니 그 둘을 새 수레와 헌 수레에 비유할 수 있습니다. 또한 초나라에는 물이 풍부하고 온갖 짐승과 물자가 매우 풍부한 나라입니다. 그런데 송나라는 빈한하여 닭과 토끼는 물론이요 작은 물고기도 매우 드뭅니다. 이는 고량미와 지게 미라고 할 수 있습니다. 또 초나라에는 높다랗게 자란 나무들이 빽빽이 들어차있지만 송나라의 산들은 모두 민둥산입니다. 이는 화려한 비단 옷과 누더기가 아니겠습니까? 그러니 폐하께서 송나라를 치신다면 도 벽이 있는 사람과 다를 바가 없을 것입니다. 폐하께서 송나라를 치신다 면 아무 것도 얻지 못하는 것은 물론 폐하의 의에 손상이 갈 것입니다."

묵자의 말에 대답이 궁색해진 초왕이 이렇게 둘러댔다.

"그대의 말이 옳도다! 하지만 공수반이 날 위해 만든 구름다리를 시 험하기 위해서라도 송나라를 쳐야만 하네."

왕의 고집을 꺾기 힘들다고 생각한 묵자는 공수반과 재주를 겨뤄보 겠다며 성벽을 만들고 나무토막으로 성을 방어하는 기계를 만들었다. 공수반은 여러 차례나 절묘한 계략으로 성을 공격했지만 묵자는 모두 성공적으로 막아냈다. 구름다리를 이용하여 성을 공격해 봤지만 그 역 시 아무 소용이 없자 공수반도 패배를 인정할 수밖에 없었다.

공수반은 "난 당신을 어떻게 해야 할지 알고 있지만 말하지 않겠소." 라고 했다.

묵자 역시 "나도 당신이 어떻게 할지 알고 있지만 말하지 않고 있는 것뿐이오."라고 외쳤다.

옆에 있던 초왕이 그들의 말을 이해할 수 없어 무슨 뜻이냐고 묻자 묵자가 대답했다.

"공수반의 말은 날 죽이면 송나라의 성을 지킬 사람이 없으니 초나 라가 안심하고 송나라를 공격할 수 있다는 뜻입니다. 하지만 전 이미 저의 제자 3백 명을 시켜 제가 만든 기계를 가지고 송나라 성을 지키고 있으라고 당부해두었습니다. 그러니 절 죽인다 해도 초나라는 송나라를 함락시킬 수 없을 것입니다."

초왕은 "과연 재주 있는 인물이군!" 하고 외치더니 더 이상 송나라를 공격하겠다고 고집을 부리지 않았다.

묵자는 송나라를 치겠다는 초왕의 마음을 가까스로 돌려놓고 노나라로 돌아가던 길에 송나라를 거치게 되었다. 때마침 장대비가 내리자 묵자는 비를 피할 요량으로 여문(閭門)으로 갔다. 그런데 여문을 지키는 문지기가 그를 안으로 들여보내지 않는 것이었다. 그는 묵자가 송나라를 전쟁에서 구하고 돌아온 은인이라는 사실을 알 리가 없었다.

은혜를 베풀어도 보답을 바라지 말라. 이 말은 자신의 도덕기준에 부합하는 일이라면 즐겁게 행하고 보답이나 명예를 바라지 말라는 의미다. 계산적인 사람들에게는 바보처럼 보일지 몰라도 그렇게 하는 것이 스스로 즐겁다면 남들의 시선 따위는 그리 중요한 것이 아니다.

한 번에 조금씩, 하지만 꾸준히 베풀어야 한다. 은혜를 한꺼번에 많이 베풀면 상대로 하여금 보답할 수 없게 만든다. 너무 많은 것을 주는 것은 주지 않는 것과 같다. 상대가 감격에 겨워 어쩔 줄 모르도록 만들어서도 안 된다. 은혜에 감사하기는 하나 보답할 수 없을 정도로 과분한 은혜를 베풀면 그 사람과 더 이상 왕래하기 어렵게 된다. 외톨이가 되고 싶다면 주변 사람들로 하여금 자신에게 너무 많은 것을 빚지게 하라. 그 은혜를 갚고 싶지 않다면 그들은 멀리 떠나거나 심지어는 당신을 적대시할 것이다. 베풀되 보답을 바라지 않아야 영혼이 쉴 수 있는 낙원을 만나게 될 것이다.

내가 원하는 것을
남에게도 베풀라

베품

　　　　　　한 여자가 가정부 구인광고를 보고 켄트 부인의
집을 찾아왔다. 켄트 부인은 여자와 몇 마디 대화를 나누어본 후 다음
날부터 일해 달라고 부탁했다. 켄트 부인은 여자가 돌아간 후 그 여자
가 예전에 일했다는 집에 전화를 걸어 그녀에 대해 물어보았다. 그런데
뜻밖에도 칭찬보다는 불만을 더 많이 늘어놓는 것이었다.

　다음날 여자가 오자 켄트 부인은 이렇게 말했다.

　"당신이 전에 일하던 집에 전화를 걸어 물어보았더니 당신이 성실하
고 믿을 만하고, 음식솜씨도 아주 좋다고 칭찬하더군요. 유일한 단점은
집안 정리를 잘 하지 않아 항상 집안이 지저분한 것뿐이라고 했어요.
하지만 난 그의 말을 모두 믿지는 않는답니다. 난 당신이 집을 아주 꼼
꼼히 정리하고 청소할 것이라 믿어요."

　썩 유쾌한 대화는 아니었지만, 가정부는 집안을 늘 말끔히 청소했고
아주 부지런해서 켄트 부인을 만족시켰다.

　상대방이 가진 특별한 능력을 인정하고 높이 평가한 후에 자신의 요

구를 제시한다면, 그의 능력을 최대한 발휘하도록 만들 수 있다.

상대의 단점을 고쳐주고 싶다면 단점을 지적하기 보다는, 그의 다른 장점을 칭찬해주는 것이 훨씬 더 효과적이다.

악하든 선하든, 게으르든 부지런하든, 가난하든 부자이든 세상의 모든 사람들은 누군가에게 칭찬을 받으면 그 기대를 저버리지 않고 명예를 지키기 위해 최선을 다하게 마련이다.

칭찬은 남을 기쁘게 만들 뿐만 아니라, 상대로부터 정이 듬뿍 담긴 우정이나 도움을 받을 수 있기 때문에 자신에게도 득이 된다.

칭찬을 받으면 기분이 좋아지는 것은 인지상정이다. 특히 어린 아이는 더욱 그러하다. 믿어지지 않는다면 직접 한 꼬마숙녀에게 예쁘게 생겼다고 칭찬을 해보라.

성인들도 칭찬에 약해지는 것은 별 다를 바 없다. 여자들이 새 옷을 입고 출근한 날 동료들에게 새 옷이 어울리는지 계속 물어보는 것도 역시 이런 심리 때문이다. 이런 경우 물론 예쁘다고 말해주면 아주 좋아할 것이다. 그럼 남자는 어떨까? 젊은 남자라면 잘 생겼다고 말해주면 좋아할 것이고, 중년 남자라면 품위 있다고 칭찬해준다면 분명 술 한잔 얻어먹을 수 있을 것이다.

사회생활을 하면서 칭찬을 잘 이용할 줄 알아야 인간관계를 원만하게 처리하고 남들에게 환영받는 사람이 될 수 있다.

* * *

찰스 슈와브는 당시 미국 경제계에서 연봉 백만 달러가 넘는 몇 안 되는 사람들 중 하나였다. 1921년 앤드류 카네기에 의해 새로 설립된

US스틸의 초대 사장으로 발탁되었을 당시 그의 나이는 겨우 서른여덟이었다.

그런데 카네기는 왜 백만 달러라는 거액의 연봉을 주며 굳이 나이 어린 슈와브를 선택했을까?

슈와브가 천재였을까? 그렇지 않다. 그렇다면 그가 철강에 대해 남들보다 많이 알고 있었을까? 이도 역시 아니다. 슈와브도 인정했듯이 그의 부하직원들 중에 철강에 대해 그보다 많이 아는 사람은 수두룩했다.

US스틸의 사장이 될 수 있었던 비결을 묻는 질문에 그는 이렇게 대답했다.

"저에게는 남들과 원만하게 지내는 재주가 있기 때문입니다. 전 직원들을 격려하고 그들의 사기를 진작시키는 능력을 가지고 있습니다. 이것이 바로 제 가장 큰 자산입니다. 직원들의 잠재력을 최대한 발휘하도록 하기 위해 제가 사용하는 방법은 바로 칭찬과 격려입니다. 상사의 꾸지람이나 질책만큼 직원의 의욕을 말살시키는 것은 없습니다. 난 지금까지 단 한 번도 남을 질책하지 않고 대신 칭찬으로 사기를 북돋워주었습니다. 늘 칭찬할 만 한 점을 찾으려고 하기 때문에 트집을 잡거나 단점을 들출 일이 없습니다. 내가 어떤 것을 좋아한다고 말했다면 그것은 내가 그것을 인정하고 칭찬할 마음이 있다는 의미입니다."

그런데 보통 사람들은 어떨까? 정확히 그 반대로 한다. 누군가 한 일이 마음에 들지 않으면 잘못을 줄줄 읊어가며 그를 몰아세우지만, 반대로 마음에 들 때에는 한 마디도 하지 않는다. 슈와브는 또 말했다.

"내가 사회에서 처음 잘못을 했을 때에 사방에서 질책이 화살처럼 빗발쳤지만, 다음번에 잘 처리했을 때에는 아무도 칭찬해주지 않았습니다. 세계 어딜 가나 위대한 인물들을 만날 수 있습니다. 하지만 아무리 훌륭하고 지위가 높은 사람일지라도 칭찬보다 질책을 들었을 때 더 좋은 성과를 내는 사람은 본 적이 없습니다."

진심어린 칭찬은 성공한 기업가 록펠러의 성공비결이기도 하다. 한 번은 에드워드 베드포드라는 그의 동업자가 남미에서 물건을 잘못 수입하는 바람에 회사에 백만 달러의 손실을 입혔다. 록펠러도 화가 머리끝까지 나서 베드포드에게 책임을 추궁하고 싶었지만 이미 돌이킬 수는 없는 노릇이었다. 베드포드가 최선을 다했다는 것은 록펠러도 잘 알고 있었다. 록펠러는 생각을 바꿔 베드포드가 투자액의 60%는 건졌다며 칭찬을 하고는 "하지만 늘 이렇게 운이 좋을 순 없을 거라네."라는 말도 덧붙였다.

* * *

벡이라는 남자가 뉴욕 33번가와 8번가가 교차하는 곳에 있는 우체국에서 등기우편을 부치기 위해 줄을 서서 기다리고 있었다. 그런데 우편물 접수를 담당하고 있는 여직원이 우편물을 받고 우표를 팔고 거스름돈을 계산하고 영수증을 발급해주는 끊임없이 반복되는 업무에 염증을 느끼고 있다는 사실을 알게 되었다. 그를 보며 벡은 혼잣말로 중얼거렸다.

"이 여직원이 날 좋아하도록 만들려면 그녀가 좋아할 말을 해야 할 거야. 물론 나에 대한 말이 아니라 그녀에 대한 말이어야지."

잠시 후 벡이 또 중얼거렸다.

"그런데 저 여직원에게 정말 칭찬할만한 점이 있을까?"

때때로 이러한 질문에 대한 대답을 찾기란 매우 힘들다. 특히 상대가 낯선 사람일 때에는 더욱 그렇다. 자신에게 이 질문을 하던 순간 벡은 그 여직원에게서 큰 장점을 발견했다.

드디어 차례가 되자 벡은 호의적인 말투로 이렇게 말했다.

"나도 당신처럼 아름다운 금발을 가질 수 있다면 얼마나 좋을까요."

직원이 고개를 들더니 놀란 눈으로 그를 응시했다. 하지만 입에는 이미 미소가 퍼지고 있었다.

"요즘은 예전만큼 윤기가 흐르지 않는걸요."

직원은 겸손하게 대답했다. 그러나 벡은 지금도 충분히 아름답다며 한층 더 부추겼다. 짧은 시간이었지만 그들은 화기애애한 대화를 나누었다. 벡은 마지막에 "나 말고도 많은 사람들이 아마 당신의 금발을 부러워할 거예요."라는 말을 덧붙이는 것도 잊지 않았다.

다음날 벡이 친구에게 이 이야기를 하자 친구가 물었다.

"자네가 얻고 싶었던 것이 뭐지?"

벡은 무엇을 바랐던 것일까? 또 그 일을 통해서 무엇을 얻을 수 있었을까? 세상 모든 사람들이 늘 이렇게 상대에게서 뭘 얻으려 한다면 아마 남에게 기쁨을 얻거나 진심 어린 칭찬을 듣는 것은 영원히 불가능할 것이다.

사람의 언행에는 가장 중요한 원칙이 있다. 이것만 잘 지키면 살면서 곤란한 문제에 부딪히지 않고 많은 친구들과 무한한 행복을 얻을 수 있을 것이다. 하지만 지키지 않으면 끊이지 않는 귀찮은 문제들에 직면하게 된다. 이것은 바로 '상대로 하여금 자신이 중요하다고 느끼게 해야 한다'는 원칙이다.

철학자들은 수천 년 동안 인간관계를 연구해 가장 중요한 잠언을 도출해냈다. 바로 '내가 원하는 것을 남에게 베풀라' 는 것이다. 일찍이 3천 년 전 조로아스터교의 교리가 이렇게 가르쳤고, 2천 5백 년 전에는 중국의 공자가 이렇게 말했으며, 도교의 창시자인 노자도 제자들에게 이 도리를 강조했다. 노자 이전에 쓰인 힌두교의 경전에서도 이 가르침을 전하고 있으며, 2천 년 전 예수도 산상설교에서 제자들에게 이렇게 설교했다.

자신의 진정한 가치를 남들이 알아주길 바란다면 친구와 동료들을 진심으로 칭찬해주면 된다. 남들이 내게 어떻게 해주기를 바란다면 나도 남들에게 그렇게 해야 한다.

언제 어디서 해야 하느냐고 묻는다면, 바로 '언제 어디서나' 이다.

누구나 인정받기를 원한다. 특히 남들에게 인정받는 것은 누구나 갈망하는 일이다. 남들에게 인정받을 때 자신의 존재감이 비로소 충만해진다. 그리고 칭찬은 상대에 대한 인정을 표현하는 방식이기도 하다. 칭찬은 돈을 들이지 않고도 상대를 행복하게 하고 사기를 북돋우며, 또 우정을 쌓는 비결이다.

성실하면 항상 손해 본다?

성실

       한 나무꾼이 도끼를 못에 빠뜨려, 상심해서는 그 옆에 앉아 울고 있었다. 그 때 신선이 금도끼 한 자루를 들고 물속에서 나타났다. 나무꾼은 머리를 가로저으며 말했다. "그것은 제 도끼가 아닙니다." 신선은 다시 은도끼 한 자루를 가지고 나왔지만 나무꾼은 여전히 고개를 가로저었다. 마지막으로 그가 쇠도끼를 가지고 나오자 나무꾼이 기뻐하며 "그것이 바로 제가 빠뜨린 도끼입니다." 신선은 그에게 쇠도끼는 물론 금도끼, 은도끼까지 모두 주었다.

    욕심 많은 나무꾼이 이 소문을 듣고 일부러 도끼를 못 속에 던졌다. 얼마 지나지 않아 신선이 금도끼 한 자루를 가지고 나오자, 그는 신선이 묻기도 전에 대답했다. "그게 바로 제가 잃어버린 도끼입니다." 신선은 아무 말도 하지 않고 금도끼와 함께 사라져버렸다. 결국 그 나무꾼은 자신의 도끼마저도 찾지 못하게 되었다.

    도끼와 나무꾼 이야기이다.

    많은 사람들은 속이고 거짓말하는 것이 자신에게 유리하다고 여긴다. 또 속이는 수법은 활용할 만한 가치가 있다고 생각한다. 하물며 명성있는 상점들도 종종 자기 상품의 결점을 숨기면서 고객을 속이는 각종 광고들을 한다. 심지어 어떤 사람들은 장사를 하려면 속임수는 당연한 것이라고 말한다.

그러나 그들은 돈을 얻음과 동시에 인격을 잃고 있다는 것을 깨닫지 못한다. 그들의 돈주머니는 약간 늘었을지 모르나 결국 억만금과도 바꿀 수 없는 자산을 버리고 있다.

많은 사람들은 속이는 행위가 결국 손해라는 사실을 뒤늦게 깨닫는다. 성실함은 자신의뜻을 이루기 위한 가장 좋은, 가장 빠른 전략이다!

상업의 역사를 보더라도 오십 년 넘게 건재하는 상점들이 매우 드물다는 것을 발견할 수 있다. 서로 다투어 사람들을 속이는 광고를 해서 한때는 매우 성공하는 것처럼 보이나 오래도록 지속되는 상점들은 많지 않다. 한동안은 거짓말이 통할지 모르나 신용을 잃어버리면 곧 본색이 드러나게 되고, 결국엔 쇠퇴해서 실패에 이르게 된다.

이 세상에 신용보다 다른 사람들의 주목을 받을 수 있는 광고는 없다.

혹시 있다면 주변의 속임수를 일삼는 사람들을 보라! 그들은 신용이 없기 때문에 다른 사람들과 오랫동안 함께 할 수 없고, 자신의 행복과 성공의 소망은 더더욱 달성할 수 없다.

그런데도 일부 젊은이들은 사소한 작은 이익을 얻으려고 자신의 인격과 명예를 경마장에서 도박을 하듯 함부로 쓰고 다니니 어찌 슬픈 일이 아니겠는가?

성실함은 인생의 미덕이다. 지극히 평범한 진리이지만 사람들은 눈앞의 이익에 이를 망각하곤 한다. 때로는 다른 사람들에게 비웃음을 당할지라도 마지막엔 도끼를 못에 빠뜨렸던 나무꾼처럼 보상을 받을 수 있다.

사람을 대할 때는 반드시 성실을 근본으로 삼아야한다. 아름다움을 속이지 말고 악행을 숨기지 말아야한다. 하나가 있으면 하나이고, 둘이 있으면 둘인 것이다.

* * *

송나라 때 재상 장지백(張知白)은 조정에 안수(晏殊)라는 젊은이를 천거했다. 조정은 안수를 불러 진종(眞宗)황제 전시(殿試: 과거제도 중 최고의 시험으로 궁전의 대전에서 거행하며 황제가 친히 주재함)에 참가하도록 했다. 안수는 과거문제를 보자 이렇게 말했다.

"이 시는 제가 열흘 전에 이미 지었던 것입니다. 황제 폐하께 별도로 다른 문제를 내 주시길 청하옵니다." 그의 이런 진실함은 진종을 감동시켰다.

그 후 안수는 대사관직을 맡게 되었다. 어느 날 황태자가 있는 동궁의 동궁관 자리가 비자 황제는 안수를 그 자리에 임명했다. 재상은 안수를 동궁관으로 임명한 이유가 궁금했다. 황제가 그에게 말하길 "요즘 벼슬아치들 가운데 잔치를 베풀며 즐기지 않는 사람이 단 한 사람도 없다고 들었는데, 오직 안수와 그 형제만이 공부에 몰두한다고 들었다. 이와 같이 근면하고 신중하니 동궁관을 맡을 자격이 있다." 안수는 임명을 받들었고, 황제는 그에게도 임명한 이유를 직접 설명해줬다.

안수는 그 말을 듣고 말했다. "신도 연회와 유희를 좋아하지 않는 것은 아닙니다. 단지 가난해서 놀지 못했을 뿐입니다. 신도 돈이 있다면 놓고 싶었을 것입니다." 황제는 그의 성실함에 더욱 칭찬을 아끼지 않았다. 인종(仁宗) 때 그는 결국 재상이 되었다.

진실한 말이 때로는 상대방의 불쾌와 오해를 살 수도 있다. 하지만 결국엔 사람들을 이해시키고 신임을 얻을 수 있다.

성실은 사람을 대하는 처세법 중에서 더없이 훌륭한 방법이다. 성실하기 위해서는 어느 정도의 대가를 치러야 할지도 모르지만, 장차 당신이 얻을 것은 그 대가보다 훨씬 많을 것이다.

성실은 사람의 가장 진귀한 보물이고, 모든 사람들이 가져야 할 위대한 인격이다.

고귀한 성품은 재산이다

성품

　　　　　　철학자가 제자들을 데리고 세계 곳곳을 여행했다. 10년 동안 그들은 세계 곳곳을 돌아다니며 학식 있다는 사람들을 모두 만나본 후 풍부한 지식을 안고 고국으로 돌아왔다.

　번잡한 시내로 들어서기 전의 초원에서 철학자는 제자들을 빙 둘러 앉게 하고는 이렇게 말했다.

　"지난 10년간의 경험으로 너희들은 이미 지식으로 충만해있다. 이제 학문 수양은 끝났으니 오늘 수업을 마지막으로 나의 가르침을 끝내도록 하겠다."

　철학자가 물었다.

　"우리가 앉아있는 곳이 어디냐?"

　"초원입니다."

　"초원에 무엇이 자라고 있지?"

　"잡초입니다."

　"잡초가 무성한 초원을 보니 어떻게 하면 이 잡초들을 다 없애버릴 수 있을지 궁금해지는구나."

제자들은 어리둥절한 표정으로 서로를 바라보았다. 인생의 오묘한 진리를 탐구하는 대철학자가 마지막 수업에서 이런 하찮은 문제를 궁금해 하다니.

한 제자가 침묵을 깨고 먼저 입을 열었다.

"스승님, 삽 한 자루만 있으면 해결될 겁니다."

철학자가 고개를 끄덕였다. 또 다른 제자가 말했다.

"불을 지르는 것이 제일 빠르고 확실한 방법입니다."

철학자는 빙그레 웃더니 다음 제자를 바라보았다.

세 번째 제자는 "석회를 뿌려놓으면 잡초들이 모두 저절로 죽어버릴 겁니다."라고 말했고, 네 번째 제자는 "잡초들을 완전히 없애버리려면 뿌리째 뽑아버리는 수밖에 없습니다."라고 대답했다.

모든 제자들의 의견을 다 듣고 난 철학자는 자리에서 일어났다.

"오늘 수업은 이걸로 마치겠다. 각자 돌아가서 자신이 말했던 방법으로 잡초들을 없애보아라. 그리고 1년 후 이 자리에서 다시 만나도록 하자."

1년 후 모두 그 자리로 모였다. 그런데 1년 전 그들이 수업을 받던 자리는 이제 더 이상 잡초가 우거진 초원이 아니었다. 누렇게 곡식들이 익어가고 있는 논으로 변해있었다. 제자들은 논두렁에 모여앉아 스승이 오기만을 기다렸다. 하지만 아무리 기다려도 스승은 끝내 나타나지 않았다.

몇 년이 더 흘러 철학자가 세상을 떠난 후, 제자들이 모여 스승이 생전에 했던 말들을 책으로 정리하기 시작했다. 책이 완성되자 맨 뒤에 이렇게 덧붙여놓았다.

"초원의 잡초들을 없애기 위한 방법은 단 하나다. 바로 그 위에 곡식을 심는 것이다. 마찬가지로 아무런 번뇌 없이 자유로운 영혼을 가질 수 있는 유일한 방법은 고귀한 덕으로써 번뇌를 몰아내는 것이다."

제자들의 인생에서 만약 이 마지막 수업이 없었다면 아무리 풍부한 학식을 지니고 있었다 해도 과연 어떤 의미가 있었을까?

* * *

백만장자가 되기를 갈망하는 한 남자가 하나님을 찾아가 소원을 이뤄달라고 애원했다. 그의 간절한 소원에 감동한 하나님은 그에게 고귀한 성품을 내려주었다. 그러자 그는 난처한 표정으로 말했다.

"하나님, 제가 원하는 건 돈입니다."

"알고 있다. 내가 네게 고귀한 성품을 준 것은 그것을 돈과 바꿀 수 있기 때문이다."

남자는 하나님의 말뜻을 이해할 수 없었지만 하나님이 자신에게 준 성품대로 살아갔다. 그러자 얼마 후 그는 정말로 백만장자가 되어있었다. 이 이야기와 같이 고귀한 성품은 부를 불러온다.

* * *

군수품을 생산하는 한 공장에서 일반 가구를 생산하기 시작했다. 그런데 첫 제품을 출시하고 난 후, 책상 하나에 페인트칠이 한 번밖에 되지 않았다는 사실을 알게 되었다. 원래 책상에는 페인트칠을 두 번씩 해야 했기 때문에 원칙적으로 따지면 이 책상은 불량품이었다. 그런데 그 책상은 이미 팔려나간 후였다. 사장은 고민 끝에 이 책상을 구매한 소비자를 찾는다며 TV 광고까지 했지만 보름이 넘도록 책상을 사간 사람은 나타나지 않았다. 그때 아무도 예상하지 못했던 일이 벌어졌다. 비록 찾으려는 고객은 나타나지 않았지만 12곳의 백화점에서 이 회사의 제품을 판매하겠다는 주문이 쇄도한 것이다.

이 회사의 제품에 대한 높은 책임감이 신뢰감을 주었고, 그것이 실질적인 이득으로 돌아온 것이다.

* * *

또 한 가지 예가 있다.

한 남자가 모 브랜드의 UPS 전원이 전압이 안정적이고 절전 기능이 있다는 말을 듣고 냉장고의 전력소모를 줄여볼 요량으로 이 제품을 사러 가전매장에 갔다. 그러나 이 제품으로는 냉장고의 전력소모를 줄일 수 없었다. 가전매장 주인은 잠시 갈등에 빠졌다. 제품을 팔자니 이 남자는 비싼 돈을 주고 쓸모도 없는 물건을 사는 것이고, 안 팔자니 제 발로 찾아온 복을 발로 차버리는 셈이었다. 하지만 양심과 욕심의 싸움에서 결국 양심이 승리했다. 주인은 손님에게 이 전원의 용도와 냉장고의 전력 소비 원리를 자세히 설명해주며 사지 말 것을 권유했다. 처음에는 주인의 말을 의심하던 남자도 그의 충고가 진심에서 우러나온 것임을 알고 호의에 감사하며 돌아갔다. 그런데 이튿날 이 남자의 친구가 컴퓨터를 사겠다며 이 매장을 찾아왔다. 그 남자가 이곳에서 파는 제품은 믿어도 좋다며 친구에게 추천했던 것이다. 그 후에도 그에게 소개를 받은 사람들이 매장을 찾았다.

선한 성품은 상대의 마음을 움직이고, 그 주변 사람들의 마음까지 움직인다. 이런 일이 가능한 것은 선한 사람에게 호감을 느끼고 왕래하려는 것은 사람의 본능이기 때문이다.

* * *

링컨이 변호사로 활동할 때의 일이다. 어떤 사람이 링컨을 찾아와 소송 사건을 의뢰하며 유죄가 분명한 사람을 위해 변호해줄 것을 요청했다. 링컨은 단호하게 잘라 말했다.

"그럴 수는 없소. 만약 내가 그를 변호한다면 아마 법정에서 나도 모르게 '링컨, 넌 거짓말쟁이야! 거짓말쟁이야!' 라고 소리칠 것이오."

링컨이 미국 역사상 가장 위대한 대통령 중의 한사람으로 존경받는 이유는 아마도 훌륭한 정치적 재능 외에도 그의 이런 성품 때문일 것이다.

빌 클린턴은 임기 중 여러 가지 정치적 업적을 이루어 많은 주목을 받았다. 그의 정치적 능력은 거의 완벽하다고 할 수 있을 만큼 뛰어났다. 하지만 일련의 스캔들로 인해 명예에 오점을 남기고 말았다. 비록 국민들이 그를 용서했다지만 부끄러운 오명은 평생 꼬리표처럼 따라다닐 것이다. 미국은 그 덕분에 21세기에도 번영을 이어가고 있지만, 역사는 그의 인격적인 오점을 빠뜨리지 않고 기록할 것이다.

* * *

한 사람의 인생에서 도덕적인 성품은 중요한 역할을 한다. 이것은 보물 상자가 될 수도, 때로는 자신의 앞길을 가로막는 장애물이 될 수도 있다. 젊은 20~30대에 부도덕적이라는 꼬리표를 달게 된다면 남은 인생의 긴 여정에서 어떻게 당당히 걸어갈 수 있을 것인가? 선한 성품으로 남들을 대하는 것, 이것이 바로 인생을 행복하게 사는 비결이다.

인생에서 가장 고귀한 것은 바로 무언가를 위해 분투하는 과정에서 나타나는 훌륭한 성품이다. 진정한 행복은 훌륭한 성품을 가진 사람만이 누릴 수 있고, 훌륭한 성품은 그 무엇과도 바꿀 수 없는 커다란 재산이다.

인생의 독약

질투

　　　　　옛날 마가타국에 한 무리의 코끼리를 키우고 있
는 국왕이 있었다. 그 코끼리 중에는 온 몸이 흰 털로 뒤덮인 코끼리가
한 마리 있었다. 국왕은 이 코끼리를 사육사에게 맡겨 돌보게 했다. 사
육사는 심혈을 기울여 코끼리를 돌볼 뿐만 아니라 재주도 가르쳤다. 이
코끼리는 매우 총명하여 사람의 말뜻을 잘 이해했고, 머지않아 사육사
와 코끼리는 눈빛만 보아도 서로의 마음을 알 수 있는 사이가 되었다.

　그러던 어느 해, 나라에서 성대한 축제가 벌어졌다. 국왕이 흰 코끼
리를 타고 경축 퍼레이드를 나가기로 하자, 사육사는 코끼리를 깨끗하
게 씻기고 단장한 뒤 국왕에게 데리고 갔다.

　국왕은 관원들의 수행 아래 흰 코끼리를 타고 축제를 보러 성에 들어
갔다. 이 흰 코끼리는 너무나 아름다워 백성들은 모두 코끼리 주위로
몰려와 감탄하면서 "코끼리 왕! 코끼리 왕!"이라고 큰 소리로 외쳐댔
다. 코끼리 등에 타고 있던 국왕은 모든 영예를 코끼리에게 빼앗긴 듯
한 느낌이 들어 질투가 났다. 그는 서둘러 한 바퀴 둘러본 뒤 불쾌한 기

분으로 왕궁으로 돌아왔다.

왕궁으로 돌아오자마자 그는 사육사에게 물었다. "이 코끼리는 어떤 기예를 가지고 있느냐?" 사육사는 국왕에게 물었다. "어느 방면의 기예를 말씀하시는 겁니까?" 국왕이 말했다. "저 코끼리가 벼랑에서 기예를 펼칠 수 있느냐 말이다." 사육사는 "물론 가능합니다."라고 대답했다. 국왕은 "좋다. 그럼 내일 그 코끼리를 파라나국과 인접한 벼랑에서 공연을 펼치도록 해라."라고 명령했다.

다음날, 사육사는 약속대로 그 벼랑으로 흰 코끼리를 데리고 갔다. 국왕이 말했다. "이 코끼리는 벼랑에서 세 발로 설 수 있느냐?" "간단합니다." 사육사가 대답했다. 그는 흰 코끼리 등에 타서 말했다. "자, 세발로 일어서 보거라." 과연 흰 코끼리는 즉시 한 발을 움츠려 들어 보였다.

국왕은 또 말했다. "그럼 이번엔 두 발을 허공에 들고 두 발로만 우뚝 설 수 있겠느냐?" "할 수 있습니다." 사육사는 곧 코끼리에게 두발을 들게 하자, 흰 코끼리는 사육사의 말에 따라 시키는 대로 했다. 연이어서 국왕은 이렇게 말했다. "이번엔 세발을 들고 한발로만 설 수 있겠느냐?"

사육사는 이 말을 듣자, 국왕이 흰 코끼리를 죽이려 한다는 것을 알아차렸다. "이번엔 조심해야해. 세발은 들고 한 발로 서봐." 흰 코끼리도 매우 조심스럽게 시키는 대로 했다. 구경하던 백성들이 이것을 보고는 흰 코끼리에게 열렬한 박수와 갈채를 보냈다. 국왕은 보면 볼수록 질투심에 마음의 평정을 잃어갔다.

마침내 국왕은 사육사에게 말했다.

"뒷다리도 들고 온몸을 허공에 띄울 수 있겠느냐?"

사육사는 낮은 소리로 흰 코끼리에게 말했다. "국왕이 너의 목숨을 빼앗으려 하니 우리가 여기 있으면 매우 위험하단다. 공중으로 날아올라 맞은편 벼랑으로 갈 수 있겠니?" 불가사의하게도 흰 코끼리는 진짜로 날아올라, 사육사를 태우고는 벼랑을 넘어 파라나국으로 들어가 버렸다.

파라나국의 백성들은 흰 코끼리가 날아오는 것을 보고 모두 환호하기 시작했다. 파라나국 왕은 아주 기뻐하며 사육사에게 물었다. "너는 무엇 때문에 흰 코끼리를 타고 우리나라에 오게 되었느냐?" 사육사는 겪은 일을 차례대로 왕에게 얘기해 주었다. 사육사의 말을 다 듣고서 왕은 탄식하며 말했다. "사람이 왜 코끼리와 비교하여 질투하는가?"

평온하고 화목한 마음을 버리고 질투심을 마음에 품지마라. 속담 중에 '자신을 내세우고 싶으면 남을 먼저 내세우고, 자기의 목적을 달성하고 싶으면 남을 먼저 달성하게 하라' 는 말이 있다. 다른 사람의 성공을 질투하지 말고 진심으로 성공을 축하해 주어라. 이것이 행복한 인생을 사는 비결이다.

* * *

속이 아주 좁은 부부가 있었다. 그 부부는 작은 일로 걸핏하면 말다툼을 벌였다. 하루는 아내가 맛있는 요리를 몇 가지 만들었다. 거기에 술까지 더해지면 흥을 돋우는데 더욱 좋을 거라 생각한 아내는 바가지를 들고 술을 가지러 갔다.

술독에 머리를 넣고 들여다보니 독안에 낯선 여자가 보였다. 그녀는 남편이 자기 몰래 다른 여자를 집으로 데려와 항아리 안에 숨겨놓았다고 여기고는 고함을 지르기 시작했다.

"이 불한당 같은 놈아. 감히 나를 속이고 다른 여자를 항아리에 숨겨놔. 그러고도 네가 사람이야!"

어리둥절한 남편이 아내의 말을 듣고 황급히 항아리로 뛰어와 보니, 그에게 보이는 것은 남자였다. 그 역시도 변명을 들으려고 하지 않고 따지기 시작했다.

"이 몹쓸 마누라야. 당신이 다른 남자를 집에 데리고 와 항아리 안에 숨겨놓은 것이 이렇게 분명한데 오히려 나를 모함하려 들어!"

"뭐라고? 무슨 뚱딴지같은 소리야!" 아내가 다시 항아리 안을 들여다보니 보이는 것은 여전히 조금 전에 봤던 그 여자였다. 그녀는 남편이 일부러 그녀를 놀리고 있는 거라고 여기곤 안색까지 변하면서 크게 화를 내며 말했다.

"당신 지금 나를 뭐로 보는 거야? 내가 그렇게 만만한 사람으로 보여?"

아내는 따지면 따질수록 화가 나서 손에 들고 있던 바가지를 남편에게 던졌다. 남편은 재빨리 몸을 틀어 피했고, 자신도 억울한 마음에 화가 나서 아내의 뺨을 때렸다. 일이 이렇게 되자 심각한 상황으로 치닫게 되었다. 두 사람이 물고 뜯으면서 싸우는데 어느 누구도 말릴 수 없는 지경이 되어버렸다.

부부는 결국 싸우다 관아까지 가게 되었다. 관리는 두 사람의 말을 듣자마자 어찌된 일인지 바로 알아차리고는 항아리를 때려 부수라고 명했다. 망치로 술독을 한번 내리치니 술이 콸콸 쏟아져 나왔다. 항아리 안의 술은 다 흘러나왔지만 사람의 그림자도 보이지 않았다.

의심할 만한 일이 생겼을 때, 너무 빨리 섣부른 결론을 내리면 일의 진상을 알 수 없다. 특히 화가 날 때는 이야기 속의 이들 부부처럼 자신의 그림자도 알아 볼 수 없을 정도로 이성을 잃게 되고 감정을 상하게 만든다.

남들의 질투에 괴로워하며 화를 내거나 좌절한다면, 당신은 이미 현명한 사람이 아니다.

누군가로부터 질투 섞인 비난을 들었을 때, 대부분의 사람들이 겸허하게 받아들이지 않고 도리어 상대방을 비난하곤 한다. 남들과 똑같이 행동한다면 자신도 결국 속 좁은 사람이 될 뿐이다. 더구나 많은 시간을 낭비하면서 마음을 지치게 만드는 아무 의미도 없는 싸움에 휘말릴 수도 있다.

바이론은 "나를 사랑하는 사람에게는 한숨으로 답하고, 나를 미워하는 사람에게는 웃음을 지어준다."라고 말했다. 이 한 번의 웃음은 아주 의미 있는 행동이다. 질투하는 사람의 비난에 가장 현명하게 답하는 방법은 침착하게 미소 짓는 것이다.

질투는 품격 낮은 감정 중 하나이다. 질투는 사람들로 하여금 이성을 잃게 하고 심지어는 심각한 손해를 입게 할 수도 있다. 질투하는 사람에게 가장 좋은 반격은 한 번 웃어주는 것이다.

잘난 척 하지 말라

겸허

　　자부심이 편견과 결합되어 겸손함을 잃게 되면, 곧 일방적인 성격으로 변하게 된다. 허황된 자부심은 무지함의 동의어이다.

하늘 높은 줄 모르고 자만심에 빠지면 정직해지기 어렵다. 헛된 망상에 사로잡힌 사람이 진정한 자존심을 가질 수 있는가? 절대로 불가능하다. 자기만 잘났다고 여기는 사람이 다른 사람을 이해할 수 있겠는가? 역시 불가능하다.

진정한 자부심은 자기 자신을 이해하고 있을 때에만 가능하며, 이는 성공과 겸손함이 결합된 행복감이다.

마음을 비워야만 비로소 냉철한 두뇌와 민첩한 사고를 유지할 수 있다. 그러면 곤란한 상황이 닥치더라도 이를 빨리 파악하여 성공을 위한 유리한 환경으로 바꿀 수 있다. 겸허한 마음을 가져야만 풍부한 지식과 진취적이고 강인한 정신을 유지할 수 있고, 결국에는 성공으로 가는 기차에 올라탈 수 있다.

겸허함은 자신의 능력을 믿음으로서 가질 수 있는 관대한 마음이다. 속이 깊고 넓은 사람이야말로 성공가능성이 가장 큰 사람이다. 겉으로만 겸손한 척 하는 사람은 처한 환경에 따라 태도가 달라지기 때문에 성공에 다가가기 힘들다.

겸손한 태도로 남들보다 덜 똑똑한 듯 행동하라.

19세기 영국의 한 정치가는 "남들보다 똑똑해져라. 하지만 가능하다면 다른 사람들에게 네가 그들보다 똑똑하다는 사실을 알리지 말라."고 아들에게 충고했다고 한다.

누군가 틀린 말을 했다고 치자. 그것이 틀렸다는 사실을 안다고 해도 그것을 직설적으로 지적하기 보다는 "아, 그렇군요! 저는 조금 다르게 알고 있는데, 어쩌면 제 생각이 틀릴 수도 있겠군요. 제가 자주 틀리곤 하거든요. 제 생각을 들어보고 제가 틀렸다면 지적해 주세요."라고 말하는 편이 훨씬 낫다.

이렇게 말하는 것은 별 것 아닌 것 같지만, 사회생활에서는 큰 효과를 발휘하곤 한다.

자기의 생각이 틀릴 수도 있다는 전제를 깔아두면 절대로 불필요한 분란이 일어나지 않으며, 상대방도 훨씬 관대한 태도로 자신의 잘못을 인정할 수 있다.

* * *

피터가 한 인테리어 업체에 커튼을 의뢰했다. 그런데 제작이 끝나고 영수증을 받아본 피터는 너무도 비싼 가격에 깜짝 놀랐다.

며칠 후 한 친구가 피터의 집을 방문했다가 커튼 가격을 물어보더니,

가격이 너무 비싸다며 오히려 자기가 화를 내는 것이었다.

"가격이 너무 터무니없이 비싸지 않은가? 자네 바가지를 쓴 게 분명하네."

틀린 말이 아니었다. 하지만 이런 경우 자신이 바가지를 썼다는 사실을 인정하려는 사람은 거의 없다. 피터 역시 자신의 커튼이 그럴만한 가치가 있는 물건이라는 것을 애써 증명하려고 했다.

이튿날 또 다른 친구가 피터의 집을 방문했다. 친구는 커튼이 멋지다며, 자기 집에도 이런 비싸고 예쁜 커튼을 달고 싶다고 했다. 그러자 피터는 전날과는 완전히 다른 반응을 보였다. "솔직히 말해 가격이 너무 큰 부담이었네. 달고 난 후에 조금 후회를 했지."

자신의 실수를 인정하려고 해도 남에게 지적당하면 순순히 인정하기 싫은 것이 사람의 마음이다. 호의적인 태도로 실수를 지적한다면 솔직히 실수를 털어놓겠지만, 날카로운 언사로 실수를 들춘다면 맞대응하게 되어 있다. 똑똑한 것이 때로는 그리 좋은 일이 아닐 수도 있다.

원만한 인간관계와 좋은 품성을 기르고자 한다면 벤자민 프랭클린의 자서전을 읽어보라고 권하고 싶다.

프랭클린은 자신이 미국 최고의 외교전문가가 될 수 있었던 비결에 대해 "남보다 똑똑한 척 하지 않았던 것"이라고 밝혔다.

젊은 시절, 하루는 친구가 갑자기 그에게 호통을 치는 것이었다.

"벤자민, 자네 정말 어쩔 수가 없는 사람이군. 자넨 몇 번씩이나 의견이 다른 사람들을 호되게 공격했네. 자네 의견은 너무 고귀해져서 이제 그 누구도 받아들이기 어렵게 됐어. 친구들마저도 자네와 함께 있으면 불편해하지. 자네는 아는 게 너무 많아 더 이상 아무도 자네를 가르칠 수 없게 되었네. 어느 누구도 감히 자네에게 무언가를 알려주려고 하지 않지. 그러니 이제 더는 새로운 지식을 얻지 못하게 되었네. 자네의 지식이 그리 많은 것도 아닌데 말이야."

프랭클린은 친구의 충고에 큰 충격을 받았다. 그는 친구의 지적을 인정했다. 실패한 인간관계가 커다란 부작용을 낳는다는 것을 깨달은 그는 오만하고 거친 습관을 고쳤다.

"난 스스로 무례하고 독단적인 행동을 하지 않겠다는 원칙을 세웠다. 말이나 글에서도 '당연히' '의심할 여지없이' 같은 단어 대신에 '내가 보기에는' '내 생각에는' 과 같은 말을 쓰기로 했다. 다른 사람의 말에 동의할 수 없더라도 곧장 잘못을 지적하지 않았다. 이런 방법은 매우 효과적이었다. 겸손한 태도로 내 의견을 피력하자 상대도 더 쉽게 받아들였으며 충돌도 줄어들었다. 내가 실수했을 때에도 난처하지 않았고, 내가 옳았을 때에는 상대방이 고집을 부리지 않고 내 의견을 수용했다."

"처음에는 그동안 쌓아왔던 내 본성과 충돌하여 괴롭기도 했지만 시간이 지나고나니 습관이 되어 자연스러워졌다. 그 뒤 오십년 동안 내가 날카로운 말로 상대의 잘못을 지적하는 것을 본 사람은 없을 것이다. 이것이 동료들이 날 중요하게 생각하게 하고, 사회적으로 영향력을 행사할 수 있었던 비결이다. 난 달변가 축에도 끼지 못하는 변변치 못한 사람이지만, 내가 하는 말은 많은 사람들에게 지지를 얻었다."

* * *

프랭클린의 이 방법을 비즈니스에도 응용할 수 있을까? 한 가지 예를 더 들어보자.

뉴욕에 사는 맥카시는 모터로 작동시키는 특수한 공구를 판매했다. 한 번은 맨해튼에 사는 한 단골에게 주문을 받아 공구를 제작했는데, 고객이 갑자기 주문을 취소하는 일이 발생했다. 고객의 친구들이 사기를 당한 것이라며 주문을 취소하라고 부추겼던 것이다. 이미 제작해놓은 물건을 구매하지 않겠다니 참으로 난감할 따름이었다.

제품의 설계도를 다시 한번 검토해 보았지만 문제는 전혀 없었다. 고객의 친구들이 전문가도 아니면서 이러쿵저러쿵 아는 체 떠들어댄 것이 분명했다. 하지만 고객에게 그의 생각을 솔직하게 말하는 것은 상황을 악화시킬 것이 뻔했다. 그는 고객을 직접 찾아갔다. 사무실로 들어서자 고객은 펄쩍 뛰며 그를 향해 속사포처럼 따지기 시작했다. 그는 흥분해서 주먹을 불끈 쥐며 제품에 대한 불만을 늘어놓았다. 하지만 맥카시는 아무 말도 하지 않고 묵묵히 듣고만 있다가 고객의 말이 끝난 후 이렇게 물었다.

"좋습니다. 제가 어떻게 해드리면 되겠습니까?"

그는 침착하게 말을 이었다.

"제품을 사기로 계약했으니 제작한 제품을 사는 것은 마땅합니다. 이 일은 누군가 책임을 져야 합니다. 고객님께서 옳다고 생각하신다면 제게 그 설계도안을 주십시오. 이미 2천 달러를 들여 제품을 완성했지만, 아무런 이의를 달지 않고 제품을 새로 제작해드리겠습니다. 고객을 만족시켜드리기 위해서라면 2천 달러쯤 손해 보는 것은 감수할 수 있습니다. 하지만 고객님의 요구대로 제작한 제품에 대해서는 고객님께서 책임을 지셔야 합니다. 저는 본래 설계도대로 제작한 제품이 더 낫다고 믿습니다. 만약 그 제품에 문제가 있다면 그로 인한 책임은 모두 제가 지겠습니다."

그의 태도가 한결 누그러지더니 잠시 후에는 "좋소! 본래 설계대로 진행합시다. 하지만 만약 문제가 발생한다면 책임을 져야 할 거요."라고 말했다. 결과적으로 맥카시의 주장이 옳았고, 고객은 그 후로도 계속 맥카시에게 제품을 주문했다.

"그가 주먹을 휘두르며 모욕적인 말로 따져 묻자 나도 그와 맞서 스스로를 변호하고 싶은 마음을 간신히 참아냈다. 엄청난 자제력이 필요했지만 결과적으로 그럴 만한 가치가 있는 일이었다. 내가 그의 말이 틀렸다며 언쟁을 벌였다면 아마도 법적 분쟁으로 번져 고객을 잃는 것은 물론 금전적인 손실까지 입었을 것이다."

* * *

겸허한 태도는 언제 어디서든 적잖은 수확을 가져다준다. 이것은 사업에서든, 명예에 있어서든, 혹은 인간관계에서든 마찬가지다.

겸허란 잘못을 인정하고 과감하게 진리를 받아들일 줄 아는 태도이다. 이것이 자신에게는 낯설고 어색한 것이라도 말이다. 진리는 당신이 나아갈 길을 환히 비춰줄 것이기 때문에 겸허한 자세로 진리를 받아들이는 것만으로도 이미 절반은 성공한 셈이다.

다모클레스의 검

과시

         서양에 이런 속담이 있다. '프랑스 인들은 내면이 똑똑하고, 스페인 인들은 외면이 똑똑하다.' 프랑스 인은 진정으로 똑똑하지만, 스페인 인은 멍청하다는 의미이다. 베이컨은 "이 속담의 사실 여부는 중요하지 않지만, 이 말의 진정한 의미는 생각해볼 가치가 충분하다."고 했다.

  우리의 주변에서는 똑똑해 보이지만 알고 보면 전혀 똑똑하지 않은 사람들을 자주 만날 수 있다. 겉으로만 똑똑한 척 하는 사람은 유능하다는 소리를 듣기 위해 온갖 꾀를 짜낸다. 진리는 항상 간단하지만 심오한 뜻을 담고 있다. 용감하게 물러설 줄 모르는 사람은 바보이다.

  현상에 안주하든 운명에 맞서 싸우든 자신의 지혜에는 한계가 있다는 사실을 깨달아야 한다. 어떤 일이 가능할 것이라고 믿고 행하는 것은 지혜이지만, 불가능함을 알면서도 돌진하는 것은 우둔함이다.

  스스로 똑똑하다고 자만하고, 또 그걸 과시하고 싶은 집착에서 벗어나지 못하는 사람은 황량한 벌판에서 불귀의 객이 된 한나라 말의 양수

(楊修)를 타산지석으로 삼아야 한다.

* * *

《후한서》에 의하면 양수는 조조 휘하의 주부(主簿)였다. 그는 박학다식하고 언변이 뛰어났지만 늘 자신의 재능을 과신하고 너무 자신만만한 것이 흠이었다.

한번은 조조가 화원을 만들라고 분부했다. 화원이 완성되고 나자 신하들은 조조에게 화원이 잘 지어졌는지 살펴볼 것을 청했다. 화원을 둘러본 조조는 아무 말도 없이 붓을 들어 문 위에다 '活(살 활)' 한글자만 써놓고 가버리는 것이었다. 사람들이 그 뜻을 알지 못해 고민하고 있을 때 양수가 의기양양하게 말했다.

" '문(門)'에다 '활(活)'을 쓰면 곧 '넓을 활(闊)'이 되지 않소? 승상께서는 문이 너무 넓은 것이 마음에 들지 않으시는 것이오."

양수의 말에 따라 문을 다시 작게 만든 후 조조를 청해서 보이니 조조가 크게 기뻐하며 물었다.

"누가 내 뜻을 알았는고?"

"양수입니다."

조조는 비록 입으로는 칭찬을 했으나 속으로는 너무 똑똑한 양수를 경계하고 질투하는 마음이 생기게 되었다. 또 한 번은 새북(塞北)에서 타락수 한 합을 보내왔는데, 조조는 그것을 먹지 않고 자필로 '일합수(一合酥)'라는 세 글자를 합 위에 써서 책상머리에 놓아두었다. 양수가 들어와서 이것을 보고는 수저를 가져다가 사람들과 같이 타락수를 다 나누어 먹어버렸다. 조조가 그 까닭을 묻자, 양수가 대답하기를 "합 위에 분명히 '한사람이 한입씩 마시는 술(一人一口酥)'이라고 써놓으셨는데 어찌 감히 승상의 명을 어기겠습니까?"라고 했다.

조조는 기쁜 낯으로 웃어보였으나 속으로는 양수에 대한 미움이 더욱 커졌다.

양수가 마지막으로 똑똑함을 과시해보인 것은 조조가 스스로 위왕을 자처한 후 직접 촉나라 군대와 맞서 싸우다가 진퇴양난에 빠졌을 때다. 조조는 수차례나 촉군을 공격했지만 별다른 성공을 거두지 못하고 있었다. 조조는 군량미만 축내고 있는 것이 안타까웠지만, 그냥 군대를 철수해 돌아가자니 남들에게 웃음거리만 살 것 같아서 이러지도 저러지도 못하고 있었다. 이 때 저녁식사로 닭으로 만든 국이 올라왔다. 국 안에 닭의 갈비뼈가 있는 것을 발견한 조조는 전쟁의 형세가 먹자니 고기가 별로 없고, 버리자니 아까운 닭의 갈비뼈, 즉 계륵(鷄肋)과 같다는 생각이 들었다. 때마침 하후돈이 들어와 그날 밤의 군호를 묻자 조조는 무심결에 "계륵이라고 해라, 계륵!"이라고 대답했다. 하후돈이 이 군호를 장수들에게 전하자, 양수가 그것을 듣고 수행하는 군사들에게 각기 행장을 수습하여 돌아갈 준비를 하게 하였다. 이 사실을 전해들은 하후돈이 양수를 불러다가 물었다.

"어찌하여 행장을 수습하는 것이오?"

"오늘 밤의 군호를 듣고 주공께서 조만간 퇴각 명령을 내리실 것임을 알았습니다."

"그걸 어찌 알았소?"

"닭의 갈비뼈란 것은 먹자니 살이 없고 버리자니 아까운 것입니다. 주공께서는 진격하려 하니 이기기 어렵겠고 물러나려니 비웃음을 살까 두려우신 것입니다. 하지만 이대로 있어봐야 무익한 일이니 돌아갈 밖에는 수가 없겠지요. 내일이면 회군 명령을 내리실 것이 분명합니다. 그래서 이렇게 미리 행장을 수습해 놓는 것입니다."

"주공의 속뜻을 참으로 잘 헤아리는군."

하후돈도 장수들에게 퇴각할 채비를 하라고 명하니 군영 안의 모든 장수들이 행장을 수습했다.

그날 밤 마음이 심란해서 잠들지 못하던 조조가 밖으로 나와 군영을 이리저리 살피는데 가만히 보니 군사들이 모두 짐을 꾸리고 있는 것이 아닌가. 깜짝 놀라 급히 하후돈을 불러서 그 까닭을 물었더니 이렇게 대답했다.

"양수가 주공께서 돌아가시려고 하는 뜻을 알고 있었습니다."

조조가 다시 양수를 불러 물으니 '계륵'의 뜻을 풀어 해석하며 대답했다. 그러자 조조는 머리끝까지 화를 내며 "네 놈이 감히 쓸데없는 말을 하여 군심을 어지럽혔구나!" 하고 호통을 치더니 그 자리에서 양수의 목을 베어 머리를 원문(轅門) 밖에 걸어두라고 명령했다.

마음에 들지 않았던 양수를 조조가 때마침 트집을 잡아 제거한 것이었다.

양수는 남들이 알아차리지 못하는 것까지 헤아릴 정도로 똑똑했지만, 정작 자신은 보호하지 못하고 억울하게 죽고 말았다. 그는 아마도 죽는 순간까지 자신이 똑똑하여 죽는다는 것은 몰랐을 것이다. 똑똑함은 남들에게 칭찬을 받을 만한 일이기는 하지만 스스로 너무 잘난 체하면 자연히 남의 시샘을 사게 된다. 특히 경쟁이 치열한 사회에서는 이런 성품이 결코 장점이 될 수 없다.

옛말에 '황금은 어디서든 빛을 발한다.'고 했다. 진정으로 현명한 사람은 남들 앞에서 함부로 잘난 척을 하지 않는다. 능력을 과시하면 그 재능이 값 싸게 보일 뿐이다.

똑똑하지만 경박한 사람들의 머리 위에는 '다모클레스의 검'이 아슬아슬하게 매달려있어 언제든 머리 위로 떨어질 수 있다. 똑똑해 보이고 싶은 것은 인간의 본성이지만, 똑똑함을 과시하지 못해 조바심을 내는 것만큼 어리석은 일은 없다. 큰 일에서는 똑똑함을 드러내더라도 사소한 일에서는 다소 어수룩해 보이는 것도 나쁘지 않다.

욕심을 부리지 말고
적당한 정도에서 그쳐라

탐욕

한 어린 아이가 있었는데 모두들 그 아이를 바보라 불렀다. 그 이유는 누군가가 50전 짜리와 1원짜리 동전을 같이 내밀면, 그 아이는 항상 50전 짜리를 집고 1원은 마다했기 때문이었다. 어떤 사람이 믿을 수가 없어 1원 짜리와 50전 짜리 동전을 하나씩 꺼내어 그 아이에게 마음대로 하나를 가지라고 했다. 그러자 그 아이는 진짜로 50전 짜리 동전을 집었다. 매우 이상하다고 여긴 그는 그 아이에게 물었다.

"50전이 1원보다 적은 돈이라는 걸 모르니?"

아이는 작은 소리로 말했다.

"물론 알죠. 하지만 내가 1원 짜리를 집는다면 사람들은 더 이상 나와 이런 놀이를 하지 않을 거 아니에요."

그랬다. 만약 그 아이가 1원 짜리를 집었다면 더 이상 아무도 그 아이와 그런 놀이를 하지 않았을 것이고, 그렇게 되면 그 아이가 얻을 수 있는 것은 1원에 불과 했을 것이다. 하지만 아이는 50전 짜리를 골라 스스로 바보인 척 했다. 바보 역할을 하면 할수록 점점 더 많은 돈을 얻을 수 있다는 것을 스스로 깨달은 것이다.

1원을 마다하고 50전을 취하는 '바보소년'의 지혜를 우리의 삶에서도 깨달아야 한다.

사람들은 끝없는 탐욕에 사로잡혀 살아간다. 당신의 탐욕은 다른 사람을 해칠 뿐 아니라 스스로를 고립시킨다는 것을 깨달아야 한다. 어쩌면 당신의 행동을 너그럽게 이해하고 대수롭지 않게 여겨주는 사람들도 있을 수도 있다. 하지만 당신이 적당한 정도에서 그칠 줄 안다면, 그들은 당신에 대해 더 좋은 평가를 할 것이고 당신과의 관계가 지속되기를 바랄 것이다.

'인간관계든 장사든 단번에 큰 이익을 남기는 게 최고야!'

유감스럽게도 오늘날 이런 일들을 흔히 접할 수 있다.

만약 이런 생각을 영리함이라고 착각하고 있는 이가 있다면 이는 스스로가 자신의 미래를 막는 어리석은 사람이다. '바보스러운 영리함'보다는 위의 아이와 같이 '영리한 바보스러움'을 갖기 위해 노력하라. 이것은 당신이 더 많은 보답을 얻을 수 있는 길이기 때문이다.

10개의 50전 짜리를 얻을 것인지 아니면 1원짜리 단 1개를 얻을 것인지는 당신 스스로 결정하는 것이다.

탐욕은 사람들로 하여금 영원히 만족되지 않는 향락을 추구하도록 끊임없이 유혹한다. 그리고 삶의 방향을 잃게 만든다. 모든 일을 적당한 선에서 그쳐야만 목표한 인생의 바른 길을 잃지 않고 나아갈 수 있다.

***

몇 사람이 강기슭에서 낚싯대를 드리우고 있었고, 그 곁에서는 몇 명의 여행객이 바다를 감상하고 있었다. 문득 보니 한 낚시꾼이 큰 물고기 한 마리 낚았는데 그 길이가 족히 한 자는 넘어 보였다.

그런데 낚시꾼은 입에 걸린 낚시 바늘을 풀더니 물고기를 강에 놓아주었다. 구경꾼들은 깜짝 놀라 웅성거렸다. 저렇게 큰 물고기에 만족하지 않는 것을 보니 저 낚시꾼은 분명 배포가 아주 큰 사람일거라고 수군거렸다.

사람들이 숨을 죽이고 지켜보고 있는 가운데 그 낚시꾼은 또 한 번 낚싯대를 휘둘렀고 이번에 낚인 것 또한 한척이 넘는 큰 물고기였다. 낚시꾼은 이번에도 슬쩍 보더니 그 물고기를 놓아주었다.

세 번째로 낚시꾼의 낚싯대가 휘어졌다. 그런데 이번에는 겨우 몇 치에 불과한 작은 물고기가 걸려 올라왔다. 사람들은 이 물고기도 놓아줄 것이라고 짐작했지만, 뜻밖에도 낚시꾼은 그 물고기를 조심스럽게 어망 속에 넣었다. 사람들은 도저히 이해가 되지 않아 낚시꾼에게 물었다.

"왜 큰 것을 버리고 작은 것을 갖는 것이오?"

그러자 낚시꾼이 대답하기를 "우리 집에 있는 가장 큰 쟁반이 1자도 안 되어 너무 큰 물고기를 잡아가면 쟁반에 담을 수가 없소."

***

오늘날 낚시꾼처럼 큰 것을 버리고 작은 것을 취하는 사람들이 점점 줄어들고 있다.

'욕심은 사람을 오래 살지 못하게 하며 많은 재난을 불러온다' 는 속담이 있다. 넓은 아량과 좋은 품성을 가져야만 건강하게 장수한다는 뜻이다. 작은 이익에 집착하다 보면 결국에는 더 큰 것을 잃는 법이다.

프랑스인들이 모스크바에서 철수한 후, 어떤 농부와 상인이 길에서 타다 남은 수레를 발견했다. 그 수레에는 양모가 잔뜩 실려 있었다. 둘은 양모를 각자 반반씩 나누어 등에 짊어졌다.

조금 더 가다보니 이번에는 옷감이 버려져있었다. 농부는 지고 있던 무거운 양모를 버리고 보다 가벼운 옷감을 짊어졌다. 하지만 욕심 많은 상인은 농부가 버린 양모와 나머지 옷감을 모두 짊어졌다. 다시 길을 떠났지만 그는 무거운 짐 때문에 가쁜 숨을 몰아쉬었고 걸음도 느려졌다.

또 얼마 가지 않아 그들 앞에는 은식기들이 떨어져있었다. 농부는 가지고 있던 옷감을 모두 버리고 은식기들을 주워 짊어졌다. 그러나 상인은 이미 가지고 있던 양모와 옷감 때문에 더 이상 짊어지지 못하고 은식기를 포기했다.

얼마나 더 갔을까 갑자기 비가 쏟아지기 시작했다. 굶주림과 추위에 지친 상인은 짊어진 양모와 옷감이 비에 흠뻑 젖어 비틀거리며 걷다가 결국 진창 속에 엎어졌다. 하지만 농부는 아무 탈 없이 집으로 돌아와 가지고 온 은식기들을 팔아 넉넉한 생활을 꾸릴 수 있었다.

인생을 살아가면서 만나게 되는 수많은 유혹을 모두 얻고자 한다면 당신은 지쳐 죽을 수도 있다. 놓아주어야 할 것은 마땅히 포기해야만 행복한 일생이 된다.

탐욕스러운 사람은 늘 사물의 겉모습에 현혹되어 스스로의 함정에서 벗어나지 못한다. 시간이 흐르고 나면 자신의 잘못을 깨닫고 후회한다

해도 이미 소용이 없다!

* * *

한번은 어떤 사냥꾼이 일곱 가지 말을 할 수 있는 새 한 마리를 잡았다.

"나를 놓아주면 당신에게 세 가지 충고를 말해 줄게요."

새가 말했다.

"먼저 말해봐. 그러면 너를 놓아주겠다고 약속할게."

사냥꾼이 대답했다.

"좋아요. 첫 번째 충고는 일을 저지른 후에 후회하지 말라는 것이에요." 새가 말했다.

"두 번째는 누군가 당신에게 어떠한 말을 해도 당신이 판단하기에 불가능한 것이라고 생각된다면 믿지 말라는 것이에요. 세 번째는 올라가지 못 할 것에는 애써 올라가지 말라는 것이에요."

그런 뒤 새는 사냥꾼에게 말했다.

"이제 저를 놓아주세요."

사냥꾼은 약속한대로 새를 놓아주었다.

새는 근처의 커다란 나무위로 날아가 앉은 뒤 사냥꾼에게 큰 소리로 말했다. "당신은 정말 어리석군요. 당신은 내 입속에 아주 커다란 진주가 있다는 것조차도 몰랐어요. 이 진주는 내가 이렇게 영리할 수 있게 해주는 것이에요."

사냥꾼은 날아가 버린 새를 다시 잡고 싶었다. 그는 나무를 오르기 시작했다. 그러나 반쯤 기어 올라가다가 밑으로 떨어져서 그만 다리가 부러져버렸다.

새는 비웃으며 사냥꾼에게 말했다.

"당신은 정말 바보군요! 방금 내가 알려준 충고를 모두 잊어버렸군
요. 어떤 일을 했으면 후회하지 말라고 알려줬는데 당신은 나를 놓아준
것을 후회하는군요. 당신이 판단하기에 불가능하다면 믿지 말라고 했
는데, 당신은 나처럼 이렇게 작은 새의 입에 커다란 진주가 있다는 말
을 믿었어요. 나는 당신에게 올라가지 못할 것 같으면 억지로 올라가지
말라고 알려줬는데도 이 커다란 나무를 오르려고 했고, 결국은 나무 아
래로 떨어져 두 다리가 부러졌군요. '지혜로운 사람은 한 번의 훈계를
어리석은 사람에게 백번 채찍질을 하는 것보다 더 깊이 마음속에 새긴
다' 는 속담이 있죠. 이 속담의 어리석은 사람이 바로 당신이군요."

새는 말이 떨어지기가 무섭게 날아가 버렸다.

사람들은 종종 탐욕 때문에 어리석은 짓을 저지른다. 어떠한 상황에
서도 자기의 주관과 시비를 구별할 수 있는 능력을 키워야 하고 거짓된
현상에 현혹되지 말아야한다.

탐욕은 일종의 고집이라서 사람들은 그것의 노예가 되어 점점 더 탐욕스럽게
변하기 쉽다. 사람의 욕망에는 끝이 없어서 이미 많은 것을 얻고도 더 많은 것을
얻으려고 애를 쓰곤 한다. 끝없이 이익만을 좇으며 만족하지 못하는 것은 스스로
를 우롱하는 것이다. 탐욕은 모든 죄악과 불행의 근원이며 사람들의 이성을 잃게
만들어 우매한 행동을 하게 만든다. 탐욕은 사람의 모든 것, 심지어 자신의 인격조
차도 망각하게 만든다. 적당한 정도에서 그치는 생활을 실천해 보라. 만족할 줄 아
는 사람은 항상 즐겁다.

'얻을 수 없는 것'과
'이미 잃은 것'

행복4

　　　　　　　　원음사라는 절의 대들보에 거미줄을 치고 사는 거미 한 마리가 있었다. 이 절에는 매일 많은 사람들이 찾아와 향을 올리고 절을 했기 때문에 늘 향연기가 자욱했다. 매일 향내음을 맡으며 기도하러 온 사람들을 구경한 까닭인지 거미도 지극한 불심을 가지게 되었다.

그렇게 천년이 흐른 후, 어느 날 부처가 이 절을 찾아왔다. 부처는 절 안이 온통 향냄새로 그윽한 것을 보고는 흐뭇한 미소를 지었다. 그런데 절을 떠나려던 부처가 무심코 고개를 들었다가 대들보 위에 있는 거미를 발견하게 되었다. 부처가 발걸음을 멈추고 물었다.

"우리가 만난 것도 인연인데 네게 한 가지 물어보아도 되겠느냐?"

부처를 직접 만났다는 사실에 흥분한 거미가 서둘러 대답했다.

"괜찮고말고요!"

부처가 물었다.

"이 세상에서 가장 소중한 것이 무엇이냐?"

잠시 생각에 잠겼던 거미가 자신 있는 말투로 대답했다.

"세상에서 가장 소중한 것은 '얻을 수 없는 것'과 '이미 잃어버린 것'입니다."

거미의 대답을 들은 부처는 가만히 고개를 끄덕이더니 말없이 떠났다.

또 다시 천 년이 흘렀고 거미의 불심도 더욱 깊어졌다.

어느 날 부처가 다시 찾아와 거미에게 물었다.

"천년 전에 내가 물었던 것에 대해 지금은 어떻게 생각하느냐?"

거미가 대답했다.

"지금도 역시 세상에서 가장 소중한 것은 '얻을 수 없는 것'과 '이미 잃어버린 것'이라고 생각합니다."

"그렇다면 나중에 다시 올 테니 더 깊이 생각해 보거라."

또 천 년이 지난 어느 날, 거센 바람이 불더니 이슬 한 방울이 바람에 날아와 거미줄에 붙었다. 거미는 난생 처음 보는 영롱하고 투명한 이슬의 모습에 매료되었다. 거미는 거미줄에 매달린 이슬을 보며 흐뭇함을 감추지 못했다. 3천 년 동안 이렇게 기쁜 적은 없었다.

그 순간 바람이 휙 불어와 소중한 이슬을 땅에 떨어뜨렸다. 아까워서 감히 만지지도 못하고 애지중지하던 이슬이 순식간에 사라져버린 것이다. 거미는 무언가를 잃어버렸다는 고통과 허탈함에 빠지고 말았다. 그때 부처가 다시 나타났다.

"세상에서 가장 소중한 것이 무엇인지 곰곰이 생각해보았느냐?"

순간적으로 이슬을 떠올린 거미가 부처에게 말했다.

"세상에서 가장 소중한 것이 '얻을 수 없는 것'과 '이미 잃어버린 것'이라는 제 생각에는 변함이 없습니다."

"좋다. 네가 그렇게 생각한다면 널 인간 세상으로 보내주마."

거미는 사람의 몸으로 환생해 한 귀족집안의 딸로 태어나게 되었다. 부모는 아기의 탄생을 기뻐하며 '주아(蛛兒)'라는 이름을 지어주었다.

세월이 흘러 주아는 열여섯 꽃다운 나이의 아리따운 아가씨로 성장했다. 자태가 워낙 고와 근방에서 그녀를 보기위해 찾아오는 사람들도 있을 정도였다.

그러던 어느 날, 황제가 과거에서 장원급제한 감록(甘鹿)이라는 청년을 축하하기 위해 연회를 베풀고 귀족 가문의 처녀들을 몇몇 불렀다. 그 중에는 주아와 황제의 작은 공주인 장풍(長風)공주도 끼어있었다. 감록은 즉석에서 훌륭한 시를 지어보이며 자리에 참석한 처녀들의 마음을 사로잡아버렸다. 처녀들은 감록의 눈에 들기 위해 온갖 노력을 다했고, 서로에게 시샘과 질투를 나타나기도 했다. 하지만 유독 주아만은 시샘도 질투도 하지 않았다. 그녀는 감록이 부처님이 자기에게 점지해 준 인연이라는 사실을 알고 있었기 때문이다. 감록은 바로 원음사의 대들보에서 만났던 이슬이었다.

며칠 후, 주아가 어머니와 함께 절에 불공을 드리러 갔는데, 때마침 감록도 어머니와 함께 그 절에 와있었다. 두 어머니는 자연스레 인사를 나누고 함께 불공을 드렸고, 주아와 감록도 뜰에 앉아 이런저런 이야기를 나누었다. 좋아하는 사람과 이야기를 나눈다는 사실에 주아는 너무 기뻤지만 어쩐 일인지 감록은 주아에 대한 연정을 겉으로 드러내지 않는 듯 했다.

주아가 물었다.

"16년 전 원음사의 거미줄 위에서 있었던 일을 기억하지 못하는 건 아니겠죠?"

감록은 의아한 표정을 지으며, "주아 아가씨, 외모는 아리따우신데 상상력이 너무 풍부하시군요."라고 말하더니 어머니와 함께 곧 떠나버렸다.

집으로 돌아온 주아는 부처님이 자신과 감록의 인연을 맺어주면서 왜 감록이 그 일을 기억하지 못하도록 했는지 이해할 수 없었다. 감록은 자신에게 진정 아무런 감정도 느낄 수 없단 말인가?

며칠 후, 황제는 감록을 장풍공주의 배필로 삼고 주아는 태자 지(芝)의 배필로 삼는다는 어명을 내렸다.

이게 웬 청천벽력이란 말인가. 주아는 부처님께서 자신에게 왜 이렇게 혹독한 시련을 내려주시는지 너무도 야속했다.

그녀는 식음을 전폐한 채 시름시름 앓아누웠다. 영혼이 육신에서 빠져나가 생명이 경각에 달리게 되었다.

이 소식을 들은 태자 지가 황급히 달려와 그녀의 머리맡을 지켰다. 그는 가녀린 숨을 쉬며 겨우 누워있는 주아를 보며 안타까운 표정으로 말했다.

"그날 연회에 참석했던 아가씨들 중에서 당신을 보고 첫 눈에 반했소. 그래서 아버님께 애원해서 혼사를 올리기로 허락을 받은 것이라오. 당신이 죽는다면 나도 살 수 없소."

말을 마친 태자 지는 단검을 들어 자신의 심장을 겨누었다. 바로 이때 부처가 나타나 육신에서 빠져나온 주아의 영혼에게 말했다.

"주아야, 이슬(감록)을 네게 데려다준 것이 누구인지 생각해보았느냐? 그건 바로 바람(장풍)이었다. 결국 바람은 이슬을 다시 데리고 가버렸지. 감록은 본래 장풍공주의 인연이었단다. 그는 그저 네 인생에서 잠시 스쳐지나가는 인연일 뿐이야. 하지만 태자 지는 원음사 문 앞에 서있던 작은 나무란다. 그는 너를 3천 년 동안 지켜보며 흠모해왔지만, 너는 단 한번도 그를 내려다보지 않았어. 다시 한 번 묻겠다. 세상에서 가장 소중한 것이 무엇이지?"

거미는 순간 커다란 진리를 깨달았다.

"세상에서 가장 소중한 것은 '얻을 수 없는 것'과 '이미 잃은 것'이 아니라, 지금 당장 가질 수 있는 행복입니다."

거미의 말이 떨어지기가 무섭게 부처는 연기처럼 사라지고, 주아의 영혼은 다시 제자리로 돌아왔다. 주아가 눈을 번쩍 뜨고 막 자결하려는 태자 지와 눈이 마주쳤다. 주아는 서둘러 일어나 단검을 빼앗아 땅에 던지고는 태자를 끌어안았다.

주아의 마지막 말처럼 세상에서 가장 소중한 것은 '얻을 수 없는 것'과 '이미 잃은 것'이 아니라, 지금 당장 가질 수 있는 행복이다.

* * *

한 서생이 길에서 한 여자를 만났다. 여자의 얼굴은 초췌하고 창백하기 그지없었다. 왜 그렇게 깊은 시름에 잠겨있느냐는 서생의 물음에 그녀는 세상이 너무 불공평하다며 푸념을 늘어놓기 시작했다. 그럴 리가 없다며 그녀를 위로하려 했지만, 그녀가 털어놓는 인생 역정을 들고나자 이해가 갔다.

"처음부터 제 운명이 기구하다는 걸 알았어요." 그녀가 탄식했다.

"어떻게 알았죠?"

"어릴 적 한 도사가 집 앞을 지나다가 절 보고는, 제가 관상이 좋지 않아 험난한 일생을 살 거라고 말했답니다. 그 후로 그 도사의 말이 제 뇌리를 떠나지 않았어요. 제가 자라서 혼기가 꽉 찼을 때 한 준수한 청년이 절 좋아하게 되었어요. 하지만 제게 그런 행운이 과연 있을까 하고 의심했죠. 결국 그런 행운이 찾아 올 리가 없다는 결론을 내렸어요. 그리고는 쫓기듯이 한 주정뱅이에게 시집을 갔어요. 아주 못생긴 사람이었지만, 전 못생긴 사람이 마음은 더 따뜻할 거라고 생각했던 거예요. 하지만 그 때부터 제 불행이 시작되었어요."

"왜 자신에겐 행운이 없을 것이라고 생각한 거죠?"

그녀는 여전히 확신에 찬 말투로 말했다.

"어렸을 적 그 도사가 그렇게 말했으니까요."

서생이 말했다.

"제가 보기엔 악운이 당신을 따라다니는 것이 아니라, 당신 스스로 악운을 만드는 것 같군요. 행복이 당신에게 손을 내밀었을 때 당신은 등 뒤로 손을 숨기고 잡기를 거부했죠. 하지만 악운이 당신을 흘깃 쳐다보았을 때는 기다렸다는 듯이 덥석 끌어안았던 겁니다. 도사가 당신의 기구한 운명을 예언했던 것이 아니라 당신의 마음이 재난을 불러왔군요.

그녀는 자신의 두 손을 보며 의구심이 가득 찬 표정으로 중얼거렸다.

"제게 행복할 수 있는 기회가 있었다는 말씀인가요?"

서생은 아무 말도 하지 않았다.

* * *

어떤 이들은 스스로 행복을 매정하게 거절하고서도 행복이 자신을 거들떠보지 않는다며 불평을 늘어놓는다.

행복은 살며시 찾아온다. 모두가 그토록 바라는 행복은 떠들썩하게 자랑하며 인사하는 법도 없다. 떠날 때에도 언제 떠날 것인지, 또 왜 떠나려는지 설명하지 않는다. 마치 벙어리처럼 행복은 말이 없기 때문에 행복인지 불행인지는 스스로 판단해야 한다.

추운 어느 겨울 날, 귀족 집안의 공자가 아름답고 현숙한 한 여자와 결혼했다. 그런데 결혼한 지 며칠 만에 공자는 결혼 생활이 따분하다며 아내와 헤어지겠다고 선언하였다. 하지만 신랑의 아버지가 이혼을 허락하지 않아 어쩔 수 없이 결혼 생활을 계속해야했고 둘 사이에는 언제나 다툼이 잦았다.

어느 날, 공자는 아내와 다투며 집안의 가재도구들을 모두 때려 부순 후 길게 탄식하며 말했다.

"인생이 어찌 이리도 기구하단 말인가!"

그의 아내도 방 한 구석에 쭈그리고 앉아 애처롭게 눈물을 훔쳤다. 그 둘은 세상에서 가장 불행한 사람들이었다.

바로 그날, 누더기 옷을 걸친 굶주린 거지가 그 집의 마구간으로 몰래 들어와 말의 먹이를 훔쳐 먹었다. 배부른 거지는 마구간 바닥에 깔린 건초로 몸을 덮었다. 말똥이 더덕더덕 붙어 고약한 냄새가 진동했지만 바깥의 추위에 비하면 이쯤은 아무것도 아니었다. 찬바람이 머리를 스치자 거지는 말에게 물을 먹이기 위해 놓여있던 바가지를 머리에 썼다. 이젠 찬바람이 불어도 끄덕 없었다. 그 순간 거지는 자신이 세상에서 가장 행복한 사람이라고 생각하며 만족스러운 듯 콧노래를 흥얼거렸다.

행복이란 사람들이 자의적으로 만들어낸 단어일 뿐이다. 행복이란 객관적인 자신의 상황이 어떻든 스스로 만족스럽다면 그만인 것이다.

행복은 스스로 만드는 달콤한 이슬이다. 하지만 행복한 미래는 종종 고통이라는 산파가 있어야 태어날 수 있다. 행복과 고통은 손바닥과 손등처럼 떼려야 뗄 수 없는 관계로 인류를 발전시키는 두 바퀴이기도 하다.

행복은 모두 스스로에게 달려있다. 손에 잡힐 듯 눈앞에 왔다가도 제 멋대로 행동하면 눈앞에서 행복을 놓치고 말 것이다. 이미 떠나버린 듯 하다가도 노력하다 보면 행복은 어느새 다시 눈앞에 다가와 있는 것을 발견하게 된다.

스스로 지은 집

성실2

　　어느 손재주가 뛰어난 늙은 목공이 퇴직을 준비하며 사장에게 이젠 건축 일을 그만두고 집으로 돌아가 처자식들과 가정의 단란함을 누리며 살겠다고 말했다.

　사장은 그가 그만 두는 것이 아쉬워하며 마지막으로 낡은 집 한 채를 다시 짓는 것을 도와달라고 물었고, 늙은 목수는 해보겠다고 대답했다. 그러나 마음이 일에서 떠난 상태였기 때문에 재료를 선택하는데도 신중을 기하지 않았고 마감도 엉성하게 처리했다. 집이 다 지어지자 대문 열쇠를 그에게 건네주며 사장이 말했다.

　"이것은 당신의 집이오, 내가 당신에게 주는 퇴직선물입니다."

　그는 깜짝 놀라 눈을 크게 뜨고 입을 딱 벌리며 부끄러워 어쩔 줄 몰라 했다. 만약 그가 자신의 집을 짓고 있다는 것을 알았다면 이렇게 할 수 있었을까? 이제 그는 조잡하게 되는 대로 마구 지은 이 집에서 살아야한다.

　당신은 마지막까지 최선을 다하여 일하고 있는가? 우리는 아무렇지도 않게 소극적인 대응으로 자신의 삶을 이어가며 모든 일을 적당히 넘기려 하면서 결정적인 순간에도 최선의 노력을 발휘하지 않는다. 그러다 문득 자신의 처지에 놀라서 깨보면 이미 스스로가 지은 '집' 안에 갇혀있음을 발견하게 된다.

저 목수가 되어 당신의 집을 생각하면서 매일 못을 두드리고 판자를 붙이고 벽을 세우며, 당신의 지혜로 멋진 집을 지어 보도록 해라! 인생은 단 한 번뿐이기 때문에 설령 집을 잘못 지었다고 해도 부수고 다시 지을 수는 없다. 단 하루를 살더라도 아름답고 고귀하게 살아야한다. 벽에 '인생은 스스로가 창조하는 것이다' 라는 좌우명을 써 붙이고 생활하라.

당신이 사업을 한다면 마음대로 대충대충 다뤄도 되는 하찮은 사람이나 일이란 없다. '콩 심은데 콩 나고, 팥 심은데 팥 난다.' 이것은 사람들이 흔히 이야기 하는 인과응보이다.

* * *

기획부에서 일을 하는 왕샤오다오(王小道)라는 남자가 있었다. 5년 전, 왕샤오다오가 경영기획부에서 일하고 있을 때 한 사람이 그를 찾아와 시장 조사를 의뢰하고 싶다고 했다. 그는 이번 시장 조사가 매우 간단하여 두 명만 더 있으면 충분할 것이라며 왕샤오다오가 직접 조사해 주기를 바랐다. 하지만 왕샤오다오는 최종 시장조사 보고서만 직접 검토하여 이를 의뢰자에게 넘겼다. 그리고 보고서가 완성된 뒤 약간의 수고비를 받을 수 있었다.

이것은 분명 아주 작은 일이었고 특별히 큰 문제도 없었다. 왕샤오다오는 최종 보고서에 약간의 과장된 부분이 있다는 것을 발견했지만, 문장을 약간 다듬어서 넘겨주었다. 왕샤오다오에게 이 일은 이렇게 지나가 버렸다.

얼마 후, 왕샤오다오는 몇 명의 동료들과 함께 소그룹을 구성해 북경에 새롭게 여는 대형 상점의 경영매출 기획안을 완성하러 갔다. 그런데 상대측의 업무 책임자가 왕샤오다오에게 안 좋은 인상을 가지고 있다며 이의를 제기하는 것이었다. 알고 보니 그 사람은 바로 5년 전의 시장 조사 의뢰인이었다.

원인이 있으면 반드시 결과가 있게 마련이고, 결과가 있으면 반드시 그 원인이 있다. 왕샤오다오는 놀라 눈만 크게 뜨고 있을 뿐 해결할 수 있는 방법이 아무것도 없었다.

이 일은 왕샤오다오에게 매우 큰 자극을 주었다. 지금 되돌아보면 당시 왕샤오다오가 받았던 그 돈은 언급할 가치도 없는 적은 돈이었지만, 결국 이 작은 일 때문에 왕샤오다오는 큰 손실을 입게 되었다.

어떠한 일이라도 절대 대충대충 하지 말아야 한다. 설령 그 일이 볼품없는 일이라 할지라도 말이다.

사람들은 종종 스스로 중요하지 않다고 여기는 일이나 사람들을 부주의하게 함부로 대하곤 한다. 하지만 훗날 그 일은 인생의 어느 순간에 갑자기 나타나 그때의 행동을 후회하게 만들 수 있다.

과거나 미래는
결코 존재하는 것이 아니다

현재

　　　　　　　아침 일찍 일어나 마당에 떨어진 낙엽을 청소하
는 일을 맡고 스님이 하나 있었다.

　이른 아침에 일어나 청소하는 일은 참으로 고된 일이었다. 특히 가을
에는 바람이 불 때마다 낙엽들이 이리저리 휘날려 더 힘이 들었다. 아
침마다 많은 시간이 걸려서야 청소를 마칠 수 있었는데, 이것은 이 스
님의 머리를 지끈지끈 아프게 했다. 그는 늘 어떻게 하면 일이 좀 편해
질 수 있을까 고민했다.

　어느 날, 어떤 이가 그에게 말했다. "내일은 청소를 하기 전에 나무를
힘껏 흔들어서 먼저 나뭇잎을 모조리 떨어뜨려봐라. 그러면 다음날은
청소를 하지 않아도 될 게 아니냐." 그 스님은 그것이 아주 좋은 방법이
라고 생각했다. 다음날, 그는 아침 일찍 일어나 있는 힘껏 나무를 흔들
었다. 이렇게 하면 오늘과 내일 쓸어야 할 낙엽들을 한 번에 청소할 수
있다고 생각했다. 다음날 청소를 안 해도 된다는 생각에 어린 승려는
너무나 즐거웠다.

다음날 아침, 마당에 나온 스님은 눈이 휘둥그레졌다. 전날과 마찬가지로 마당 가득히 낙엽이 쌓여 있는 것이 아닌가.

노승이 다가와 그에게 말했다. "이 어리석은 것아. 네가 오늘 아무리 용을 써도 내일의 낙엽은 내일 또 어김없이 날리기 마련이니라."

이 세상에는 앞당길 수 없는 것들이 너무나 많다. 지금 현재를 충실하게 살아가는 것이야 말로 진실한 삶의 태도이다.

과거나 미래는 존재하는 것이 아니다. 존재했던 것이고 앞으로 존재할 것이다. 유일하게 존재하는 것은 바로 지금일 뿐이다.

* * *

어느 날, 아침식사를 마친 붓다에게 어떤 이가 가르침을 청하러 왔다. 붓다를 보자마자 그는 지금까지 품어 왔던 각종 의문들을 끊임없이 늘어놓았다. 이야기를 시작한지 한참이 지났지만 그는 도무지 멈출 줄을 몰랐다. 결국 지쳐버린 붓다가 손을 들어 제지하자, 그때서야 그 사람은 입을 닫고 가르침을 기다렸다.

"아침은 먹었는가?" 붓다가 물었다.

그는 고개를 끄덕였다.

"아침 먹은 접시는 씻었는가?" 붓다가 다시 물었다.

그는 또 고개를 끄덕이고는 무슨 말인가를 하려 했다. 붓다는 이 사람이 입을 열기 전에 다시 물었다.

"씻은 그릇들은 잘 말렸는가?"

"네, 네." 이 사람은 참지 못하고 재빨리 대답했다.

"자, 이제 제 의문들에 대한 답을 주시겠습니까?"

"자네는 이미 답을 얻었네."

붓다는 이렇게 대답하고는 그를 내보냈다.

이 사람은 돌아가 한참을 고심한 끝에 마침내 붓다의 가르침을 이해하게 되었다. 붓다는 그에게 '중요한 것은 바로 눈앞에 있다는 것'임을 일깨워준 것이다. 즉, 모든 정력을 현재에 집중해야 한다는 것이다.

현재에 충실하다는 것은 몸과 마음을 당신의 인생에 집중하는 방식이다. 현재에 충실하다면 과거는 더 이상 당신의 등 뒤에서 끌어당기지 않을 것이며, 미래는 더 이상 앞에서 잡아당기지 않을 것이다. 당신은 모든 역량을 현재에 집중할 수 있게 되고, 당신의 생명은 강렬한 긴장감으로 충만하게 될 것이다. 이것이 바로 삶을 풍요롭게 만드는 방법이다. 이를 실천하지 못하는 사람은 모두 가난한 사람이다.

세상에는 두 부류의 가난한 사람이 있다. 돈이 많지만 가난한 사람과 돈이 없어서 가난한 사람이다. 풍부한 감정은 재물이 많고 적음과는 그다지 관계가 없다. 그것은 당신의 생활방식, 습관, 그리고 생명의 특성과 관계가 있다. 이것들은 세심한 정성을 들여야만 그 깊은 뜻을 느낄 수 있다.

'현재'는 당신에게 깊은 생명의 물로 들어가도록 하거나, 혹은 생명의 하늘로 날아오를 기회를 준다. 하지만 현재의 양옆에는 위험이 존재한다. '과거'와 '미래'라는 인류가 사용하는 말 중에서 가장 위험한 두 글자이다. 과거와 미래 사이에서 살아가는 현재는 마치 외줄 위를 걷는 것과도 같으며, 당신이 서 있는 그 양쪽에는 항상 위험이 도사리고 있다. 일단 줄에 올라서면 지나온 줄과 저만치 앞에 있는 줄은 중요하지 않다. 다음 발걸음을 옮길 줄에 집중해야 한다. 당신에게 있어 생명은 전부이기 때문이다.

생을 마감하려 할 때, 당신은 스스로에게 물을 것이다.

"이 세상에 조금도 미련이 없는가? 내가 해야 할 일들을 모두 마쳤는가? 진심으로 즐겁게 웃은 적이 있는가?"

젊은 시절, 당신은 일류대학에 들어가기 위해 필사적인 노력을 했고, 졸업해 좋은 직업을 가지려 했다. 그 다음에는 여유를 즐길 겨를도 없이 결혼하여 아이를 낳았다. 이제는 아이가 어서 자라 당신의 부담을 덜어주길 바라고 있다. 그러다가 아이가 어른이 되면 은퇴를 하고, 은퇴할 때가 되면 당신은 이미 늙어서 걷는 것조차 힘들어 할 것이다. 멈춰서 숨을 좀 돌리려 하면 당신의 생명은 이미 다해가고 있다는 것을 깨닫게 된다.

이것은 대다수 사람들의 자화상이다. 당신은 악착같이 일하고 늘 삶에 대한 근심이 끊이질 않는다. 미래를 위한 준비라며 오로지 앞으로 발생할 일에 대한 계획만 잔뜩 세워놓는다. 정작 눈앞에 놓인 현재는 잊고 살다가 시간이 흐르고 나면 어느 날 문득 깨닫는다.

"시간이 나를 기다려주지는 않는구나."

불가에서는 늘 세상 사람들에게 '현재에 충실하라'고 가르친다. 대체 현재란 무엇일까? 현재는 당신이 지금 하고 있는 일, 머무르고 있는 곳, 함께 일하고 생활하는 사람들을 의미한다. 현재에 충실하다는 것은 바로 당신이 이 모든 것들을 진지하게 받아들이고, 느끼고, 뛰어들어 체험하는 것이다.

당신은 어쩌면 "그게 뭐 어려운 일이야? 나는 지금까지 줄곧 그들과 함께 해 왔는데."라고 말할 것이다. 맞다. 문제는 당신이 줄곧 너무나 분주하게 살아왔다는 것이다. 먹을 때나 길을 걸을 때, 잠을 자거나 놀 때조차 당신은 늘 참을성 없이 다음 목표를 향해 달려왔다. 당신은 실현해야 할 커다란 꿈이 있기에 현재에 많은 시간을 낭비할 수 없다고 생각하기 때문이다.

사람들은 현재를 망각하며 살아가곤 한다. 그들은 늘 어떤 생각에 잠겨 내일과 내년을 생각하며, 심지어 수십 년 후의 일들까지 걱정한다. 그들에게는 미래의 인질이 되어버린 현재가 있을 뿐이다.

어떤 이들은 "내년에는 더 많은 돈을 벌 테야." "나는 나중에 더 큰 집을 사겠어."라고 하고, 또 어떤 이는 "내년에는 꼭 승진을 할 거야." 라고 말한다. 하지만 훗날 정말로 돈을 더 많이 벌고, 큰 집으로 이사를 가고, 몇 번이나 승진을 해도 결코 즐거워하거나 만족할 줄을 모른다.

"나는 돈을 더 많이 벌고 직위가 더 올라가, 지금보다 더 편안히 살 수 있는 방법을 찾아야 해."

이래서는 당신이 간절히 원하고 있는 행복을 영원히 얻을 수 없다. 아무리 많이 얻더라도 즐거움을 느낄 수 없으며, 아무리 큰 집에서 살더라도 부족함을 느낄 것이다. 진정한 만족은 '나중'이 아니라 바로 '지금'이다. 당신이 이루고자 하는 행복은 도달할 수 없는 미래에 있는 것이 아니라 '지금' 이미 가지고 있다는 것을 잊지 마라.

알지도 못하는 미래에 대한 걱정으로 쓸데없이 기력을 소모하고, 정작 눈앞에 놓인 것들에 대해 소홀히 하는 어리석은 삶을 이제는 버려라. 한 작가가 이렇게 얘기한 적이 있다.

"마음먹고 즐거움을 찾으려 한다면 찾기 어려울 것입니다. 하지만 현재에 충실하고 주변의 사물에 주의를 기울이면 즐거움은 부르지 않아도 저절로 찾아옵니다."

어쩌면 인생의 의미는 주변의 아름다운 꽃향기를 맡는 것처럼 소소한 기쁨을 누리는 데 있는지도 모른다. 어쨌든, 어제는 이미 과거가 되었으며, 내일은 아직 알 수 없다. 현재만이 하늘이 우리에게 주신 가장 좋은 선물이다.

많은 이들은 내일에 대한 걱정을 하며 조금이라도 빨리 내일의 고민거리를 해결해 버리려 한다. 내일의 일을 오늘 해결할 방법은 없다. 사람은 그날그날 제출해야 할 인생의 과제가 있다. 우선 오늘의 과제부터 잘 해결해라!

지은이 **루화난**(盧化南)

하남성 출생. 인간의 마음의 잠재력에 대한 중국의 전통적인 철학의 지혜와 서양 철학의 깨달음을 결합시켜 사람들에게 성공의 올바른 지향점을 제시해주는 글로 중국인의 많은 사랑을 받고 있다. 출간된 베스트셀러로는 《21세기 새로운 성공학》《세대를 넘어》《역사의 지혜로 금을 만들다》 등이 있다.

옮긴이 **허유영**

한국외국어대학교 중국어과 졸업, 동대학 통번역대학원 한중과 졸업. 현재 기업체 및 정부기관에서 통번역 프리랜서로 활동 중. 지은 책으로 《쉽게 쓰는 나의 중국어 일기장》이 있고, 옮긴 책으로 《수신제가―강희원전》《저우언라이 평전》《디테일의 힘》《17살, 인생의 승부가 시작된다》 등이 있다.

마음을 다스리는 人生철학

첫 판 1쇄 펴낸날 2006년 12월 18일
개정판 1쇄 펴낸날 2008년 5월 6일

지은이 루화난 | **옮긴이** 허유영 | **펴낸이** 문종현 | **영업책임** 배승원 | **디자인** 고냥새

펴낸곳 도서출판 달과소 | **출판등록** 2004년 1월 13일 제2004-6호

주소 우)121-840 서울시 마포구 서교동 395-64 회산빌딩 301호

전화 0502-123-8889 | **팩시밀리** 0502-123-8890 | **이메일** chonnom@dalgaso.co.kr

찍은곳 신우문화인쇄 | **ISBN** 978-89-91223-23-3 〔03820〕